魔法使いの住む森

魔法使いの住む森

あさちぐ

イラスト 篁 アンナ

Roi de Blanc

この作品はフィクションです。
実際の人物・団体・事件などに一切関係ありません。

魔法使いの住む森
―魔法使いの住む森―
あさちぐ
ill. 篁アンナ
Roi de Blanc

一章

自分がどこの誰だかなんて知らない。

気付けば、森の中で爺《じい》さんと一緒に住んでいた。

爺さんは俺に色んなことを教えてくれて、愛情も注いでくれたけれど、血の繋《つな》がりは無かった。森の入り口近くに捨てられていた俺を拾ってくれたのだ。

爺さんが亡くなる時、街に行ってもっと多くの人と関われと言われた。けれど俺はその言葉に従わずに森の中で生活を続けている。それに特別な理由は無かったけれど、強いて言うなら街にも人にも興味が無かった。

俺にとって街は森で手に入らないものを手に入れるための場所であり、爺さん以外の人間はよく分からない存在だった。

小さなことで悩み、悲しみ、喜ぶ。その目まぐるしさにどうもついていけない。

そんなものに振り回されるくらいなら、裏の畑を耕し、森で獣を狩る方が楽しいし有意義だと思う。

そんな風に毎日が変わらない生活を送り、この先も送り続ける予定だったのだが、変化は唐突に訪れる。

誰も訪れるはずの無い家の扉がノックされたのだ。

初めは聞き間違いか風だろうと思ったが、二回目のノックと共に聞こえた人の声で気のせいでないと気付く。

突然のことに半ば動揺しながら扉を開ければ、どこかで転んだか魔物にでも襲われたのか泥と血で汚れた男性が立っている。

思わず足元から頭のてっぺんまでを眺め、見知らぬ顔を凝視してしまう。

「突然ですまないが、水と食べ物を分けてくれないか。金は払う」

嘘《うそ》ではないと男は財布から何枚かの銀貨を取り出す。

そのことにまた少し驚く。

この男はこんなボロ小屋に銀貨を出すに値するようなものがあると思っているのだろうか。

「不服か？」

「――あ、いえ、食べ物は日持ちする方が良いですか？」

何の躊躇《ためら》いもなく銀貨を取り出したことと話し方からして身分の高い人物かもしれないと当たりをつけて敬語で接する。

変な言いがかりをつけられるのは避けたい。

「そうだな。二、三日くらいは持つ物があると良いのだが」

「分かりました。用意しますので、とりあえず中で座っていてください」

見知らぬ男を家の中に案内する。不用心な行動かもしれないが、この家に取られて困るようなものはほとんどない。

困るものと言えば、鍋と包丁くらいだろうか。無いと料理をする時に困るが、この男がほしがるとは到底思えない。

用意する間に泥と血を落としてもらおうとお湯と布を渡す。お湯は沸かすのが面倒だったので魔法を使って適温まで上げた。

男はお湯だったことに多少驚いたようだったが、素直に礼を言い、汚れを落としていく。

俺はその間に家にあるもので日持ちしそうな物を選んで袋に詰めていく。三日分より少し多いくらい入れて、これくらいで良いかと男の所へ戻る。

汚れを落とした男は大分小ざっぱりとして、先程まで泥と血で隠れていた綺麗《きれい》な造形が際立つ。思ったよりも若く、街では大層モテそうだ。

「これくらいで足りますか？」

「あぁ、十分だ。礼を言う」

男が先程見せた銀貨を三枚取り出して渡してくるが、どう考えても多すぎだ。

「そんなに受け取れません」

「いや、突然押しかけてきたのだからこれくらいは」

「気持ち的な意味だとしても多すぎです」

銀貨一枚だって貰《もら》いすぎなくらいなのに。

何度か押し問答をするが、男に引く気配が無い。段々と面倒になって素直に貰っておこうかという気持ちになる。

「……分かりました。素直にご厚意に甘えることにします。ですが、その代わりに傷を治しましょう」

男に大きな外傷は無いようだが、所々に傷を負っている。

自分で治さないところを見ると、男は魔法が使えないか、治癒系が苦手なのだろう。

「治せるのか？」

男が綺麗な瞳を丸くさせる。

「酷《ひど》くなければ、ですけど」

傷口が見えるように衣服を脱いでもらう。服を着ている時は細身に見えたが、こうして見るとしっかりとした筋肉がついているのが良く分かる。

つい自分の細腕と比べてしまい、嫉妬に似たものを覚えながら、治療を施す。もっとも治療と言っても傷口に手を当てて、僅かな魔力を流すだけだ。後は勝手に体が魔力に反応し、再生を促す。

傷口はすぐに塞がり、ついでとばかりに疲労回復も施す。

銀貨三枚の価値には到底ならないが、少しは足しになるだろう。

「もう他に無いですか？」

「……あぁ」

どこか歯切れが悪く男が頷《うなず》く。

治療が不服だったのだろうか。爺さんに比べれば拙《つたな》いところがあると自覚しているだけに、少し不安になる。

「お前、その魔法はどこで覚えた？」

「祖父に教えてもらいました」

何か文句でも言われるのかと身構える。

もし自分のことではなく爺さんに対してだったら、目の前の男に殴り掛かる自信がある。実際に殴れるかどうかは自分が軟弱なため疑問だが。

「是非会って礼を言いたいのだが」

思わぬ発言に肩の力が抜ける。

「え、っと、すみません、祖父は一昨年に亡くなりました」

「そうか、……すまない」

「いえ、……」

微妙な空気の中、男が立ち上がる。とりあえず見送った方が良いだろうかと玄関まで一緒についていく。

「色々世話になった。また改めて礼に伺う」

去り際に男が残した社交辞令《しゃこうじれい》に曖昧《あいまい》な笑みを浮かべて見送る。

男が去った家に戻り、ぐったりと椅子へ座り込む。

爺さんが亡くなってからあんなに人と話したのは初めてだった。

そんな特殊な出来事から二か月ほどたち、少し忘れかけていた頃、再度あの男が現れた。

改めて礼に伺うとは言っていたが。まさか本当に来るとは思っていなく、狩りから戻って家の前にいる男に幻覚でも見えているのではと疑ってしまった。

「礼に伺うと言って遅くなってすまない。色々ごたついていたのでな」

この間とは違い、上品な服を着こなす男はどこかの貴族と言われても納得できる。けれど、貴族ならばこんな辺境に二度も足を運ぶはずがないし、簡単に謝罪などまずしない。

情報を整理し、隙の無い様子から騎士辺りだろうかと当たりをつける。

あそこも身分差別はあるが、実力が無ければ務まらないため身分の高低に関係なく門戸は開かれていたはずだ。

「酒は飲めるか？　いい酒とつまみを持ってきた」

「いただきます」

酒の魅力につい食い気味で返答してしまう。

男は少し驚いたようだが、穏やかに口元を緩める。

「よし、じゃあ飲むか」

こうして謎の宅飲みが開催されることになった。

広いとは言えないテーブルの上に男が用意した酒とつまみ、そして家にあった魚や肉を干したつまみになりそうな物を用意して並べる。

「乾杯」

何に対してか分からないが、とりあえずお決まりの言葉を言って酒に口をつける。焼けるような喉越しに度数の高い酒だと分かる。けれど癖が無いため飲みやすく、つい次の一口を求めてしまう。

「気に入ったか?」

「ええ、素晴らしいお酒です。今まで飲んだ中でも一番です」

持ってきてもらったことへの世辞ではなく純粋に褒める。

爺さんも俺も酒が好きで街へ行っては色んな種類の酒を少しずつ試してきたが、これはその中でも一番だと感じる。

「そう言ってもらうとアイツも喜ぶ。この酒は俺の知り合いが作ってるんだ」

「そうなんですか。どこのお店ですか?　ぜひ買いに行きたいのですが」

「残念だが、一般販売はしていない。決まった場所へ納める形だからな」

そう言われて肩を落とす。こんなに美味《おい》しいのに手に入らないなんて酷すぎる。

落ち込んでいるのが分かりやすかったのか、笑われてしまう。

「また持ってきてやる」

「本当ですか⁉　お願いします！　何なら取りに伺いますので、ぜひ！」

目を輝かせて意気込めば、気圧《けお》されたのか男の顔が引《ひ》き攣《つ》る。それを見てちょっと恥ずかしかったかなと顔が赤くなる。

まぁ、酔っ払いだと大目に見てもらおう。

「こ、この塩漬けも美味しいですね。これは普通に買えるんですか？」

「あぁ、これは普通に売っている。ただ場所が少し入り組んでいてな」

詳しく場所を尋ねて教えてもらうが、今一つどこだか分からない。

「ちょっと待っていてください」

席を立つと物置へ行き、目的の物を探す。

少し前に作ったばかりだからそんなに奥へは行っていないはずだと手前辺りを探していると予想通り扉のすぐ近くにあった。

それを掴《つか》んで席へ戻り、紙を広げる。興味深そうに覗《のぞ》き込んだ男が、書かれた物に目を瞬《しばたた》かせる。

「これは……」

「この前作った地図です。ざっくりとした物ですが、店に何が置いてあるとか覚え書きには丁度いいので」

「覚え書きって、お前はこれを覚え書きに使うのか？」

驚いたように言われ首を傾《かし》げる。

覚え書きなのだからどれだけ雑な地図でも問題ないと思うのだが。

「うん？　ちょっと待て。何で城壁内の様子まで描かれているんだ。一般人は立ち入り禁止のはずだが、許可証を持っているのか？」

「持ってないですよ。城なんて入ったことも近寄ったことも無いですし」

城の周りは教会や貴族の家ばかりで行く用事など無い。

「ならどうやって描いたんだ？　見ないで描いたとでも？」

「いえ、ちゃんと見て描きました。――上からですけど」

指で上をさす。

男は律儀にその指先へ視線を動かす。

「……まさか、飛んで？」

「はい」

浮遊術を使い、上空から描き起こしただけの簡素な地図だ。爺さんは更に工夫を凝らし立体的に見えるような地図を作成していた。まさに街をそのまま小さくしたかのような造りに感動し、いつかは自分も作りたいと思っている。

そんな事を考えていると男は頭痛でもしてきたのか、眉間を強く押さえている。

酔いが回ったのだろうか。

「その地図、譲ってくれないか?」

どこか疲れた様子で男が言う。

こんな物を何故《なぜ》ほしがるのだろうか。街で売っている地図は見たことが無いが、自分が作る雑な地図よりは余程良いだろうに。

不思議に思っているのを渋っていると勘違いしたのか、男が更に口を開く。

「譲ってくれるなら次はこの酒を二つ持ってこよう」

「どうぞ持っていってください!」

素早く丸めて男へ差し出す。

それが面白かったのか、また口元を緩めて笑われてしまった。


「あの、今更なんですけど、お名前を教えていただけませんか?」

よく考えたら一緒に酒を飲んでいるのに自分はこの男の名前すら知らない。男も言われて気付いたらしく、どこかばつが悪そうな顔をする。

「そういえば名乗るのを忘れていた。私はウェスト・ブライアン。騎士団に所属している」

自己紹介で予想が半分当たり、半分外れていたのだと知る。

騎士という予想は間違っていなかったが、家名があるということは貴族だということだ。

動作や気品は貴族と言われて納得できるが、それにしては気さくに話しかけてくると思う。変わった人なのだろうか。

「貴族ではあるが、私自身は特に平民と変わらない。時々本当に貴族であることを忘れるくらいだから、その辺りは気にしなくていい」

疑問が顔に出ていたのか、ブライアンさんは苦く笑いながら付け加える。

色々事情があるのだろうか。

「俺はルトです。見ての通り森で自由気ままに暮らしています」

「ルトか、変わった名前だな。お祖父《じい》さんにつけてもらったのか？」

「ええ、流れてきた人という意味だそうです。多分、拾ったことを自分のところに流れてきたと解釈したのだと思います」

言われた内容で捨て子であることが分かりブライアンさんが口を閉ざす。

その沈黙が侮蔑ではなく、どこか痛ましそうなものだったので、思わず苦笑する。

本人の言うように貴族らしくは無いな。

「俺はあの人に拾ってもらって幸せだと思います。色んなことを教えてもらって、育ててもらって」

あの人に拾われることなく死んでいた可能性を考えると本当に運が良かったと思う。

「そうか、素晴らしい方だったんだな」

まっすぐに褒められ、嬉《うれ》しくなる。

恥ずかしくてあまり面と向かっては言えなかったけれど、爺さんは俺の誇りで、大切な人だ。

その後はブライアンさんから街のことを聞き、俺が森のことを話した。

互いに知らないことも多く、会話が弾めば酒も進む。持ってきてもらった酒が半分以上無くなった頃に、ブライアンさんが思い出したように言う。

「そういえば、この森には凶暴な魔法使いが住んでいると噂《うわさ》があるが知っているか？」

「そんな噂があるんですか？」

「あぁ、実際に会ったと言っている人間が何人かいて、この森には不用意に近づかないことが暗黙の決まりになっている」

そんな噂があったのかと少し驚く。

今まで会ったことが無いが、そんな人間が住んでいるのだろうか。

自分たちの他には誰も住んでいないと思っていたが森は広いため可能性が無いこともない。

もちろんただの噂という可能性もあるが。

「じゃあ、ブライアンさんはどうして森に来たんですか？」

勝手にブライアンさん呼びしたが、特に反応がなかったので問題ないようだ。

「人が寄り付かないのなら好都合と思ったのだが、甘かった。視界が悪い上に、魔物まで現れるとは。

……街で流れている噂も危険だから近づくなという教えなのかもしれないな」

随分と傷だらけで魔物にでも遭ったのだろうかと思っていたが、本当に魔物に遭っていたとは災難だ。

この森には確かに魔物が住んでいるが、出会う確率はそれほど高くない。ずっと住んでいる自分でも時々しか遭わない。

「怪我《けが》のせいもあり、中々思うように進めず用意した食料と水がつきて正直焦っていた。森の中は豊富に実が生《な》っているが人間にとって毒となるモノも多いと聞く。ここを見つけられたのは幸運だった。だから、お前には本当に感謝している」

まっすぐに向けられた感謝の言葉に息をのむ。

誰かに感謝されることがこんなに胸が疼《うず》くようなことだとは知らなった。不快ではないが、どう返してよいのか分からない。

「俺も、その、役に立てて嬉しいです。こうして美味しいお酒も頂けましたし」

気恥ずかしさのあまり茶化してしまったが、向こうにはお見通しだったようで少し笑われる。

「本当にお前は酒が好きなんだな。この前の態度から金は喜ばないと思って選んできたのだが、正解だった」

「そうですね。大金を積まれるより、お酒の方がずっと嬉しいです」

このお酒が特別美味しいということを除いても、自分のことを考えてくれたという事実に面映《おもは》ゆくなる。

何だか慣れない感情で戸惑うが、力になれたようで良かった。

こっそりと笑みを零《こぼ》してしまったが、ふと疑問に思う。

「今回は来る時大丈夫だったんですか？」

「あぁ、前回と違ってちゃんとした剣も用意してきたし、何よりこの家のすぐ近くに目印をつけて転移してきたから問題ない。もっとも精度の関係で少しは歩くことになったが」

ブライアンさんが言っているのは地点記憶術と転移術だろう。どちらも魔力が無ければ扱うことはできない。

「魔法使えたんですね」

自分で傷を治さなかったことから魔法が使えないのかもしれないと思っていたが、違ったようだ。

ならば治癒系が苦手なのだろうか。

「まぁな。――ところで、お前は人前で魔法を使ったり、逆に人が使っているところを見ることはあるか？」

「いえ、ほとんどないです。魔法は見せびらかすものじゃないですから」

魔法は見せびらかすものじゃないというのは爺さんの口癖だった。

それを守って俺は爺さん以外の前で必要に迫られない限り魔法を使ったことは無い。

……この間の治療は必要に迫られていたのかと聞かれると微妙だが、結果的に感謝されたので良しとしよう。

それに見せびらかすものじゃないという考えは爺さんだけのものではないらしく、街に行っても魔法を見ることはほとんどない。見たとしても、小さな火種を発生させたり、暑い日に水の温度を少し冷やしたりと些細《ささい》なことだけだ。

皆、人前で派手なことはしないのだろう。

「……なるほど。それでか」

ブライアンさんは何かに納得したように相槌《あいづち》を打つ。

何に納得したのか良く分からなくて首を傾げるが、気にしなくていいと首を振られる。

「そろそろ切り上げよう」

気が付けば酒はほとんど空になっていた。後半は味わうようにゆっくり飲んでいたのだが、うまい酒は無くなるのが早い。

「長々と邪魔をした。今度来る時はまた違ったつまみを探してくる」

そう言ってブライアンさんは転移術で姿を消した。

薄らと見えた陣が知っているのと異なって興味を引かれたがすぐに消えてしまう。今度会った時に頼んだら見せてくれるだろうか。

そう考え、自分で驚く。

爺さん以外の他人と会うことを楽しみにしていること、そして次があることを疑っていないことに。

そのことに少し笑ってしまいながら、家へと戻った。

＊＊＊

自分の家を目的地に転移したら少しズレ、知り合いの家の近くに着く。

明日訪ねようと思っていたが丁度良い。多分まだ寝ていないだろうと押しかけることにする。

歩を進めながら先程まで会話していた人物のことを思い出す。彼のことは、背丈と細身の身体《からだ》から少年と判断していたが、話した感覚からすると華奢《きゃしゃ》な見た目よりは年齢が高いのかもしれない。

穏やかな顔つきで、無邪気に笑うと人懐っこい印象を与えるが、終始どこか警戒した様子が取れないでいた。それが他の人にもそうなのか、自分だけなのかは判断できないが、なんとなく誰に対してもあまり心を開かないのではないかと思う。

そんなことを考えていると知り合いの家に着き、呼び鈴を押す。男は予想通り起きていたようだが、出てきた姿を見ると、目の下の隈《くま》が酷く、無精ひげが生えていた。浮浪者と間違えられても文句は言えない風貌だ。

「酷い恰好《かっこう》だな。クラースト」

「なんだ、ウェストか。……あの野郎がまた無茶を言ってきやがったせいで、この有様だ。さっきやっと終わって解放されたところだがな。この三日でアイツを黙らせる方法を何個か本気で考えた」

「それはまた物騒だな。やるのは構わないが証拠は残すな。こちらに回ってきたら面倒だ」

「お前な……——まぁ、いい。上がれ」

ため息と共に家の中へと案内される。

書類や他の荷物で埋め尽くされた部屋はいつものこととはいえ、どうにかならないのかと思う。

「それで用件は何だ？　お前のことだから厄介ごとだろう」

面倒くさそうなクラーストに貰ってきた地図を渡す。

何だ？　と興味なさそうに開いていたが、中身を見た瞬間、顔が驚愕《きょうがく》に染まる。

その様子に普通はこの反応で良いのだと安心する。

「これは……例の治癒術を使ったガキか？」

確信を持った問いかけに頷く。

無事に戻れた際に森での出来事はクラーストに全て話している。

「こんなに正確な地図は見たことない。それにこの辺りなんか軍事機密だろう」

城壁内の様子が描かれた辺りをさして顔をしかめる。

「一般人どころか俺たちだって立ち入り禁止の場所まで……。流石に城内の様子は分からないが、それでも十分に問題だ。一体どうやって作ったんだ？」

当然の疑問にルトがやったように指を上にさす。

クラーストの眉根が寄る。

「どういう意味だ?」

「そのままだ。上から見て描いたそうだ。浮遊術を使って」

クラーストが今度こそ絶句する。

「しかもそれはざっくりとした地図で、覚え書きに使っているそうだ」

「……頭痛がしてきた。何だそれは。意味が分からん」

「どうやら祖父と二人で暮らしていたため他人と関わることがほぼ無く、その結果こちらの認識と大きな相違があるようだ」

ルトとの会話内容や態度を思い出すが、嘘やごまかしを言っている様子は無い。

多少こちらに警戒しているようだが、思っていることを素直に口にしているのが分かる。

「お前はそのガキをどうするつもりだ? そいつの力が表沙汰になれば面倒なことになる」

「……分かってはいる。だが、魔物が出る森で何の不自由もなく暮らせるだけの実力は埋没させてしまうには惜しい」

魔物はその存在自体がよく分かっておらず、有効な対抗手段が見いだせていない。

そのため一般市民からも騎士団からも毎年多くの犠牲者を出している。

「気持ちは分かるが、俺は賛成できない。森から出てくる気がないのなら、そのままにしておいたらどうだ? 藪《やぶ》をつついて蛇くらいなら良いが、もっと恐ろしいもんが飛び出してくるかもしれないぞ」

クラーストの言うことも良く分かる。

魔物による犠牲者は出ているが、この国は今、概《おおむ》ね安定している。

調律を狂わせるようなことはすべきではないのかもしれない。

「……とりあえず、また酒を持っていく約束をしてしまったから様子を見る。――そういうわけだから融通してくれ」

「おい、お前はあの酒が本来持ち出し禁止だって知ってるだろう。あんまり持ち出したら俺の首が飛ぶ」

「それなら大丈夫だ。職的な意味ならこちらで雇うし、身体的な意味なら骨は拾おう」

「……お前、本当にイイ性格しているな」

呆《あき》れたように言われるが、長い付き合いなので特に気にすることはない。

それよりもこの先ルトとどう接するかの方が問題であった。

＊＊＊

一日の狩りを終え、家に戻る。

今日は猪《いのしし》が獲れたので、野菜と一緒に猪鍋にしよう。

そんなことを考えながら今日の成果をテーブルの上に並べていく。

並び終えたところで玄関を叩《たた》く音がして、顔を上げる。パタパタと走っていって扉を開ければ、思った通りブライアンさんが立っていた。

「久しぶりだな」

ブライアンさんが自分の顔を見て挨拶する。前に来てからそんなにたっていないような気もするが、久しぶり、なのだろうか。

少なくとも自分はまだ顔を忘れたりはしていないが。

「お久しぶり、です……?」

少し疑問形になってしまったが、流される。

「約束の物だ。受け取れ」

「――!　ありがとうございます!」

掲げられた酒瓶に目を輝かせて飛びつく。

我ながら現金な性格だと思うが、二度目で慣れたのか笑われることは無かった。

「今日は猪鍋にしようと思っていたのですが食べていきますか?　味はあまり保証できませんが」

そもそも街の人間は猪を食べるのだろうか。あまり見かけなかった気がするが。

興味が無かったら断るだろうと、とりあえず誘うと少し迷ったように間を開けた後、頂こうと言われた。

「散らかっていますがすぐ片付けますので、座っていてください」

収穫物をテーブルの上に広げたままだったことを思い出し、慌てて片付けようとするが、ブライアンさんに止められる。何か変わったものでもあっただろうか。

「見慣れないものが多いな」

「そうですか？　……そういえば、あまり街では見かけないですね。でも美味しいですよ。この辺りは生でも食べられますし、こっちのは日干しすれば保存食にもなります」

薄紫の実を渡せば、興味深そうに眺めている。

「それを干した物は最初に渡した中にも入ってましたよ」

「もしかして濃い紫のものか？」

「そうです。それを干すと色が濃くなって、あの独特の甘みが生まれるんです。俺は結構好きなんですけど、ブライアンさんはどうでしたか？」

ちなみに爺さんも好きだった。二人で採りに行っては仲良く食べていたものだ。

「そうだな、気になる程度には気に入っている」

少し遠回しな言い方に笑みをこぼす。

甘いものだから素直に好きと言い辛《づら》いのだろうか。

「それは干す用に採ってきたので熟していませんが、完熟したものもみずみずしくて美味しいですよ」

「そうなのか」

興味に目を輝かせる様子に落ち着いた大人だと思っていたブライアンさんが少し可愛《かわい》く思えてしまう。

「家から少し歩いたところに生っているので――行ってみます?」

家を出てのんびりと歩く。急ぐ必要もないし、何よりいい天気だったので散歩には丁度良い。

隣を歩くブライアンさんを見ても、周囲に警戒はしているもののどこか肩の力が抜けているように見える。

「この辺りにも魔物は出るのか?」

歩きながらの問いかけに、こちらも歩きながら返す。

「この森ならどこにでも出ますけど、基本的に遭遇することは滅多にないです。この間のブライアンさんは本当に運が悪かったとしか」

事実を伝えると、嫌そうに顔をしかめる。

余程大変だったのだろう。

「滅多に遭わないと言っても、遭う時は遭うだろう。そういう時、お前はどうしているんだ? その恰好で戦っている姿はあまり想像できないが」

ブライアンさんがこちらに視線を向ける。

自分の今の恰好は楽な服に、中ぐらいのナイフが一本。そして小さいナイフを数本しか持っていない。

中ぐらいのナイフが近距離用、小さなナイフが遠距離用だ。

見るからに頼りない恰好だと思うが、腕力が無い自分がどれほどの装備を整えたところで動きが遅くなるだけだ。

そのため自分の信念は、やられる前にやる、もしくは、やられる前に逃げる、だ。

「そう言うブライアンさんだって随分身軽な恰好だと思いますけど」

大ぶりの剣一本を腰に差しただけの姿は自分とそんなに大差ないと思う。

けれど、醸し出す雰囲気の差なのか、頼りなく見えることは無い。悔しいが、やはり身長と筋肉の差か。

「俺にはコレがあれば良い。ほかの武器を持ったところで上手《うま》く動けないし、防具も動きの邪魔だ」

ブライアンさんが自分ことを自然に俺と言っているのに少し驚くが、こちらが素なのだろう。

意識していないなそうなので聞き流すことにする。

「騎士って重い甲冑《かっちゅう》を着ていそうな印象でしたが」

「騎士団にいる時はもう少し見栄えのする恰好をしている。印象を良くするのも仕事だそうだ」

「……大変ですね」

ため息交じりに言われた言葉に苦笑する。

邪魔だと思うのに着けなくてはいけないのは大変だろう。

「騎士団は見栄えを気にする傾向が強く無駄が多い。装飾に金を使うくらいなら、質の良い物を入れてほしいが、取引先が決められているため中々融通が……――と、こんなことを言われても困るな、すまない」

「あ、いえ。憧れの職業の裏舞台みたいで面白いです」

「……憧れているのか？」

発言が意外だったのか、ブライアンさんが首を捻る。

その反応に俺も同じく首を捻《ひね》る。

「憧れなんじゃないですか？」

街では大層人気の職業だと聞いたのだが。間違っていたのだろうか。

「そういう意味か。納得した」

良くわからないが納得したようなので追求するのはやめておく。

それにもうすぐ目的地にたどり着く。

「アレがそうですよ」

目的の木が視界に入り、ブライアンさんの足が唐突に止まる。

「どうかしましたか？」

「……いや、想像と違っていて少し驚いただけだ」

「あぁ、ブライアンさんが見たのは熟していない実でしたね」

この実は熟すと中身が皮を破って飛び出てくる。しかも薄紫から濃い赤へと変わるので、見ように よってはかなり気持ち悪い。初めに言っておけばよかったな。

「見た目は気持ち悪いかもしれませんが、味は美味しいですよ」

熟した実を一つ摘《つま》んで渡す。

ブライアンさんは少し戸惑う様子を見せたが、意を決してかぶりつく。

「……うまい」

素直に認めたのにどこか不服そうで笑ってしまう。

自分も一つ食べようと手を伸ばしたところで、すぐ近くの茂みが不自然に揺れる。

「ブライアンさん！」

「――っ！」

茂みから飛び出してきた物体をブライアンさんが鞘《さや》の付いた剣で防ぐ。

そのまま衝撃を受け流すようにして弾《はじ》き飛ばすと、黒い物体は回転しながら着地した。

「魔物か」

黒い犬を一回り大きくしたような生き物が霧を纏《まと》いながらブライアンさんに再度突進してくる。四つ足を活《い》かした魔物は素早かったが、ブライアンさんは剣を使い上手に捌《さば》いていく。

更にその間に攻撃も加えていき、流れるような剣さばきに思わず見惚《みと》れる。

何度かブライアンさんの攻撃が入るが、硬い毛に覆われているために損傷は与えられていない。

剣さばきに見惚れている場合じゃないと気を引き締め、腰のベルトから小さなナイフを取り出し魔力を通す。

光がナイフ全体に行き届いたことを確認してブライアンさんを見れば、剣に噛《か》み付いた魔物と競り合っているところだった。

「そのまま押さえていてください！」

狙いを魔物の左足付け根に定め、ナイフを投げる。

魔力で軌道を補正しているためブレることなく一直線に魔物へと突き刺さった。

『――――ッガァァアアア!!』

空気を震わす断末魔を残して魔物が霧状になって飛散する。

跡形も無くなったその場に残ったのは突き刺さっていたナイフだけだ。

「大丈夫ですか？」

攻撃を受けていたようには見えなかったが、動かないブライアンさんに不安になり近づく。

近くで見てもどこにも怪我は無いようだが、その表情が険しい。

「今何をした？」

険しい表情のまま詰問され思わず一歩下がるが、逃がさないとばかりに腕を強く掴まれる。

その力に顔をしかめるが、緩めてはくれない。

「魔法か？　それとも特殊なナイフなのか？」

「ブライアンさん、落ち着いて」

「答えろ」

低い声にビクリと肩が跳ねる。

向けられたことの無い冷たい視線に無意識に体が震える。とりあえず何か言わなくてはと口を開くが、喉が強張《こわば》って上手く話せない。

どうしようと焦っていると、拘束されていた腕が不意に解かれる。

不思議に思ってゆっくり視線をブライアンに戻すと、彼は手で顔を覆っていた。

「ブライアンさん……?」

「……すまない。取り乱した」

覆っていた手をどかせば、冷たい視線は消え、いつもの表情に戻っていた。普段だって愛想が良いわけでもないが、刺すような鋭さが無くなって安堵《あんど》する。

「改めて聞くが、一体何をしたんだ?」

落ち着いた様子で聞かれ、今度はちゃんと言葉を返す。

「特に難しいことをしたわけではありません。ナイフに魔力を通して強化して、魔物の核を壊しただけです。あの魔物は動きが早くて狙いを定めるのが大変なんですが、今回はブライアンさんが押さえていてくれたので助かりました」

ありがとうございますとお礼を言ったが、何故か表情が硬い。

「ナイフに魔力を通しての部分も気になるが、魔物の核とは？」

「え、っと、魔物を構成している物質で、それを壊すと魔物は形を保っていられなくなるみたいです。核の周辺は比較的柔らかいので強化していないただのナイフでも上手くやればどうにかなります。ただ、魔物によっては狙いにくい場所にあったりもしますが」

言葉を重ねるごとにブライアンさんの表情がどんどん険しくなっていくので、それに比例して声もだんだんと小さくなる。最後の方は聞き取れたのだろうか。

「……その知識はどこで？」

「祖父に、教えてもらったのですが……何かおかしかったですか？」

不安になって聞けば、いや、と首を振られる。

ただその言葉は酷く疲れたように聞こえた。

その後、ブライアンさんは急用を思い出したらしく、猪鍋を食べないまま帰ってしまった。そのことを少し寂しく思ったが、最後にまた来ると言ってもらえて嬉しくなる。

他人と関わるなんて煩わしいと思っていたことも忘れ、次を期待してしまっている。

あまり自覚は無かったが、爺さんが亡くなってから二年。ずっと独りきりというのはやはり辛かったのかもしれない。


また来ると約束した通り、ブライアンさんは時々顔を出すようになった。

大抵は酒盛りが目的だが、その前に魔法を見せてくれと頼まれて見せたり、逆に剣術を見せてもらったりした。

前回魔物に遭ってしまってここに来るのが嫌なのではと心配したが、ブライアンさんは特に気にしていないように見える。

森の散歩にも向こうから誘ってくるくらいだった。

そんな風に少しずつ交流を深めていたが、ある日ブライアンさんに思わぬことを持ち掛けられる。

「お前に会いたいという人物がいるので、一緒に来てほしい」

突然の誘いに目を瞬かせる。

「唐突ですね。会いたいと言われる理由にも人物にも心当たりがないのですが」

「それは俺のせいだ。どうやら度々ここに来ているのに気付かれたようで、すまない。嫌なら無理強いはしないが」

「断っても大丈夫なんですか?」

選択肢を与えてくれているが、簡単に断れるようなことならそもそも言ってこない気がする。

出会ってからそんなにたつわけでは無いが、人となりはある程度掴んでいるつもりだ。

「……面倒なことにはなるが、酷いことにはならないだろう」

そう言いながらも小さく多分なと付け加えたのが聞こえてしまった。不安すぎる。

正直に言ってしまえば、行きたくはない。けれど、ブライアンさんがわざわざ話を持ってきたということは、断り辛い人からの依頼なわけで、日頃世話になっている自覚がある身としては、ブライアンさんの顔を立てたい気もする。

だが――、……うん、行きたくない。

知らない人間に一方的に興味を持たれているなんて未知の感覚すぎて不気味だ。ブライアンさんには悪いが、断らせてもらおう。

そう決めて口を開く。

「あぁ、そういえばお前が来てくれるなら秘蔵の酒を用意すると――」

「行きます。ぜひとも連れていってください」

思っていた言葉と違う言葉が出て自分のことなのに驚く。

それは向こうも同様だったようで、目を少し大きくした後、深々とため息をつかれた。


そして今は、城のすぐ近くにいる。

街までの転移は、俺の方が正確そうだったので引き受けた。

転移先の分かりやすい目印を聞いたら城を目指してくれれば良いと言われたので飛んできたのだが、近くで見ると大きいな。

思わず見上げていると、横から声がかかる。

「正門から少しズレているのは、わざとか？」

「ええ、そうです。目の前の方が良かったですか?」

何も無かったところに急に現れて門番に注目されるのは避けたいと思ってこっちにしたのだが、目的地から離れてしまっただろうか。

「いや、こちらで良い。もともと表ではなく裏から入るつもりだったからな」

そう言うとブライアンさんが歩き出したので追いかけるように歩きだす。

……表? 裏?

何だか嫌な予感がしてくる。

美味しいお酒に釣られて来てしまったが早まったかもしれない。せめて行先だけでも聞いてから判断すれば良かった。あまりにも自然に接してくれるために忘れていたが、ブライアンさんは貴族なのだ。

つまり会いたいと言っている人物も貴族である可能性が非常に高い。

貴族の中には平民を同等の生き物として考えていない場合も多い。ブライアンさんの知り合いだから大丈夫だとは思いたいが、うっすらと背中に汗が出る。

「あの、知り合いの方って……貴族の方ですか?」

否定してほしいと期待して声を掛ける。ブライアンさんは少し考えた後に、首を振る。

違うのか。良かった。

それに安心していると、予想を超えた事実を突きつけられる。

「貴族というより、王族だ」

思わず足を止めてブライアンさんを凝視する。

冗談だ、本気にしたのか？　そう言ってくれることを心の底から熱望した。けれど、ブライアンさんは歩みを止めた俺を不思議そうに見るだけで期待する言葉はくれない。

そして、そんな冗談を言うような人間でないことも知っている。

「……ちなみにお相手の方のお名前をお伺いしても？」

「あぁ、伝えるのを忘れていた。お前に会いたいと言っているのはフェンリー様だ」

「……この国の第一王子がそのようなお名前だった気が」

空笑いをしそうになりながら言えば、またも期待していない反応が返ってくる。

「流石《さすが》にそれくらいは知っていたか」

悪意なく馬鹿にされていることに物申したかったが、今はそんなことを気にしている場合ではない。

王族と言っても本当に遠い末端の王族かと思ったら、王子とは。予想外も良いところすぎる。

「え、っと、あの、自分のために王族の方の時間を取らせてしまうのは非常に忍びないのですが」

だからこの話は無かったことにしてくれないだろうか。行きたくない。本当に帰りたい。上手い話には裏がある。その通りだ。爺さんに言われていたことを痛いほど理解する。

「会わせろと言っているのは向こうだ。気にすることはない」

正論で切り返される。

そうなのだが、そうではなく。

「それにこの恰好では失礼にあたるかと」

俺の恰好は薄汚れてはいないが、正装とは程遠い。良くてちょっと高い飲み屋に入れるくらいだ。王族どころか貴族にだって会える恰好ではない。

「大丈夫だ。用意させている」

その返答に目を丸くする。

「――断っても良いって言ってましたよね」

「……まぁ、そうなのだが」

ブライアンさんが言葉を濁す。

最初から逃げ場は無かったということか。それとも取り合えずで用意していたとでも言うのか。何だか妙に疲れを感じる。

こんな感覚は遠い昔に魔力を使いすぎて倒れる寸前になったとき以来だ。

「……分かりました。来ると言ったのは自分です。この期に及んで抵抗するのはやめます。その代わり、失礼なことになっても責任は取れませんので」

貴族の、ましてや王族相手の礼儀など知るはずもない。

「その辺りは問題ない。細かいことを気にする方ではないからな」

「そう、願いたいです」

零れそうになるため息を飲み込む。最悪、斬られそうになったら逃亡しよう。自分の抵抗など微々たるものでしかないが、爺さんに禁止された術を使えば少しくらいは時間が稼げるはずだ。その間に国外まで逃亡しよう。そしてほとぼりが冷めたら、森に戻って暮らせばいい。

自分にそう言い聞かせてブライアンさんに着いていき、気付かれないように息を吐き出した。


連れていかれた部屋の中で服を渡され着替える。

自分にとっては派手に感じるが、きっと大分地味なものを選んでくれたのだろうと思う。時々見かける貴族の人間はもっと派手派手しい服を着ていたしな。

姿見で自分の姿を確認しているとノックと共にブライアンさんが入ってくる。

「似合うな」

「はぁ、そうですか」

世辞に薄い反応を返す。

「そんなに緊張しなくても大丈夫だ。危害を加えられるようなことは無い」

「……その言葉、信用していいんですよね」

問いに対し、僅かな戸惑いもなく頷く姿に少しだけ気持ちが軽くなる。何の根拠もない言葉だが、ブライアンさんが言うなら多少は信じても良い。

ブラアインさんに連れられ広い廊下を歩く。

足元は豪勢な絨毯《じゅうたん》がしかれ、足音を気にする必要はない反面、居心地が悪い。

しばらく進んだ先、大きな扉の前でブライアンさんが立ちどまり、叩く。

「――殿下、ルトを連れて参りました」

ブライアンさんが声を発すれば、扉の向こうから入れと命令される。

そういえば、ルトと言われたのは初めてのような気がする。いつもは二人しかいないので、お前としか呼ばれていない。

それが嫌ってわけでは無いけれど、ブライアンさんの口から自分の名前が出ると少し嬉しい。

扉が開き、ブライアンさんに続いて室内に入る。豪勢な調度品の中、その輝きに負けない人物が立ち上がる。

フェンリー殿下だ。

繊細な人形のようだと噂されていたのを思い出す。どうやら噂は馬鹿にできないらしい。

「遠いところ、よく来た。歓迎しよう」

長い髪を横に流し、柔和な笑みを浮かべる相手を見つめてしまったが、声を掛けられて我に返る。

「――西方の森に住むルトと申します。本日はお招きいただきまして、ありがとうございます」

正しい作法など知らないので、左手を後ろへ右手を左胸にあて身体を折る。

確か遠い昔に酔っぱらった爺さんに教えられたのはこれだったと思う。

今更ながらに、ここに来る前にブライアンさんに聞いておけば良かったと後悔する。そんなことにも頭が回らないほど、この事態に混乱しているらしい。

礼をしてから顔を上げると、驚いたような二人の顔。

「何か、おかしかったでしょうか」

冷や汗が出て、内心激しく動揺する。初めから失礼な態度を取ってしまってはこの後が恐ろしすぎる。本当に無事に帰れなくなってしまうかもしれない。

「……そうだね。おかしいと言えばおかしいし、おかしくないと言えばおかしくない」

驚いた顔から面白そうな顔へ変わったフェンリー殿下が謎かけのような言葉を発する。

困ってブライアンさんに視線を向ければ、こちらも驚きから立ち直っていたようで、疑問に答えてくれる。

「一般的な礼は左手を腹の前にし、右手を後ろにする。お前がやったのは逆で位置もずれている。ただ、極一部の上層部の間では、右手を心臓にあてることが最上級の敬意を表すともされている」

「……えっと、それはつまり」

「失礼ではないということだよ」

一番気になっていたところをフェンリー殿下に答えていただき、肩の力を抜く。とりあえず第一印象から最悪になることは防げたようだ。

それにしても爺さん。どうせ教えてくれるのなら一般的な方を教えてくれれば良かったのに。

「とりあえず座ってくれたまえ」

笑顔で着席を促されて、勧められた場所へ腰を下ろす。豪華な上、非常に柔らかい素材で出来ていて、お尻の違和感が半端ない。

「この仕事しか興味がないような男が頻繁に通っている相手がどんな人物かと思ったら、まさか男の子だったとは驚いたよ。どうりで色んな女を紹介しても首を縦に振らないわけだ」

「……誤解です。私にはそういった趣味はありません」

楽しそうな殿下の発言に対してブライアンさんが心底疲れたように返す。

「そうなのか？　こんなに可愛い子なのにもったいない。ねぇ？」

同意を求められるが、到底頷けない。

話題についていけてないことを差し引いても、頷いてはいけない気がする。

「ルトとはそういった関係ではありません。あくまで友人です」

「——え？」

驚きに思わず声が漏れる。

二人に注目されて、とっさに口を抑えるが今さら過ぎる。

「おや？　ルトはウェストのことが好きなんだね」

「あ、はい、そうです」

ウェストと言われて一瞬戸惑ってしまったが、すぐにブライアンさんのことだと思いだし肯定する。

ブライアンさんのことを好きか嫌いかと言ったらもちろん好きだ。

聞けば色々なことを教えてくれるし、自分の言葉にもきちんと耳を傾けてくれる。爺さんが亡くなってからそんな相手はいなかったので、素直に嬉しい。

それに何より毎回色んなお酒を持ってきてくれる。

最初に持ってきてもらったお酒が一番美味しかったが、他のお酒も十分美味しい。どうやら好みの味が似ているらしく毎回訪れを楽しみにしている。

「お前はこんなに好意を向けられて、何が気に入らないんだ？」

何故か殿下がブライアンさんに呆れたような視線を向ける。それに対するブライアンさんは頭でも痛いのか、眉間を抑え、長い息を吐き出している。

「ルト、確認するが、お前は私のことを人間として好ましく思っている。そう解釈して良いんだな」

「はい。先程は友人と思っていただけていたとは気付かず驚いてしまい、すみません」

ブライアンさんは落ち着いていて、街の色んなことを知っていて、騎士団にも勤めていて、そして忘れてしまいがちだけれど貴族で、勝手に自分とは違う立場の人間だと思い込んでいた。

友人なのか。そうか。初めての友人だ。

「そういうことですので、殿下が考えているような意味はございません」

「ふーん？　友人ねぇ。じゃあ二人が普段どんなことをしているのかルトの口から聞きたいな」

無邪気そうな笑顔を向けられる。

その笑みに変なところは無いのだが、なんだか背筋が冷たくなってブライアンさんを見てしまう。

「殿下、話は私が――」

「ウェストは黙っていろ。私はルトの口から聞きたいと言っている」

一瞬、殿下の顔から笑みが消える。

整った顔をしている分、笑みが消えると威圧感があり、正直とても怖い。

「さぁ、ルト。話しておくれ」

再び戻った笑顔に安堵よりも空恐ろしいものを感じてしまう。

「二人でいる時は、何をしている？」

「……基本的にお酒を飲んでいます」

「酒盛りか。あぁ、そういえば、酒が好きだと聞いて、珍しい酒を用意したんだ」

殿下が手を叩くと扉の向こうに控えていた侍女がグラスと酒を持ってくる。透明なガラス容器に入れられた蠱惑《こわく》の琥珀色《こはくいろ》に目が釘付《くぎづ》けになる。

「南の方で作られている酒で結構度数が高いんだけど大丈夫か？」

「はい、問題ありません」

強いお酒は望むところだ。度数の低いお酒も美味しいが、やはりあの焼けつくような感じがたまらない。侍女が注いでくれるのを眺めながら、自然と喉が鳴る。

「では、乾杯」

殿下が口をつけたのを見てから自分もグラスに口をつける。

途端に口に広がる独特の苦みと焼けるような喉の熱さに、幸せを感じる。

「とても美味しいです」

心からの賛辞に殿下も嬉しそうに笑う。

「そんなに喜んでもらえるとわざわざ用意したかいがあった。それで、二人はお酒を飲みながらどんな会話をしているんだ」

再び話を聞かれるが、殿下の雰囲気が柔らかくなっていたこととお酒の力で、抱いていた警戒心が薄れる。

「森の話とか、街の話です。今が旬なものをお勧めしたり、街での流行《はや》りを聞いたり」

「へぇ、いいね。今度、私にもお勧めを教えておくれ。他には？　酒盛り以外には何かしないのか」

「あとは、剣術を見せてもらったり、魔法を見せたり、森を散歩したりしています。何もない森の奥地ですので他にすることがありませんから」

今さらだが、よくブライアンさんはあんな森の奥まで足を運んでくれるものだと思う。転移術があるとは言え、毎回大変だろうに。

「ルトは魔法が使えるの？」

「ええ、少しだけですけれど」

「それは是非見てみたいな」

期待するような眼差《まなざ》しを向けられて戸惑う。ここは流れからして見せるべきなのだろうか。けれど、自分の魔法を見せても大して面白くもないだろうからあまり見せたくはない。期待外れで落胆されるだけならまだしも面倒なことになるのは困る。

どうしようと困っているとずっと黙っていたブライアンさんが口を開く。

「殿下、魔法が見たいのであれば今度騎士団の優秀な人間を連れてきます」

助け船を出されて安心する。

どうせ見るのなら騎士団の人間が使う魔法の方が余程面白いはずだ。

「嫌だ。私は今ここで見たい。今度なんて言葉はうんざりだ」

本当に嫌そうに吐き捨てられた言葉にこの人の苦悩が垣間見えた気がした。王族は偉そうにしている印象しかないが、それだけで国が動くわけがない。

「毎日毎日くだらない事で時間を取られ、ろくに寝る時間さえ取れない私の些細な我儘《わがまま》くらい聞いてくれても良いじゃないか」

拗《す》ねたように頬を膨らませる殿下の姿は、不敬かもしれないが大変可愛かった。

その姿に心動かされたのか分からないが、ため息をついたブライアンさんがこちらを見る。

「……ルト、すまないが頼めるか」

疲れたように頼まれ、肯定の返事をする。

何だかこの部屋に入ってからブライアンさんの疲れた顔しか見ていない気がする。

「それでは、あの水差しを貸していただけますか」

殿下に許可を貰い、水差しを借りる。

取りに行く際にこっそりとブライアンさんにあまり派手なことはするなと言われた。派手なことって、どんなことだろうか。

水差しの上に右手を乗せ、少し魔力を込めて水を浮かせた状態で水差しの外へ出す。

「わぁ、凄《すご》い」

興味深そうに目を輝かせる殿下の前で水の形を変えて建物を作る。

「あ、それはノーストの時計台だね」

「正解です」

グニャグニャと形を変えながら、ケーリケ橋やノンスク教会、街の有名な建築物を作っていく。その度に殿下は楽しそうに答えていく。

今度は建物ではなく動物にしようと、ある動物を作る。

街中でも時々見かけるので殿下も知っているだろうとこの動物にしたのだが、今まで快調に正解していた殿下が初めて止まる。

「これは……犬？　いや、犬にしては手足が短いような。猪かな？」

不正解に首を振る。殿下は見たことが無いのだろうか。

「ウェストは何に見える？」

殿下に聞かれてブライアンさんが水の塊をじっと見つめる。

あまりに凝視するものだから、その視線の強さで水が蒸発しそうだ。もちろん本当にするわけがないが。

「ねずみ？」

「……ウサギです」

「――え？　ウサギだったのか」

ブライアンさんが驚いたように言う。ウサギを見たことが無いのだろうか。あんなに可愛くて美味しい生き物を知らないとは、今度見せてあげよう。

「次で最後です」

ウサギを壊し、円盤状に広げ絵柄を付ける。

まず円に沿うようにツタをあしらい、それに絡めるように竜を描く。こちらを向く竜の口に剣を咥《くわ》えさせれば完成だ。

「王家の紋章だね。細かいところまで再現されていて凄いよ」

殿下が手を伸ばして触れる。その際に表面が揺らぎ、やがて落ち着く。

気に入ってもらえたのならと紋章を象《かたど》ったまま、凍らせて固める。

「どうぞ、お手に取りください」

「うわぁ、冷たい」

手に伝わる感覚に殿下が頬を緩ませる。

興味深そうに眺めているが、あまり持っていると凍傷になるため返してもらう。受け取った氷は水にして水差しに戻した。

「少しは退屈しのぎになったでしょうか？」

目を輝かせてくれていたから大丈夫だと思うが、これでつまらなかったと言われたら地味にへこむ。

「あぁ、楽しませてもらった。礼にこれをやろう」

殿下が人差し指にしていた指輪を取って渡してくる。

思わず受け取ってしまったが、近くで指輪を見て慌てて返そうとする。

「こんなに立派なもの戴《いただ》けません！」

良く見ていなかったので気付かなかったが、指輪には王家の紋章がしっかりと描かれていた。

「良いから持っておけ。自分の身を守るため、誰かを守るため、力が必要な時もある。その時に後悔しないように持てるモノは持つべきだ」

真剣な目に返す言葉が見つからない。

助けを求めるようにブライアンさんを見るが、同じように真剣な表情で持っていろと言われてしまう。

「……謹んで頂戴いたします」

受け取った指輪は見た目以上にとても重く感じた。


その後、少し話をして退室すると、どっと疲れが押し寄せる。

怠《だる》い身体で着替えを済ませて外へ出ると辺りは暗くなっていた。

「思ったより遅くなってしまったな。泊まるのなら宿を用意するが」

「いえ、帰ります。どうせ転移術ですぐに着きますし、宿に泊まるのはもったいないですから」

「それなら送ろう」

ブライアンさんの提案に苦笑する。すぐに着くのにわざわざ送るとは本当に律儀だ。

「若い娘じゃないんですから大丈夫ですよ。ただ――」

言いかけて、やっぱりやめようかと言葉を途切れさせる。

自分も疲れているが、自分と殿下のやり取りに神経をすり減らしていたブライアンさんの方が疲れているだろう。早く帰って休みたいはずだ。

「ただ、何だ？　遠慮するな言え」

何でもないですと言ってしまえば良い。だが殿下とのやり取りで疲弊した心が潤いを求めている。

意を決して口を開く。

「飲み足りないので飲み行きませんか？」

提案した時のブライアンさんの顔は笑いと呆れを混ぜたような表情をしていた。

＊＊＊

森の中で出会った少年は、予想外の行動を起こす人間だった。

まず予想外なのが、規格外の魔法を使えること。

初めて会った時にいとも簡単に怪我を治したが、複雑な式を一切使わずに短時間で怪我を治すなど見たことも聞いたこともなかった。

しかも治癒術のみならず、転移術、浮遊術、氷結術にも精通しているようだ。きっと他にも色々精通しているのだろう。

次に予想外だったのは、魔物をナイフ一本で倒してしまったこと。

通常、魔物を退治する場合は騎士団の人間で五人程度、一般人では十人から二十人ほどでジワジワ追い詰めるように退治する。魔物は表皮が硬く有効な損害を与えられないために必然的に長期戦になってしまう。

それをナイフ一本で瞬殺してしまったのだ。予想外にも程がある。

その他にも予想外な行動は多々ある。

覚え書きと言って軍事機密並みの地図を作成したり、見慣れない食べ物を躊躇いも無く口にしたり、何故か僅かな王族と本当に信用された者だけに浸透している礼の仕方を知っていたり、他にもあげだしたらキリがない。

そして今、またしてもルトの予想外な行動に直面していた。


きっかけは、ルトの飲み足りないという一言。それに対し、それなら自分の家が近いから家で飲もうと提案してしまったのが決定打だった。

少し緊張しながらも物珍しそうに周囲を見回していたルトは出されたお酒に頬を緩めて飲みだした。いつもながら美味しそうに飲むので自分もつい色々と勧めてしまう。

酔ったところなど見たことが無かったので体質的に強いのだと思っていたのだが、認識が間違っていたようだ。

ルトは確かに少量で酔ったりしない。ただ、一定量を超えると酔っぱらうらしい。

「ぶらいあんさん、聞いてます?」

とろんとした目で袖を引きながらルトが話しかける。

「聞いていなかった」

「もう、しょうがないですね。ちゃんときいててください。あれはですね、あれ？　なんでしたっけ?」

完全なる酔っ払いだった。しかも絡み酒。

予想外にも程がある。ため息をつきつつも水を渡すが、ルトは首を振り再度酒に手を伸ばす。

「いい加減にしておけ」

ルトの手から酒を奪うと、恨みがましい視線を向けられる。

それでも返さないでいると、実力行使に出たのか奪い返そうと手を伸ばしてくる。そのせいで必然的に近い距離になりルトの赤くなった顔がよく見える。

相当酔っぱらっているようだ。この分だと二日酔いになるかもしれない。

「かえしてくださいー」

少し呂律《ろれつ》が怪しい感じで訴えてくる。

「お前のために言っている。もうこの辺にしておけ」

ルトのためを思って言っているのだが、気に入らないらしい。

急に強い力で肩を押されてバランスを崩す。とっさに手に持った酒は零さないようにしたが、そちらに意識を向けたせいか、ソファへと倒れ込む。

酒の中身が零れていないことを確かめ、テーブルの上に置く。

「お前な」

一言文句を言おうと口を開くが、至近距離で上から見つめられ口を閉ざす。

いつもどこか警戒したような瞳が無防備に向けられている。

「おまえじゃありません。ルトです」

じっと見つめてくる瞳を逸《そ》らさずに見つめ返す。

「……ルト」

「なんですか？」

名前を呼べばふわりと微笑《ほほえ》む。

その笑みが本当に嬉しそうで、どうして名前を呼ぶだけで嬉しいのか不思議に思う。

「ルト」

「なんですか？」

もう一度呼んでも同じようにふわふわと笑う。

「ルトは呼んでくれないのか？」

そう言ったことに特に意味は無かった。ただ、自分が呼んだのだからお前も呼べと、それだけだった。

「ぶらいあんさんの名前ですか？　えーと、うぇすと――ウェストさん」

呂律がちゃんと回らないせいで少し甘えたような口調で呼ばれる。

それだけのことに、何かを刺激される。

多分、自分も相当酔っている。

「ウェストさん？」

手を伸ばして頬に触れる。滑らかな頬は酒のせいか熱を帯びている。

火照った頬には冷たい手が気持ち良いのか、手のひらにすり寄ってくる。

この状況でそんなことをしたら襲われても文句は言えないと分かっているのだろうか。

「……いい加減に降りろ」

このままでいたら後悔しそうで早く退くように伝える。力づくで退かすのは簡単だが、何となく躊躇う。

自分の家に誘ったのは失敗だった。街の酒場に行っていれば、もしくはいつものようにルトの家で飲んでいれば。選択肢はいくつもあったはずなのに、どうして最も理性が緩む場所を選んでしまったのか。

酒が回ってクラクラする頭を無理やり動かして思考を続ける。ここで考えることを放棄したら不味《まず》いことになる気がする。

そんな風に自分と戦っているにも関わらず、ルトは一向に退こうとしない。それどころか本当に悲しそうな顔をしてとんでもないことを聞いてくる。

「ウェストさんは、おれのことをきらいですか?」

何でそんなことを聞いてくるんだと重い息を吐きたかったが、それを察したルトの肩がビクリと震えたので吐き出さずに飲み込む。

「嫌いなら家に招いたりなどしない」

この家に人を招くことはほとんどない。

自分が寛《くつろ》ぐことを目的に購入した家なので、付き合いで招かねばならない場合はここから少し離れた実家を使っている。

付き合いの長いクラーストは何度か来たことがあるが、それだけだ。

「本当ですか？　おれも人はにがてだけど、ウェストさんは大丈夫です。あんしんします」

「安心？」

自分といて心休まるなど生まれてから一度も言われたことが無いが。むしろ気が引き締まるとよく言われる。

「うーん、なんでだろ？　……あ、そっか。似てるんだ。見た目は似てないけど、雰囲気が」

ルトはそう言って少し悲しそうに笑う。

どこか懐かしむように浮かべられた笑みに僅かな苛立《いらだ》ちを覚える。その目は明らかに自分以外の誰かを見ていた。

「おい、似てるのか何なのか知らないが、俺は俺だ。違う人間と一緒にするな」

苛立ちのまま告げれば、ルトは目を丸くしてこちらを見てくる。それから自分をちゃんと認識して笑う。

「そうですね、ウェストさんですよね。俺と一緒にお酒飲んでくれて、またこれからも時々飲んでくれるんですよね？」

「あぁ、また美味しい酒を見つけて持っていく」

「そっか、たのしみです」

緩んだ表情で笑い、肩口に頭を埋《うず》めてくる。

甘えているのだろうか？

一昨年に祖父が亡くなったと言っていたが、その後ずっと独りで森の中に住んでいたのなら人恋しいのかもしれない。

どうしようか少し悩み、頭をゆっくりと撫《な》でる。拒絶されないのでそのまま撫で続けると、微《かす》かな寝息が聞こえてくる。

「おい、こんなところで寝るな」

この体勢から寝ている人間を起こさないで運ぶのは難しいので軽く揺する。その振動で目を覚ましたのか、肩口に顔を埋めていたルトが顔を上げる。

「起きたのなら――」

「ウェストさん、おやすみなさい」

そう言ってルトが頬にキスをする。

頬に一瞬だけ柔らかいものが触れ、すぐに離れる。

驚きに固まっていると、原因を作った張本人がまた人の上で寝息を立て始める。

「……予想外すぎるだろ」

もう良い、と考えることを放棄する。

ソファは寝転がれるくらいには広いし、上に乗っているルトも温かくて丁度良い。とりあえずソファから落ちないようにルトを抱きしめ、目を閉じた。

＊＊＊

心地良い眠りから意識が浮上する。

確か自分はブライアンさんと飲んでいたはずだが、いつの間に寝ていたのだろうか。思い出そうとしても途中から記憶が無く思い出せない。

昔、爺さんにお前は酒癖が悪いから飲み過ぎないように散々注意されたことがある。

それ以来自分の容量を超えるような飲み方はしていなかったのだが、昨日は精神的に疲れていたこととブライアンさんの勧めるお酒が美味しくてつい飲み過ぎてしまった。

……嫌な予感がする。

とりあえず起きようと身じろぐが、何故か動けず、不審に思って目を開け、状況把握に十数秒、把握した状況を受け入れるのに更に十数秒必要とした。

どうして自分はブライアンさんの上で寝ていて、しかも抱きしめられているのだろうか。

こうなった経緯が全く理解できず、混乱しているとブライアンさんの瞼《まぶた》がゆっくりと開く。

「……おはよう」

「……おはようございます」

ぼんやりと挨拶をされ反射的に返す。ブライアンさんはまだ寝ぼけているのか、腕を解いてはくれない。

「あの、ブライアンさん」

「ウェストで良い。昨日呼んだだろ」

全然覚えていない。自分は昨日何をしていたのだろうか。

「ウェスト、さん？　あの、この状況は……？」

「ルトが人の上に乗ったまま寝たので面倒になって俺もそのまま寝た」

「そ、それは大変失礼を」

覚えていないが、そんなことをしたとしたらかなり失礼だ。血の気が引いて顔が青くなっている気がする。

「別に気にしていない。それよりも、もしかして昨日のことは覚えていないのか？」

「……はい」

消え入りそうな声で返事をする。

散々迷惑をかけた挙句覚えていないだなんて、穴があったら入りたい。

「……そうか。でも、何かをやらかした自覚はあるんだな」

「はい、本当にすみません」

やはりやらかしたのか。人の上に乗るだけでは飽き足らず、自分は一体何をしでかしたのか。

「なら今後、俺以外と一緒にいる時に飲み過ぎるのを禁止する」

思わぬ条件に目を丸くする。

それは逆に言えばウェストさんといる時なら飲み過ぎても良いわけで。醜態を晒《さら》してもそれを許してしまえる心の広さに尊敬の念を覚える。

「いいな？」

「あ、はい」

元からウェストさん以外に自分とお酒を飲んでくれる人なんていない。素直に返事をすれば、ウェストさんがよしと頷く。

そろそろ先程からずっと言いそびれている言葉を言っても良いだろうか。

とりあえず腕、離してもらえませんか？　と。

＊＊＊

街を歩きながら鞄《かばん》の中身を確認し買い忘れが無いかを確認する。

一通り予定の物は買い終わったことを確認して、じわりと浮かんできた汗を拭う。日が沈めば涼しくなるが日中はやはり暑い。

あそこのお店で飲み物でも買って涼もうと足を向けたところで声を掛けられる。

「ルト」

名前を呼ばれて驚いて視線を向ければ、ウェストさんがいた。

しかも勤務中なのかいつもの上品な服装ではなく、騎士らしい恰好をしている。

「……暑そうですね」

思わず言ってしまえば酷く苦い顔をされた。どうやら本当の事を言ってしまったらしい。

「お仕事中ですか？」

「巡回中だ。正確に言えば部下に少し休憩しろと追い出された」

ウェストさんが不服そうに言うが、その様子が容易に想像できてしまい苦笑してしまう。きっと無理をしすぎて身体を壊さないかと心配しての行動なのだろう。

「そっちは買い物か？」

「はい。塩が無くなってしまったので、ついでに無くなりそうなものも何点か。あ、ウェストさんが前に勧めてくれたお酒も買ったのですが、……今日もやはりお忙しいですか？」

一人酒も良いが、せっかく勧めてもらったのだから一緒に飲みたい。

それに最近忙しいのかあまり顔を出してくれないし。

「……そうだな。久しぶりに飲みたいが、ここ最近、魔物の目撃情報が増えていて処理に追われている」

「魔物ですか。そう言われれば最近、遭遇する確率が高いですね」

この前一人で森を歩いている時に魔物に遭遇した。ウェストさんが初めて家に来た時のことや、果物を取りに行った時のことを考えて、こんなにも頻繁に会うのはおかしいと感じていた。

森の中だけのことかと思っていたが、もっと広い範囲で同じような現象が起きているらしい。

「何が原因でしょうか？」

「調査中だが、目ぼしい情報は集まっていない。……何か心当たりはあるか？」

尋ねられて脳内の記憶を漁《あさ》る。古い記憶を引っ張り出し、魔物に関する情報をかき集める。

「活発化する前と後では遭遇率がどれくらい上がっていますか？」

「正確な数値は分からないが、三から四倍程度には上がっているようだ」

「……それは、国全体として、ですか？」

つい聞き返せば、重く頷かれる。

この辺りは魔物とほとんど遭遇することは無いが、場所によっては頻繁に遭遇するところもある。

国全体で三、四倍ということは、相当な数の魔物が増えていることになる。

「……人間に対する警戒心が薄れてきているのかもしれません」

「そう思う根拠は？」

ウェストさんが真剣な表情で先を促してくる。

その強い視線に気圧されながらも、自分の発言に耳を貸してもらっているのだからと、感じたことを素直に伝える。

「消去法です。魔物との遭遇確率が上がる理由として考えられるのは三つ。一つ目は魔物の縄張りを荒らした場合。二つ目が単純に魔物の数が増えた場合。そして三つ目が今まで警戒して近づいてこなかった魔物が自ら近づいてくる場合です。一つ目と二つ目はこの現象が国全体であることと、遭遇率が急に上がり過ぎていることから可能性としては低いかと」

魔物は人間を察知すると基本的は寄ってこない。例外はあるが、襲ってくる時は、察知した際にすでに近い距離だったり、自分の縄張りを荒らされたと感じた時が大半だ。

この辺りは爺さんから聞いたということもあるが、自分でも何度か確認しているので大きく間違っていることは無いと思う。

「警戒が緩んでいる、か」

「もしくは、何か人間のいる場所へ行かなくてはいけない理由があるのかもしれませんが」

「例えば？」

変わらず真剣な表情で聞かれて困る。今のは完全に思い付きで言ったので、何か考えがあったわけでは無い。

「……お、お腹《なか》がすいた、とか……駄目ですか？」

思わず目を逸らす。言った後に、もう少しまともな理由があっただろうと後悔して恥ずかしくなる。

羞恥に顔を上げられないでいると、頭をくしゃくしゃと撫でられる。

醜態を晒してしまった一件以来、こうして時々頭を撫でられたりする。嫌ではないが、少し気恥ずかしい。

「質問ばかりして悪かった。ルトの意見は十分参考になった。礼を言う」

まっすぐに向けられた視線に、今度は照れで恥ずかしくなる。拙い意見であるにも関わらずこうして聞いてもらえて嬉しい。気恥ずかしさを抑えて顔を上げれば、ウェストさん越しに遠くから馬に乗って走ってくる騎士の姿が目に入る。

慌てている様子のその人は、こちらに気付くと声を張り上げる。

「団長！　大変です！」

大きな声に反応してウェストさんが振り向く。

「……団長？」

ぽつりと呟《つぶや》くが、走ってくる人に意識を向けているせいかウェストさんの耳には入らない。

近くまで走ってきた人は馬から降りるとすぐに話し始める。

「セニア街道を十キロ進んだところで商隊が魔物に襲われています！」

「――っ！　数と魔物の特徴は分かるか？」

「数は三。三体とも犬型の魔物で、うち一体は羽のようなものが生えており、見たことのない魔物でした」

団員の報告にウェストさんが厳しい顔をする。

「分かった。私が先に向かって時間を稼ぐ。その間にお前は使える人間を集めて連れてこい」

「はっ、承知しました！」

指示を受けた団員は馬に乗って姿を消す。

短い時間での出来事に茫然《ぼうぜん》としていると、鋭い視線のウェストさんが自分のすぐ傍《そば》に立つ。

「ルト、一般人であるお前を巻き込むのは間違っているのだと思う。だが、今は緊急事態でお前の力を借りたい」

意思の籠った視線に、後ずさりそうになる。強い眼差しは苦手だ。自分が空っぽだと突きつけられているような気持ちになるから。

「他の騎士が来る間、時間を稼ぐ必要がある。頼む、力を貸してくれ」

視線の熱量に気圧されるように頷く。

ウェストさんは他人を守るため、こんなにも必死になっている。それが少し羨ましかった。

「どこまで役立てるか分かりませんが、協力します」

一度深呼吸してウェストさんを見つめる。彼と行動を共にすれば、自分にも何か見つかるだろうか。

必死になれる何かが。

街中で転移するのは不味いと、裏路地に入ってから転移術を使用する。

正確な場所が分からないため、ある程度の予測を立てて飛び、そこから修正しつつ更に二度ほど転移した。

たどり着いた際に目に入った状況は悲惨だった。悲鳴、うめき声、そして、二度と動くことの無い死体。途端に胃の中のモノがせり上がってきたが、無理やり押し戻す。

今は、吐いている場合ではない。

「魔物は林の方に移動したようだ。行くぞ」

ウェストさんに続いて走りだす。死体の近くを通った際に剣を借りた。剣の扱いは上手くないが、丸腰よりは良いだろう。

そのまま少し走ると三体の魔物の姿が視界に入る。

今まで同時に相手にしたことは無かったが、どうにかなるだろうか。考えながら走っていると、ウェストさんに腕を掴まれ木の陰に連れ込まれる。

「二体はこの前倒したものと同型だな。もう一体の羽の生えた奴《やつ》を知っているか？」

ウェストさんの問いに首を振る。犬型で羽が生えた魔物は今まで見たことが無い。基本は犬型と同じだと思うが、どう違いが出るのか分からない。

「俺が羽の生えた魔物の気を引きますので、その間にウェストさんが――」

「待て。お前はここにいろ」

ウェストさんの突然の一言に何を言っているのだと驚く。

「一般人を戦闘に巻き込むわけにはいかない」

「巻き込むって、一人の方が危険です。それに早くしないと被害が――」

「聞け、ルト」

落ち着いた、しっかりとした声で名前を呼ばれて口を閉ざす。

「俺は自分の意思で騎士になり、ここにいる。たとえこの場で死んでも自分で選んだ以上後悔はしない。だが、お前は違う。この場で危険なことをする必要はない」

告げられた言葉に様々な反論が思い浮かぶが、ウェストさんの顔を見て、そういうことでは無いのだと黙る。どんなに言葉を並べてもウェストさんの意思を変えることはできない。変えるには同じくらい強い気持ちが必要だ。

そしてそんな気持ちは自分の中には探しても見つけることができない。

「時間を稼ぐだけだ。すぐに応援が来る。だから大人しく待っていろ」

宥《なだ》めるようにクシャリと髪を撫でられる。

それが対等には扱われていないようで、情けなくなる。

ウェストさんは踵《きびす》を返すと、魔物のところへ駆け出す。俺は遠くで悲鳴が聞こえているにも関わらず動くことができなかった。

＊＊＊

悲鳴やうめき声が聞こえる度に、ウェストさんの声じゃないかってビクビクする。それを重ねるごとにやはり我慢できなくなって、駆けだす。

ウェストさんが自分のことを考えて色々言ってくれているのは分かる。でも、それに従ってじっとしていられるほど賢い人間にはなれない。

近づくにつれて強くなる血の匂い。萎えそうになる足を、強く歯を食いしばることで何とか動かす。大した距離でもないのに心臓がうるさい。死の気配があまりにも濃く、息が苦しい。

やっとの思いでたどり着くと、交戦中のウェストさんの姿が見える。無事な姿に安堵するが、すぐに左腕から出血していることに気付く。

血の量から察するに浅い傷ではない。

「ウェストさん！」

堪《たま》らずに走りながら途中で拾ってきた石を魔物に投げつける。石とはいえ魔力を通しているため傷はつけられなくても怯《ひる》ますことくらいはできる。

「来るなと言ったはずだ！」

ウェストさんは声を張り上げながら左から来た魔物を弾く。

同時に俺は右から来た魔物を剣で逸らしたが、ウェストさんみたいに上手くできなくて魔物の爪が頬を掠《かす》める。

「羽の生えたのはどこですか？」

今自分たちを取り囲んでいるのは二体だけで羽の生えた魔物の姿が見えない。

三体同時に相手をするのは大変だが、姿が見えないのは不気味だ。

「さっき見えなくなってそのままだ。どこかに潜んでいるのかもしれない。気を付けろ」

引く気が無いと分かったのだろう、ウェストさんは戻れとは言わなかった。それにこの状況で戻ったところで一体はついてきそうだ。

「とにかく数を減らしましょう。一体を十秒ほど閉じ込めますので、その間にもう一体を」

「……わかった」

二体は周りを囲みながらこちらを窺《うかが》っている。十分な距離とは言えないが一時的なものならばできるだろうと、その場にしゃがんで地面に手をつける。

魔物が近づいてくる気配がするが、それを無視して地面に魔力を流し込む。
三、二、一……
心の中で数えて発動させる。

魔物がいた周囲の土が盛り上がり、一体を完全に覆い尽くす。

これで十秒ほどは出てこれないはずだ。

「そっちも少し足止めを――」

「いや、必要ない」

ウェストさんは、まっすぐに突っ込んでくる魔物をギリギリでかわし、流れるような動作ですれ違い様に左足の付け根に剣を突き立てる。

何度見ても思わず見惚れてしまう剣さばきだ。

『ガァアア！』

核を破壊された魔物が飛散を始め、消える前に剣を回収したウェストさんがこちらを向く。

「来るぞ」

「――え？」

呆《ほう》けていると腕を引かれてウェストさんの背後へ回る。それとほぼ同時に土壁が破られて中から魔物が飛び出してくる。

ウェストさんは魔物を右へ弾き飛ばし、隙だらけの核がある場所を剣で貫く。

あっという間に二体を倒してしまった。驚きで立ち尽くす。

こんなにもあっさりと片付くとは。ウェストさんが大人しくしていろと言ったのは自分を心配してのことではなく、ただ単に必要なかったからなのだろうか。そうだとしたら、無駄に邪魔をしてしまったのかもしれない。

ため息と共に、血で汚れた頬を乱雑に拭う。

血は出ているが大した傷じゃない。自然に治るのを待つ方が良いだろう。

それよりもウェストさんの傷が気になる。

「ウェストさん、腕の傷見せてください」

ウェストさんの傷は、怪我をした状態で動き回ったため先程より出血が酷い。早く手当をしないと。

「――団長！　どこですか！」

遠くから声が聞こえる。どうやら騎士団の人間が到着したようだ。間もなくこちらに来るだろう。

「ウェストさん、早く腕出してください」

傷を見せてくれないウェストさんに焦《じ》れて再度要求するが、ウェストさんは迷ったような表情を向ける。

「大した傷じゃない。大丈夫だ」

「どこがですか！」

そんなに血が流れていて大丈夫なはずがない。傷は治せても減ってしまった血は戻すことができない。せめて傷口だけでも塞ぎたいのに。

「――シッ、静かにしていろ」

ウェストさんが命令すると茂みから団員が姿を現す。その人たちから自分の姿を隠すようにウェストさんが前に進み出る。

「団長、魔物はどこに？」

「二体は倒した。残り一体は姿を消して行方不明《ゆくえふめい》だ。二手に分かれて捜索と怪我人の救助へ当たれ。魔物を見つけたら無理に戦わず応援を呼べ」

指示を出せば、すぐに動きだす様子に良く訓練されているのが分かる。

そういえば騎士団には魔法を使える人間がいたはずだ。ウェストさんも自分が治すより騎士団の人間に治してもらった方が良いだろう。

指示を出し終えたウェストさんがこちらに戻ってくる。

「ルト、後の処理はこちらで行うから、お前は――」

「帰ります」

遠回しに邪魔だと言われるのが嫌で言葉を途中で遮る。

騎士団が来て自分にはすることが何もない。そもそも魔物の特徴を教える以外に必要とはされていなかったはずだ。

それなのに勝手に戦闘に参加して、邪魔をして。

「すみません、帰ります」

「ルト？　おい、どうし――」

様子がおかしいと思ったのかウェストさんが声を掛けてくるが、その場にいたくなくて転移術を発動させる。

一瞬で見慣れた家の前に立つ。

戻ってきたことで緊張の糸が切れる。ズルズルと疲労やら何やら重たい身体を引きずって手近な木の根元に蹲《うずくま》って口元を抑える。

目を瞑《つむ》れば鮮明によみがえる多くの死体。噎《む》せ返るような血の匂い。

ウェストさんはそういうのが当たり前の中で生きている。

それに対して自分は森の中で気ままに暮らしていただけだ。

役に立てるわけがない。爺さんから教わった魔物の知識に関しては役立っているかもしれないが、それだって俺を必要としているわけじゃない。

力を貸してほしいと言われて何を勘違いしていたのだろうか。情けない。

みじめな気持なまま、せり上がってきそうな物を無理やり押し殺していた。

＊＊＊

「団長、怪我人の手当が終わりました。それと周辺に魔物の姿を確認することはできませんでした」

「そうか、ご苦労だった。引き上げるぞ」

報告に来た団員に指示を出し撤収作業に移る。その様子を眺めていると、面倒な奴が近づいてくる。

「そんなに嫌な顔をされると傷つくんですけど。仮にも副団長に対してその態度は無いんじゃないですか?」

呆れたような口調でキイサが話しかけてくる。

キイサは確かな能力を持ち、副団長を務めるのに文句は無い。ただ、常に面白いモノを探しているような節があり、騎士を務めるには性格に難がある。

「さっきのあの子、どこ行ったんですか？　団長、さりげなく隠そうとしてましたけど」

ついでに目ざとい。

キイサ相手に口で勝てるとは思っていないので、沈黙で通す。余計な情報を与える気は無い。

「それにソコにある変に土が盛り上がった跡、どう見ても魔法ですけど、団長にそんな魔法使えませんよね？　あの子が魔法使いでしょ。しかも相当の使い手。他の奴らは、流石は団長だって言って何も疑ってないですけど、いくらなんでも団長だって二体相手をこの短時間で倒せないですもんね」

本当に目ざとい。決めつけてくるのは確信があるのか、カマをかけているのか。

ちらりと視線を向けるが、目元と口元ばかりが笑っていて目の鋭さが隠しきれていない顔があるだけだ。どちらなのかは分からない。

「意味の分からないことを言ってないでさっさと撤収を手伝え」

ルトのことを教えるつもりは無い。

注目されればそれだけルトに付き纏《まと》う危険が増える。しかも自分の力の大きさを分かっていないルトにはそれを理解することは難しい。

いざとなればフェンリー様の名前を出せばある程度はどうにかなるはずだが、余計な芽は出さない方が良い。

「はーい、わかりました。今回はそういうことにしておいてあげますよ」

ヒラヒラと手を振りながらキイサが去っていく。詰めいていた息を吐き出すと、腕の傷が痛む。団員が来るのがもう少し遅かったら治してもらえたのだが、タイミングが悪い。しかし、あの治癒術を団員の前で披露するわけにもいかないので仕方がない。

騎士団に戻ったら応急処置をしておこう。その後は、今回のことを報告書にまとめて……終わるのは何時になるだろうか。

去り際に様子が変だったルトのことが気になる。

会いに行きたいが、夜中になる前に行けるだろうか。

「撤収準備完了しました」

「よし、戻ろう」

とりあえず目先のことから片付けようと指示を出す。

＊＊＊

その日は何をする気も起きずに、魔法で体を綺麗にしてベッドへと倒れ込んだ。寝返りを打ちながら、脳裏に浮かぶ映像を必死に消して寝ようと試みる。けれど、やはり眠りは訪れず、時間だけが過ぎていく。

やがて横になっているだけの状態が辛くなり、起き上がる。

灯《あか》りをつけて台所へ向かい、買ってきた酒を取り出す。酔えば眠れるかもしれない。そう思うと同時にそんなことでは眠れないとも分かっていた。けれど、横になっても眠れない以上試してみるのも良いだろう。

本来想像していたのとは違う形になったが、一人で酒を飲み始める。強い酒を飲めば、胃の中が空ということもあっていつも以上にクラリとする。

正直気持ち悪い。けれどそれを無視して酒を口にする。

結局お酒を丸ごと一本空けても眠ることはできなかった。ただ、思考は大分薄れて、ぼんやりすることはできる。考えるのが面倒で、見慣れた木目をぼんやりと見ながら、年輪の数をかぞえてみる。全く意味の無い行動だが、そういうことをやっている方が気は紛れる。

ふいに風で窓がガタガタと言う。ついでに扉からもコツコツと何かがぶつかるような音がする。

風で何か飛んできたのだろうか。

そんな風に思うが、やけにその音が規則正しいことに気付く。

まさかとは思いつつも、ふらつく足で扉まで歩いて鍵を開ける。こんな時間に何を期待しているんだと内心自分を笑いながら、扉を開け、驚きで固まる。

「……え?」

第一声がそれとは随分失礼だが、本当にそれしか出てこなかった。

「遅くにすまない。灯りがついていたからまだ起きているかと思って……酒を飲んでいたのか?」

「あ、はい。ちょっと、寝付けなくて」

素直に言えばウェストさんの眉根が寄る。意図せず責めるような内容になっていたことに気付き、慌てて弁解する。

「それにウェストさんに教えてもらったお酒が気になってしまって！　一人で全部飲んじゃいました」

実際は味なんて全然分からなかったのだが、そこは伏せておく。気になっていたのも、全部飲み切ったのも事実だから嘘は言っていない。

「一人で全部飲んだのか？」

少し警戒するように尋ねられる。どうしてここで警戒されるのだろうか。

「そうですけど、何か不味かったですか？　あ、声を掛けたくせに残しておかずにすみません」

「いや、それは良いのだが。……まだ大丈夫なのか」

後半の独り言のような一言に再度首を捻るが、流される。

「勧めてもらったお酒は飲んじゃいましたけど、他にもあるので上がってください」

入り口に立っているウェストさんの左腕を掴む。

中に入ってもらおうと腕を引いた瞬間、ウェストさんが顔をしかめたのに気付き、とっさに手を離す。

「もしかして、怪我、治してないんですか？」

「……応急処置はした」

「そういう問題じゃありません！」

怪我をしていない右腕を掴んで、今度こそ中へ引きずり込む。今回は渋られても強引に治療するつもりだ。あんな傷を放っておいて化膿《かのう》でもしたら大変なことになる。

強引に椅子に座らせて、傷口を見せるように言えば、ウェストさんは特に嫌がる素振りも見せずに上着を脱ぐ。

林の中であんなに嫌がったのは何だったのだろうか。

血がにじんだ包帯とガーゼを取って現れた傷口に眉を顰《ひそ》める。こんな傷を負いながらも平然としているなんて、どんな鍛え方をしたらできるのだろうか。

すぐに手をかざして魔力を流し込む。

今回の傷は深いから、前回よりも時間をかけて丁寧に。手のひらを通じて魔力がウェストさんに移り、ウェストさんの身体をゆっくり巡回するようなイメージでゆっくりと。

しばらくすると傷口が塞がってきて、一度肉が盛り上がって、段々と落ち着いてくる。表面が綺麗になった段階で力を抜くと、集中したせいか、少し額に汗をかいていた。

「どうですか？」

調子を尋ねれば、確かめるように腕を回したり力を入れたりして確認する。

その様子を見る限りは特に問題なさそうだが。

「大丈夫だ。ありがとう」

「い、え、大したことではないので」

まっすぐにお礼を言われて思わず目を逸らす。逸らしたのは自分なのに、それが何となく気まずくて、口を動かす。

「そういえば、残りの一体は見つかったんですか？」

途中で姿を消した一体が少し気になっていた。

今までであった魔物で、途中で逃げるという行動は見たことが無かったから不思議に思う。

「いや。周辺を探索したが見つからなかった。遠くに行ってくれるのなら良いが……」

ウェストさんも気になっているようで、話す表情は硬い。その表情を窺っていると、ふと目が合う。

しばしの見つめ合い。

そのまま何故かウェストさんが近づいてきて、頬へ掛かった髪を梳《と》かれる。

——え？

至近距離で見ても苦にならない造形にどこか遠くで感心しながら、近い距離に脳内が混乱に陥る。

「傷、治さなかったのか」

混乱していたせいでウェストさんの言葉の意味を拾うのに少し時間がかかってしまったが、ようやく頬に怪我をしていたことを思い出す。

「血も止まってますし、これくらいは自然に治るのを待った方が良いですから」

そう言えば、どこか痛ましそうに目を細めたウェストさんが傷口を避けるように優しく頬に触れる。その優しい触れ方に、くすぐったさに似た物を感じ、身を捩《よじ》らせれば、ウェストさんの顔が更に近づいてくる。

「……ルト」

睫毛《まつげ》の本数まで数えられるくらい近づかれて、息をすることも忘れて目を限界まで見開く。

名前を呼ばれ、その優しい響きに心臓が跳ね、身体が熱くなる。

わけの分からない状況に、強く目を瞑れば少しの沈黙の後、ウェストさんが言葉を発する。

「……腹、減った」

「——は、い？」

間の抜けた声が漏れた。表情も大分間抜けになっている自覚がある。

「手ぶらで来ておいて厚かましいと思うが、何か食べさせてくれないか」

「え、は、はい！　ちょっと、待っててください」

慌てて距離を取り、逃げ出すように立ち上がる。まだ頬が火照っているような気がして恥ずかしい。

自分は一体何を考えていたのだろうか。いや、でもウェストさんも悪い。何か食べたいのなら普通に言えばいいのに、何故あんなに近づく必要があったのだろうか。

慌てて台所へ向かう途中、ウェストさんが自分の家じゃなくて良かったと呟くのが聞こえたが、その意味を聞き返す余裕は無かった。

簡単な炒《いた》めご飯を作って戻るとウェストさんは、椅子に座って腕を組み、目を瞑った状態から動かない。

そっと近づくが動かないところを見ると、どうやら寝てしまっているようだ。

疲れているのだろう。今日だけでなく、しばらく忙しいようなことを言っていたし。

寝ているのを良いことに至近距離で顔を覗き込む。目を瞑っているせいか、先程みたいに異様にドキドキしたりはしない。

改めて近くで見てもやはり整った顔をしていると思う。恰好の良い人だ。そしてそれ以上に優しくて責任感の強い人。去り際に変な態度を見せてしまったからわざわざ様子を見にきてくれた。

自分だって疲れていて大変だろうに、それを見せないで、心配してくれて。そんな風に気を使われることが情けなくて、でも、嬉しい。

横に座って、そっと肩に頭を預ける。

起きるかもと思ったが、深い眠りに落ちているらしく身じろぎ一つしなかった。

ゆっくりと息を吐き出して、目を瞑る。

肩越しに感じる人の温度。

生きている人の気配。

ささくれだった心が落ち着くのを感じる。そしてそのまま自分も意識を手放した。

二章

落ち込んでいた気持ちも元通りになってきて、正常な精神状態を取り戻す。

そうなると、味も分からずに飲んでしまった酒のことが悔やまれる。

そんなこと真っ先に考えてしまう辺り、自分でもどうしようもないと思うが、そんなことを反省しても仕方がないので街に買いに行く。

もちろん、あれと同じ酒を。

無事に目的の物を購入し、他に用は無いが、せっかく来たのだからと街を散策する。いつもと変わらない風景の中で、時々真新しい物があったりしてそれを探すのが結構楽しかったりする。

そんな風に街をフラフラしていると、騎士団の制服を見かけて目を向ける。

あの恰好《かっこう》、ウェストさんは暑いし邪魔だってぼやいていたな。少し嫌そうな顔で語ったウェストさんを思い出しながら眺めていると、騎士団の人と目が合う。

目が合ってしまったが距離もあるし、騎士は注目されやすいのでこちらの視線なんて気にしないだろうと見続けていると、彼がこちらに向かって歩きだす。

一直線にこちらに向かってきているような気がして内心焦るが、此処《ここ》で逃げだす方が不審者だと思ってその場に留《とど》まる。

別にやましいことなんてしていないし、視線が煩わしかったのなら謝ればいいだけの話だ。いくらなんでもこんな街中で酷《ひど》いことにはならないだろう。

腹を括《くく》ったところで彼が近くに来て立ち止まる。

「ねぇ、君。この間、林の中にいたよね？」

「……はい？」

予想以上の気軽さで話しかけられるが、彼に会った記憶は無い。それに林ってどこの林だろう。

「ほら、街道近くで魔物騒ぎがあった時」

魔物と言われて思い出す。

そういえば魔物を追いかけて林の中に行ったのだった。そこで多くの騎士の人と合流したからその際に彼もいたのかもしれない。けれど、あの中で自分のことを覚えているなんて余程記憶力と洞察力に優れているのだと思う。

「団長といたから記憶に残ってたんだ。ちょっと話したかったのに、気付いたらいなくて残念だなって思って」

団長といただけでどうして興味が湧くのだろうか。

そんなことを言われてもこちらとしては、はぁ、そうですか。としか言えないのだが。

そもそも団長ってウェストさんのことで合ってるんだよな。

「あ、ごめんごめん。急に色々言われても困るよね。俺はキイサ。騎士団の副団長で、日々、団長に苛《いじ》められてます」

唐突な自己紹介の後、ココ笑うとこと言われても苦笑いしかできない。何と言うか、苦手なタイプだ。

「君の名前は？」

「えっと、ルトです」

グイっと近づかれて、思わず仰《の》け反《ぞ》る。

捉え方によっては大分失礼な行動だが、キイサさんは気にした様子もない。

「ルト君ね、覚えたよ。それでルト君は団長とどういった知り合いなの？」

どういったと聞かれて戸惑う。

自分とウェストさんの関係。友達、だろうか。ウェストさんもそう言ってくれたし、実際それが一番近いとは思うのだが、それにしては対等な位置に立てていない気がする。

「……酒飲み仲間、でしょうか」

これだったら、対等でなくても、相手のことを良く知らなくても成り立つ気がする。

個人的にしっくり来る言葉を選んだのだが、キイサさんは面白そうに目を細める。その視線が何となく嫌でそっと目線をずらす。

「酒飲み仲間か。いいな。こんなに可愛《かわい》い子とお酒が飲めるなんて団長も隅に置けないね」

良く分からない言葉の選択にまたしても曖昧《あいまい》な返事をする。この人とまともに会話するのは自分には不可能な事に思える。

「じゃあ、そんな罪作りな団長を驚かせに行こうか」

は？　って聞かなかっただけ褒めてほしい。けれど、いっそ言ってしまった方が良かったかもしれない。

キイサさんはこちらの反応なんて待たずに、人の腕を掴《つか》んで歩きだす。引っ張られ、転びそうになりながら必死でキイサさんについていく。

「ちょっと、キイサさん！　どこに行くんですか⁉」

腕を振りほどこうとするが見た目以上に強い力で掴まれていて阻まれる。拘束は解けないくせに、痛みはあまりないのはどういう仕組みなのだろうか。余裕があったら是非とも聞いてみたいが、今はそんな余裕がない。

「キイサさん！」

「キイサって呼んで」

「いえ、そうではなくて」

「キイサって、呼んでくれなきゃ答えない」

「……キイサ、どこに行くんですか？」

取り付く島もない様子に、折れて呼び捨てにする。キイサはそれに満足したようにニッと口角を上げると、やっと質問に答えてくれる。

「騎士団の本部」

「……それって騎士の方以外は入ってはいけないのでは」

「訓練場までなら大丈夫だよ。結構頻繁に見学者も来るし」

確かに騎士団は一般にも広く開放していると聞いたことがあるので、そうなのかもしれない。

けれど、自分が行くのはまた別問題だ。

聞いてくれるか非常に疑問だが、抗議を続けようと口を開く。

「団長を上手《うま》く驚かせたら、祝杯でも挙げよう。美味《おい》しいお酒出すとこ知ってるんだ」

声を発しようとしたところで被《かぶ》せられて口を閉ざす。

これはタイミングが悪くて口を閉ざしただけで、決してお酒に釣られたわけでは無い。

……無いのだが、騎士団の本部に着くまで結局口を閉ざしてしまった。


「この時間なら訓練所かな」

掴んだ腕を離さずにキイサが建物内を進んでいく。

キイサの言ったようにまばらではあるが、騎士の制服を着ていない人間もいる。多分、一般人か何かだろう。

その点は良かったのだが、それ以上に問題があった。

まずキイサが目立つ容姿をしている点、そしてどうやらキイサが有名人であるという点。

すれ違う人が皆一様に驚いてこちらを見て、キイサと一緒にいる人間は誰だという顔をしている。

人に注目されることなど慣れているはずもなく、向けられる視線の数に動揺を隠せない。

「キイサ、離してください」

「だーめ、離したら逃げちゃうでしょ」

「逃げませんから、離してください」

かなり必死になって懇願するが、聞く耳など持ってはくれない。周りのことなど全く気にならないらしい。

「あ、いた」

訓練場らしき開けた場所へ出ると、厳しい顔で稽古をつけているウェストさんがいた。

「次！　もたもたするな！」

切りかかってくる団員を最小限の動きだけでかわし、隙を見つけて容赦なく打ち込む。

鈍い音に思わず身を縮こまらせるが、すぐに起き上っているところを見ると加減はしているらしい。

「ほら、次！」

団員五人を一人で相手しているらしいが、どう見ても疲れているのは団員の方だ。ウェストさんは汗をかいている様子すらない。

「あれさ、絶対人間じゃないと思うんだけど、ルト君どう思う？」

キイサに話しかけられて、曖昧に笑って濁す。素直に頷《うなず》いてしまったらウェストさんに悪い。

疲れた様子の団員がウェストさんに向かって走り始めたところで、キイサが大きな声を出す。

「団長！　次、相手してくださいよ！」

それにウェストさんが反応して視線だけをこちらに向け、そのまま驚きに目を見開いて動きを止める。

「ウェストさん、危ない！」

団員が剣を振りかぶったので思わず叫んでしまったが、それに気付いていたのか、ほぼ相手を見ることなく地面に沈める。お見事。

「少し休憩だ」

稽古されていた団員は相当疲れていたのか、その言葉を聞いて皆地面に倒れ込んだ。

そしてそんな状態に追い込んだ張本人は、少しも息を乱すこともなくこちらに急ぎ足で向かってくる。

その顔が怖いのは気のせいだと思いたい。

「何故《なぜ》此処にいる」

いきなり詰問されて、言葉に迷う。自分でも何故ここにいるのか良く分からないのに説明できるわけがない。

「ただの見学ですよ。見学。そんなに怖い顔してるとルト君が怯《おび》えますよ？」

キイサの言葉に自分がどんな表情をしているのか気付いたのか、小さくすまないと言って、一先《ひとま》ず怒りは収めてくれたようだ。ただし、まだ表情は硬いが。

「急に来てすみません。すぐに帰りますので」

「ほらー、ルト君が遠慮しちゃってますよ。可哀想《かわいそう》にー」

そう言ってキイサは何故か抱き着いてくる。

大型の猫に抱き着かれたかのような感覚に戸惑っていると、ウェストさんがキイサを強引に引き離してくれる。

「勝手に懐くな」

「あれ？　それって独占欲って奴《やつ》ですかー？　団長恰好悪いー」

「……語尾を伸ばすのもやめろと何度言ったら分かるんだ」

頭痛でもするのかウェストさんが眉間に深い皺《しわ》を刻む。

そして深いため息を一つ吐いて改めて質問する。

「それで、どうしてお前とルトが一緒にいるんだ？」

「それは――」

「街で可愛い子を見つけたので声かけて連れてきちゃいました」

軽い調子の言葉に、ウェストさんと二人で言葉を失う。

半分事実なだけに、どう補ったら良いモノか。

「でも、この子が団長のお気にってこと知ってるんで不埒《ふらち》な真似《まね》はしてません。ね、ルト君」

同意を求められても激しく困る。

「……阿呆《あほ》。そんなことをしたらお前を再起不能にするところだ」

呆《あき》れたように言うが、その内容は結構容赦がない。再起不能って、想像するだけで恐ろしい。

「お前はまだ巡回の途中だろう。さっさと仕事に戻れ」

「えー、相手してくれないんですか？」

「与えられた責務を全うしてからならいくらでも付き合ってやる」

「うわー、それは勘弁してください」

げんなりした様子でキイサは後退して逃げ出す。

あっさりと置いていかれて戸惑うが、自分も帰ろうとウェストさんに視線を向けると、視線がぶつかる。その視線が友好的とは言えなくて、そのまま逸《そ》らしてしまう。

「それで、どうしてあいつと一緒にいた」

「キイサの言ったように、街で急に声を掛けられて、気がついたら腕を引っ張られてここに連れてこられました」

お酒のくだりは除いて事実を話す。確実に呆れられそうな話題をわざわざ振る必要はない。それにキイサが逃げてしまった以上美味しい酒は飲めない。残念だ。

「向こうから声を掛けてきたのか？」

「はい。この間の魔物騒動でウェストさんと一緒にいたので覚えていたそうです」

思い当たる節があるのか、ウェストさんが渋い顔をする。

「……あまりこんなことは言いたくないが、あいつには気を許すな。厄介なことに巻き込まれるぞ」

ウェストさんの表情を窺《うかが》うとばつが悪そうな顔をしていた。

本当にこんな忠告なんてしたくないのだろう。ただ、自分のことを思って真摯に忠告してくれているらしい。

「厄介とは？」

ウェストさんがわざわざ忠告する程の厄介がどんなことなのか知りたくて聞いてみる。

それに対するウェストさんの答えは非常に短い。

「予測できない」

なるほど、確かに厄介だ。

＊＊＊

厄介なことに巻き込まれるぞと忠告されたものの、関わる機会なんて無いと思っていた。自分は森の中で生活をしているし、街に出たところで出会う確率なんてほとんど無いと。そんな風に高を括っていたせいか、唐突な事態に対処できなかった。

つまりは逃げ損ねた。

「やっほー、ルト君。久しぶり」

後ろからいきなり抱き着かれて声にならない悲鳴を上げる。驚きのあまり口から心臓が飛び出るかと思った。

「き、キイサ?」

「当たり。愛《いと》しのキイサだよー」

ギユっと抱きしめられて、苦しさにうめき声が漏れる。あまり筋肉質には見えないが、やはり騎士をしているだけあって力は強い。

ウェストさんも一見筋肉質には見えないが、脱ぐと羨ましい筋肉をしている。キイサもそうなのだろうか。

「ちょ、離してください」

「えー、ルト君冷たい」

抱きしめながら頬擦りをされ、気色悪さに鳥肌が立つ。

魔法で吹っ飛ばして良いだろうか。不意討ちならいける気がする。そんな考えが浮かんだが、キイサは満足したのか解放してくれる。

「お買い物？」

「えぇ、もう終わったので帰ります」

ウェストさんに忠告されたこともあるが、どうもこの人は苦手だ。悪い人ではないのだろうが、時々目の奥が笑っていない気がする。

「終わったの？　俺も今日は非番なんだよね。じゃあ、遊びに行こうか」

逃げられないように腕を掴まれる。前回と同じ流れだが、今度は流されまいとその場に踏みとどまる。

「すみませんが、自分は行きません。手を離してください」

「あれ？　もしかして警戒されてる？　団長に何か言われた？」

笑いながら言われて返答に困る。明らかに失礼な態度を取っているのに気にした様子が全くない。

「団長ってルト君に対しては大分過保護だよね。何でかな？」

聞かれたところで答えなど持ち合わせていない。

黙っていると、もともと返事など期待していなかったかのようにキイサが笑う。

「まぁ、何となく想像はつくけど。ねぇ、ルト君。このまま此処で押し問答を続けて余計な注目浴びるのと、さっさと諦めてついてくるのどっちが良い？」

ちなみに副団長の俺に変な噂《うわさ》が立つと、団長に迷惑がかかるんだけどね。

そう笑顔で言い切られ、抵抗する気力を失う。

目立つ風貌の男に腕を掴まれて強引に連れていかれそうな凡人。そんな奇妙な光景が目立たないはずがなく、先程から見物人が少しずつ増えている。

「……分かりました。とりあえず移動しましょう」

譲歩すれば、キイサが楽しそうに口角を上げる。やはり大型の猫みたいだ。

「それじゃあ、改めて遊びに行こうか」

上機嫌のキイサに手を引かれて歩き始める。

離してほしいと言ったが、予想した通り聞き入れてはもらえなかった。しばらく歩き、商店街から住宅街へと移動する。この辺りは貴族の家しかないはずなので、嫌な予感がする。

「もしかしてキイサは貴族なんですか?」

キイサとしか名乗らなかったし、こちらに対する態度から勝手に貴族ではないと思い込んでいたが、ウェストさんの例もある。副団長であるキイサが貴族であってもおかしくは無い。

けれど、キイサはそんな考えを笑うように違うと否定してくれる。

「俺は貴族なんかじゃないよ。騎士団は実力主義だから、どこの誰とも分からないような人間でも副団長になれる。そう考えるとさ、団長ってずるいよね。家柄が良くて、容姿も優れていて、団長として認められるほど剣が使えて、魔法だって使える。他の人がどれか一つでもほしいって渇望するものを全部持っているんだからさ」

そう話すキイサを意外な思いで見る。

いつものように笑っているのかと思ったら、ほんの一瞬、真面目《まじめ》な顔をしていたから。

「と、無駄話をしている間に到着」

大きな屋敷の前でキイサが立ち止まる。キイサはともかく、自分が入って良さそうな場所では決してない。

「ここは……？」

貴族ではないということはキイサの屋敷ではないだろう。知り合いの屋敷だろうか。

「此処はね、団長の実家」

答えに驚く自分に、キイサは悪戯《いたずら》が成功したように楽しそうに笑った。


門の中に入っていくキイサに腕を引かれながらも、不法侵入しているようでビクビクと周りを見渡してしまう。すると、屋敷で働いていると思わしき人物が近づいてきて、逃げ出す準備を始める。

「キイサ様、お久しぶりでございます。本日はどのようなご用件でしょうか」

「ネルシスいる？　ちょっと時間頂戴って言ってきて」

背筋を伸ばした初老の執事は畏《かしこ》まりましたと言って、控室まで案内してくれる。

案内されてキイサはソファに座って寛《くつろ》いでいるが、豪華な内装に緊張してしまい寛ぐことなんてできない。

フェンリー殿下といい、今回といい、どうして自分は不相当なところへいるのだろうか。

主な原因は自分が流されやすいことだと自覚しているが、そんな状況を作る方も悪いと心の中で責《せき》任転嫁《にんてんか》をしてみる。

心の中で思うだけなら自由だし、それにそんなことを考えていないと落ち着かなくて不審な動きをしてしまう自信がある。

「ルト君、そんなとこ立ってないで座りなよ」

「……いえ、結構です」

見るからに高級そうなソファを汚してしまうわけにはいかない。殿下に会った時は着替えていたからまだ良いが、今回は完全に街をうろつく用の恰好だ。

「そんなに緊張しなくても大丈夫だよ。ここの主《あるじ》のネルはちょっと目つきが悪くて性格も悪くて口が凄《すご》く悪いだけだから」

「何一つとして安心できる要素が無かったのですが」

嫌そうに言えば、キイサは笑う。

それに僅かばかり腹が立つが、それよりも気になっていることがある。

「ネル、シスさんでしたっけ？　その方は……」

「ネルはね、――団長のお兄さんだよ」

キイサが答えると同時に扉が開く。

入ってきた男は背が高く、目つきが鋭い。一瞬目が合い思わず肩をすくめるが、すぐに逸らされキイサの方へ向く。

「キイサ、来るなら前もって連絡を入れろと何度言ったら分かる」

「だって、連絡入れたら忙しいとか言って入れてくれないじゃん」

「当たり前だ。お前と違って暇を持て余してなぞいない」

「えー、こっちも忙しいのに」

威圧的な態度を気にもせず、ケラケラと笑うキイサにネルシスさんが眉間に皺を寄せ――そうしていると確かにウェストさんに似ているかもしれない。

「それで？　お前は誰だ？」

ちらりと視線を向けられ、慌てる。

名乗るだけで良いのか、礼をした方が良いのか、あぁ、でも右手と左手どちらが前にあるのが一般的だっただろうか。

混乱で動けないでいると、これ見よがしにため息をつかれる。

「挨拶すらろくにできないのか。お前が連れてくるだけのことはあるな」

嫌味を多分に含んだ言い方をされ、冷や汗が出る。

強引に連れてこられたとは言え、自分のせいでキイサが責められるのは申し訳ない。

「ネルが威圧的だから萎縮しちゃってるんだよ。ねー、ルト君」

そんな風に振られたところで到底頷けるはずもない。

助けられているようで逆に追い詰められているような心境だ。

「ふん、それでルトとやらはどうして此処にいる？」

「それは……」

自分が聞きたいです、と言いたい。助けを求めるようにキイサを見れば、任せろと頷かれる。

自分で縋《すが》っておいて酷い話だが、不安しかない。

「団長のお嫁さんを一足先にネルに紹介しようと思って！」

良い笑顔でキイサが言い切る。

ネルシスさんは見るからに嫌そうな顔をして、虫けらでも見るような視線を向ける。自分もできることならネルシスさんと同じような態度を取りたい。

「お前は本当に頭が湧いているな。大人になっておが屑《くず》以外が少しは詰まったかと思えば、おが屑すら無くなったか」

「えー、酷いなぁ。お気に入りなのは本当なのに」

「アイツに特別が出来るとは到底思えん」

ネルシスさんが馬鹿にしたように鼻で笑う。

話題の中心は自分なのだろうが、二人の会話に全く入り込むことができない。

「でも実際、団長がわざわざお酒を持って頻繁に会いに行ってるみたいだけど」

頻繁かどうかは分からないが、来てもらっていることは事実なので黙っていると、キイサがこちらを向いて口角を上げる。

「否定しないってことは当たりかな?」

「――え?」

当たりってどういうことだろうと思っていると、意味深な笑みを向けられる。

「何? 団長が言ったのかと思った? 言う訳ないじゃん。そもそもさ、気を付けろって忠告するような相手に情報漏らすような人だと思う?」

そう言われればそうなのだが、何かウェストさんが話したんじゃないかと思うようなきっかけがあったような。

ああ、そうだ。

「だって、キイサは魔法が使えることも知っていたじゃないですか」

キイサの前で魔法を使ったことも無ければ、話をしたことも無いはずだ。

「アレはね、ただのカマ掛け。もっともそうじゃないかなと予想する要素はあったんだけど」

「……どうして、そんなことを」

キイサの思考回路が良く分からない。

分からないのにどうして分かるように振舞って情報を得ようとするのか。分からないのなら聞けば済む話ではないのか。

混乱した思考を中断したのは、キイサではなくやり取りを黙って聞いていたネルシスさんだった。

「魔法……お前は魔法が使えるのか？」

そこで初めて正面から対峙《たいじ》される。

鋭い視線に頷くのを戸惑っていると、キイサが横から口を挟む。

「使えるみたいだよ。しかも、俺の予想が間違ってなければ飛び切りの魔法使いだ」

キイサの言葉にネルシスさんの鋭い視線が獲物を狙うかのように強くなる。その視線を受け、心の中でウェストさんに謝罪する。

すみません、忠告されたにも関わらず厄介なことに巻き込まれたようです。


「やっぱり興味湧いた？」

口の端を持ち上げてキイサが尋ねると、ネルシスさんが頷く。それが何を示すのか良く分からず、背中に汗をかく。

「お前にしては良い土産《みやげ》だ」

「あはは、褒められた」

ケラケラと大して楽しくもなさそうにキイサが笑う。

逃げた方が良いのだろうか。情報が少なすぎて、それすらも判別できない。二人を見守ることしかできずにいると、唐突にキイサの笑い声が消える。

「それじゃあ、さっそく」

キイサの声が近くで聞こえたと思ったら、視界が回転する。

回転が止まり、視界に映るキイサの顔を二秒ほど眺めてからようやく仰向けに押し倒されているのだと理解する。

「……き、いさ?」

「ごめんね、俺も無理やりは趣味じゃないんだけど」

謝るくせに口元はニヤニヤしたままのキイサが、服のボタンに手を伸ばす。

上まで留めていたボタンが外され、冷や汗をかいた肌が外気に触れて粟立《あわだ》つ。

「最初は嫌だろうけど、悪いばっかりじゃないからさ」

「……え、どういう――っ!」

胸元をはだけさせられ、ネックレスにして首から下げていた指輪が零《こぼ》れ落ちる。王家の紋章が入ったソレに気付かれると面倒なことになると内心焦るが、幸いなことにキイサの注意は引かなかったらしい。

指輪には触れずに、はだけた胸元を撫《な》でられる。

「キイサ、離してください!」

「大丈夫、優しくしてあげるから」

「優しくって、何を!　ちょっと、離してください!」

肌の上を滑る手が違う生き物みたいに感じて、不気味さに奥歯を噛《か》みしめる。

気持ち悪い、気持ち悪い。

「――っ、嫌だ！　ウェストさん！」

思わず叫べば、バシっ、と乾いた音が響く。

恐る恐る目を開けば、頭を押さえて蹲《うずくま》るキイサと、呆れた顔で厚い本を手にしたネルシスさんの姿が。

「阿呆。もっと普通にできないのか」

「いや、ちょっと悪乗りしたらルト君が予想以上に良い反応するから、つい」

ネルシスさんがため息をつきながら、再度厚い本を振りかぶる。

「冗談だって。でも、これだけ良い反応されたら何かクるでしょ？」

「男をどうこうする趣味は無い」

眉間に皺を寄せたネルシスさんが本を片付け、一枚の紙を取り出す。興味無さそうなネルシスさんの対応に、キイサは詰まらなさそうな視線を向ける。

その反応にどうやら遊ばれただけだと気付き、キイサを睨《にら》むが、実に良い笑顔を返された。

「お前には魔法の研究に協力してもらいたい。方法はコレを胸の辺りに貼るか、手に持つかして様々な魔法を使用してもらう。以上だ」

掲げられたのは複雑な模様が描かれた紙。

模様の内に書かれた文字はわざと崩してあるのか元の字が分かり辛《づら》いものが多いが、いくつかは古代の文字だと分かる。

辛うじて判読できる物を拾うと、巡廻《じゅんかい》、判別、集積、だろうか。

「……魔法を蓄積する、モノですか？」

拾った意味から推測すると、ネルシスさんの表情が変わる。眼光が鋭すぎて自信が無いが、多分驚いているのだろう。

「分かるのか？」

「読めるところだけを繋《つな》げると、そうなのかと……」

キイサとネルシスさんの視線が意味ありげに交わる。二人にしか分からないやり取りに、居心地が悪い。

「コレは他の奴に協力してもらって作ったものだ。――見ていろ」

手のひらに乗せ、ネルシスさんが何かを呟《つぶや》いた瞬間、紙が燃え上がった。

もちろん火種なんてどこにも存在しなかったにも関わらず。

「……魔法」

「そうだ。予《あらかじ》め魔力を使って魔法を記録し、魔力が無い人間にも魔法を使えるようにしている」

「こんなことが可能だなんて初めて知りました」

爺《じい》さんだって、魔法は生まれ持った才でどうすることもできないと言っていたのに。これが広まれば、誰でも簡単に魔法が使えるようになり、便利になる。

「まだ研究段階だ。これは引き出せる魔力が、記録に必要な魔力に対して大幅に少ない。研究を進めるには膨大な魔力を持つ人間の協力が必要だ」

ここに来てようやく話の流れを理解する。

「そういうわけだからさ、協力してくんない？」

続いたキイサの言葉も概《おおむ》ね予想通りだった。

＊＊＊

「それで？」

酒を飲みながら話を聞いていたウェストさんが、続きを促す。

「自分にできることなら、と引き受けることに。どこまで役に立てるかは分かりませんが」

久しぶりに余裕ができたウェストさんが訪ねて来たので、酒を片手に昨日の出来事を語る。もちろん語りたくない箇所を省いて。

てっきりキイサから連絡が行っているかと思ったが、知らなかったようだ。冷静に聞いているようで、どこか咎《とが》めるような視線に、肩身が狭い。

「忠告を無視する形になってしまってすみません」

せっかく忠告されたのだが、大分関わり合いになってしまっている。

「……いや、兄の研究なら協力してくれと頼みたいところだから良い。――ただ、この酒は何だ?」

二人で空けているお酒を指さしてウェストさんが渋い顔をする。

手伝いの前報酬としてネルシスさんに貰《もら》ったのだが、実家にあったものなのでウェストさんにばれてしまったらしい。

ははは乾いた笑いを返せば、何とも言えない視線を向けられた。

「まぁ、お前が決めたのなら文句はないが。あまり無茶をするなよ」

そう言ってウェストさんが髪を撫でる。ウェストさんの体温には慣れたせいだろうか、嫌悪を感じることはなく心地良い。

……あぁ、でも最初から嫌では無かった気がする。

「それに、その研究ならクラーストも関わっているはずだ。何かあったら頼れ」

初めて聞く名に、どなたですかと尋ねれば昔からの顔なじみだと返ってきた。

「お前がうまいと称した酒を造っている奴だ」

「そう、なのですか」

我ながら目が輝いてしまっていたと思う。

あんなに美味しいお酒を造っているのはどんな人なのか俄然《がぜん》、興味が湧く。

「でも、どうしてそんな人がネルシスさんの手伝いを?」

「あぁ、クラーストは上司に振り回されて色んなことをさせられているからな。酒も兄の研究もその一環だ」

「一環、であのお酒を造ったのですか。凄い方ですね」

一環というのなら本気で取り組んだのならもっと美味しい酒が出来るのではないだろうか。他にも名酒が出来るのなら是非味わってみたい。

「才能と実力があるからな。そのおかげで上司に目を着けられたとも言えるが。ちなみに上司はお前の知っている人物だ」

自分の知っている人物……。

心当たりが全くない。話を聞いている限り、ネルシスさんは違うだろうし、ウェストさんってことも無いだろう。あと自分が知っている人物と言えば、街で商いをしているおじさんとかおばさんしかいない。

答えが出てこないところを見て、ウェストさんが首元に掛かった鎖に触れる。

「あ、フェンリー殿下」

「正解だ」

答えを聞いて納得する。

確かに殿下なら色々なことに興味を抱いていそうだ。でも、殿下に振り回される形になるクラーストさんという方は大変だろうと勝手な同情心が湧く。

そして、フェンリー殿下の名前で昨日の出来事を思い出す。

「そういえば昨日、殿下から頂いた指輪をキイサに見られたのですが、不味《まず》かったでしょうか。多分、紋章までは見られていないと思いますが」

キイサのことだから断言はできないが、指輪自体に注目していなかったようだから多分見られてはいないと思う。

「アイツにか。……執拗《しつよう》に隠すようなことでもないから問題ないだろう。ただ、自分から見せるのは感心しないが」

ウェストさんの疑惑に首を振る。

決して見せびらかしたわけでは無い。肌身離さず持っていろと助言を受けて首から下げてはいるが、存在を持て余しているところなのに。

否定したにも関わらず、何故かウェストさんの目つきが鋭くなる。

「ルト。自分から見せていないのなら、どうやってキイサはお前の服の中にある指輪を見たんだ？」

「──え、その……」

何と答えようかと視線を彷徨《さまよ》わせる。

素直に剥《む》かれましたとは言いたくない。かと言って上手い言い訳も見つからない。

「何かされたのか」

疑問というより確信に近い呟きに、物騒な気配を感じて正直に打ち明ける。悪乗りで少々服を脱がされましたと。それを聞いてウェストさんが目を吊《つ》り上げ、忌々《いまいま》しそうに舌打ちをする。

こういう顔をしているとやはりネルシスさんに似ている。

「他には？　何もされていないのか」

「特には」

目を吊り上げ、眉を厳《いか》つくし、唇をやや厚めにすればネルシスさんにそっくりだ。逆を言えば、そこを変えればウェストさんにそっくりになる。

「本当か？」

「あー、はい。剥かれて少し触られたくらいです」

背丈もあまり変わらないし、遠目に見たら分からないのではないか。

血の繋がりというものを感じて、自分には縁の無いものに、不思議な気持ちになる。

「触られたって、どこを」

「胸と脇腹辺りを、ちょっと」

爺さんがいたから、寂しいとは思わなかったが、家族というものに全く憧れを持たなかったわけでは無い。街で仲の良い家族を見かけ、目を背けてしまったことも無いわけでは無い。

脳内で全く違うことを考えながら会話をしていたので、急に腕を引かれても反応できなかった。

力の流れに沿ってウェストさんに倒れかかれば、真剣な目とかち合う。その目に考えていたことなど霧散して囚われる。

しばし見つめ合い、喉元に触れられる。キイサに触れられた時とは違う痺《しび》れに身体《からだ》を震わせれば、ウェストさんが抱きしめるように強く抱き寄せて喉元に顔を埋《うず》める。

そのまま脇腹を撫でられ、ビクリと体が反応してしまう。その拍子にウェストさんの唇が喉元に触れ、口づけられているような錯覚に陥る。

脇腹を撫でていた手が、背中へ周り、くすぐったさに背を反らせば、もう片方の手で胸に触れられる。

服越しの感覚がじれったくて、執拗に感覚を追ってしまえば故意か偶然か指が胸の突起を引《ひ》っ掻《か》く。

「――ぁっ……！」

零れた声に顔が熱くなる。

それに一瞬だけ手が止まるが、すぐに再度胸元を弄《いじ》られる。ゆっくりと周りを焦《じ》らすように触れられ、唇を噛みしめれば、爪で引っ掻くように刺激を与えられる。

「……っん……うぇすと、さん」

名を呼べば、視線が絡まる。少し熱を含んだその視線に腰が痺れる。

「俺はこれでも腹を立てている。あまり色々なことを言うのは良くないと思っていたが」

「……あ、は……！」

話す間も手は止まらずに刺激を与えてくる。

「こういう目に遭いたくないのなら、もう少し警戒心を覚えろ。――分かったな」

刺激を与えられて充血したそこを強く抓《つま》まれて、何度も頷く。

それに満足したのか、やっと離してくれたが、その頃には力が入らなくて、そのままウェストさんにもたれ掛かる。

重いと言われるかと思ったが、あやすように優しく髪を撫でられ目を閉じる。

「……すまない、やり過ぎたか？」

心配そうな声に緩々と首を振る。やり方はアレだが、自分を心配してくれているのだろう。他人が優しいばかりでは無いのは知っている。

それでも今回、協力しようと思ったのはキイサに言われたから。

この研究が進めば団長の負担が減るよ、と。

決して酒に釣られたのではないと言ったら、果たしてウェストさんは信じてくれるだろうか。

＊＊＊

指定された日時にネルシスさんの所へ訪れれば、ネルシスさんとキイサ、そして見覚えの無い男性が一人いた。

「ルト君、いらっしゃーい」

キイサが寄ってきて、抱き着こうとするので触れる直前で軽い電流を流す。

静電気並みだが、効果はあったようで驚いたように手を引かれる。

「何？　魔法？」

驚きから立ち直ったキイサは、面白い獲物を見つけたような視線を向ける。

それに本能的恐怖を感じて距離を取りつつ対峙する。

「ウェストさんに嫌ならはっきりと抵抗しろと教わったので」

「へぇ、それはそれは。ちなみに俺は、抵抗されると燃える方なんだけど」

心底楽しそうな様子に、早くも後悔しそうになるが、いつまでも好き勝手されているわけにもいかない。少なくとも意味も分からず剥かれる経験は懲り懲りだ。

警戒心を露《あら》わにしていると、キイサがふと悲しそうな顔をする。

「……まぁ、でも、俺なりに仲良くしたいって思っての行動だったんだけど、ルト君は嫌だったんだね。ごめん」

本当に悲しそうに言われ戸惑う。

キイサはこちらの都合も考えずに強引に巻き込もうとして迷惑な人間だと思っていたが、まさか仲良くしたいと思われていたなんて。

今までろくに抵抗らしい抵抗もしなかったくせに急に拒絶されて傷つけてしまったのかもしれない。

警戒心を解いた瞬間、ニヤリとキイサが笑う。

「――なんてね」

先程までの悲しそうな顔など一瞬で消し去り、強引に抱きしめられる。

驚きながらも先程と同様に電流を流すが、離してくれない。

「あはは、こんなの猫に引っ掻かれるよりも痛くないよ。ルト君って本当に何も分かってないよね」

ケラケラと笑いながら頬擦りをされ、嫌悪に鳩尾《みぞおち》へ拳を繰り出せば、あっさりと避けられる。

「抵抗するならもっと本気で抵抗しないと。悪い狼《おおかみ》に頭からバリバリ食べられちゃうよ」

ニヤニヤと笑うキイサに自分があっさり騙《だま》されたのだと気付き腹が立つ。ウェストさんに全治一ヶ月までだったら許すと言われているので、しばらく動けなくなるように感電でもさせようかと思ったが、見知らぬ男性に止められる。

「その辺にしておけ。コイツは他人とのやり取りに慣れてないんだからあんまりからかうな」

どこか疲れたような男性の登場に、込めた魔力を霧散させる。

見知らぬ相手を巻き込んでまで発動するほど頭に血が上っているわけでも無い。

「えー、クラーストもルト君の味方？　あんまり甘やかすのは良くないと思うけど」

「甘やかしてるのはウェストだろう。俺は一般的な視点からアクの強い面倒な人間に絡まれた可哀想な人間を助けてやろうとしているだけだ」

「それって甘やかしてるのと変わんないじゃん」

不服そうにキイサが文句を言うと、遠くで見ていたネルシスさんが痺れを切らしたかのように早く来いと命令してくる。

キイサはそれに興を削《そ》がれたような顔をし、そろそろ騎士団に戻らないと、と言って去っていく。

あまりのマイペースさに呆気《あっけ》に取られていると、隣でクラーストさんが全くあいつらは、と頭を掻《か》きながらぼやいていた。

「あの、クラーストさん？　止めていただいてありがとうございます」

とりあえず助けてもらったのだからと礼を言うと、気にすんなと返される。

「お前のことはウェストから少し聞いている。アイツらとやり合うのは大変だろうが、これも人生経験の一つだと思って諦めろ」

同情と慰めを向けられ、はぁ、と曖昧な返事をする。

ここにいる理由の大半は流された結果だが、一応自分の意思でもあるのだが。

「さっさと来いと言っている。お前らの耳はただの飾りか？」

先に行ったと思ったネルシスさんが苛々《いらいら》したようにこちらを見ている。慌てて近寄ってすみませんと謝罪すれば、舌打ちをされた。

きっとウェストさんのお兄さんで無ければ、この時点で逃亡しているだろうなと考えながら大人しくついていく。

「まずお前の魔力量を測る。これに魔力を流せ」

手渡されたのは黒い石。冷たく、手になじむ石を眺めてみるが、ただの黒い石にしか見えない。

「それは一見ただの黒い石だが、魔力を流すと黒から白へと色が変わっていく。口で説明するよりもやった方が早いだろう」

クラーストさんに説明されてゆっくりを魔力を込める。すると確かに色が薄くなり、黒から灰色へと変わっていく。

「もう少し行けそうだな。もっと魔力を込めて」

促されて込める魔力量を増やす。

少し身体が怠《だる》くなる気がするが、それでも構わずに流し続けると、黒かった石ははっきりと白へ変化し――ヒビが入って割れた。

「――え」

もしかして、いや、もしかしなくても壊してしまったのだろうか。

血の気が引きながら二人を見ると、二人とも固まっていて更に血の気が引く。弁償なのだろうか。一体いくらするのか。そもそも金で買えるものだろうか。

一人顔色を悪くしていると、ネルシスさんが近寄り割れた破片を拾い上げる。

「……見事に割れているな。今ので全力か？」

問われて首を振る。

全力ではありません。決してわざとでは無かったのですと意思表示するために。

「そうか」

「べ、弁償でしょうか……？」

どうしようお金なんてほとんど持っていない。爺さんが残してくれた僅かなお金と、森で採った肉を売って換金したお金くらいしかない。

「いや、うん、まぁ、適当に誤魔化《ごまか》しとくから気にすんな」

顔色が悪い自分にクラーストさんはそう言ってくれるが、気分は軽くならない。割れた破片を手に泣きそうな気持になる。

「おい、お前。あの木を燃やせるか」

どうしようかと扱いに困っていた破片をネルシスさんが掴んで放り投げる。そんな扱いなのかと驚いていれば、近くの木を示され聞かれる。

腕を伸ばせば辛うじて一周できる太さの木は燃やす分には何の不都合もないが。

「燃やして良いのですか？」

見たところ等間隔に並んだ木は計算して置かれているのだろうと思うのだが。

「構わん。やれ」

この屋敷の持ち主が言うのなら、と少し躊躇《ためら》いながらも木を燃やすことにする。

燃やすのが目的ならあまり時間をかけても仕方ないかと火力を高めにして、同時に周りに燃え広がらないように範囲を狭める。

「行きます」

一応合図を出して魔法を発動させる。狙い通り火は瞬く間に全体を覆い、すぐに燃え尽き、炭となる。

「……なるほど。知っていたのか」

前半は呟きに近く、後半はクラーストさんに向けて発せられた。

「まぁ、人間びっくり箱だとは知っていた」

「お前が急に来ると言うから何かと思えば、これか」

「俺も実際自分の目で見てみたかったからな」

二人の主語を除いた会話に意味を拾うのを苦労するが、自分のことを話題にしているのは辛うじてわかる。

「あの、何か不味かったのでしょうか」

意味ありげな目配せや、難しい顔をしている二人に不安を煽《あお》られる。何が良くて何が駄目なのかなど分かるはずもないのだから、聞いてみなければ始まらない。

そう思い質問したのだが、ネルシスさんは答える義理はないとばかりに見向きもせず、クラーストさんは別に不味くはないけど、と非常に曖昧な回答をしてくれる。

何とも掴みどころのない対応に心が折れそうだ。

「今と同じ魔法を今度は、コレを持ってやれ。手に持つのが邪魔なら胸に貼っても構わん」

先日見せられた紙と同じものを渡される。

手に持つのはそんなに邪魔でもないし、何より先日の一件から服を脱ぐことに抵抗があるので手で持って魔法を発動させる。発動の手ごたえは確かに感じたのだが、火は生まれず、代わりに紙が淡く光ってやがて落ち着く。

「貸せ」

紙を渡すと何かを確認するように眺め、使用する。

「『解呪』」

この前は聞き取れなかったが、今回はちゃんと聞き取ることができた。紙が古代の文字で書いてあるのだからある意味当たり前だが、古代の言葉で発動するらしい。

それにしても解呪って、あの紙は呪いの一種ということだろうか。

ネルシスさんが呟くと、紙から一瞬火の粉が出現し、そのまま消えた。本当に一瞬のことで、ネルシスさんが思わずもう一回試してみてしまうほどだった。

気まずい沈黙が下りる。

「……おい」

「は、いっ！」

背筋を伸ばして無駄に良い返事をする。協力するとか言っておいて、これでは何の役にも立たない。もっと魔力を込めることは可能だが、あの変換率を目の当たりにするとたかが知れている。

罵倒されるかと身構えるが、それは杞憂《きゆう》に終わる。

「今使った魔法の陣を出現させろ」

指示をされ、慌てて魔法の陣を出現させる。普段は表示させる必要もないので出現させないが、魔法を発動するには陣が必要となる。陣には魔法を発動させるのに必要な情報が記載されていて、それを見ればどんな魔法なのか分かるようになっている。

爺さんに教わっていた初期は陣を出現させ、魔法の基本構造を叩《たた》きこまれた。

久しぶりに出現させたせいか、少し揺らいでしまったが、すぐに安定した作りへと変える。陣にクラーストさんも興味があるのか、隅から隅まで眺めるように見つめてくる。

「魔法は祖父《じい》さんに教わったと聞いたが、本当か？」

陣から目を離さないままクラーストさんに問いかけられ、肯定を返す。

一通り見終わったのだろうか、クラーストさんは凝視して疲れた目をほぐすように目頭を押さえ、こちらに顔を向けてくる。ネルシスさんはまだ陣が気になるらしい。

「……なぁ、単刀直入《たんとうちょくにゅう》に聞くけど、お前の祖父さんは何者だ？　こんな陣見たこともないぞ」

「そう、なんですか？　他の人の陣は見たことがないので。……爺さんは、俺を拾って育ててくれた人で、それ以外のことは知りません」

爺さんは俺を拾って、育ててくれて、色々な事を教えてくれたけれど、爺さんがどうして森の中で生活していたのかとか、以前は何をしていたのかとか、そういった話はしたことが無い。

俺自身の興味が無かったことと、爺さんがあまり話したがらないので聞かないで過ごしてきた。

「名前は？」

「……爺さんとしか呼んだことがないので」

思い返してみると育ててくれた人の名前すら知らないのは大分薄情なのかもしれない。

いくら森の中で爺さんと自分以外にいなかったとしても、爺さんはあんなに俺の名前を呼んでくれたのに。

爺さんのことを思い出して、少し沈んだ気持ちでいれば、いつの間にか陣を紙に移したネルシスさんが陣を消して良いと許可をくれる。

陣を消せば、ネルシスさんが小さな袋を渡してくる。

「報酬だ。今日はもう帰って良い。三日後にまた来い」

袋を開ければ、銀貨が二枚入っていた。

「報酬って……」

「何だ、文句があるのか。それ以上は成果が出たら渡してやる」

「そうではなくて——」

確かに報酬を出すというのは聞いていた。だが、やったことに対して多すぎる。こんなに貰うようなことはしていない。

「くれるって言うんだから貰っておけ」

クラーストさんは自分が言いたいことを理解してくれたみたいだが、その上で不思議そうな顔をされる。

そんな様子を見ていると、自分が変なのではないかと思えてくる。ここで何を言っても同意は得られない気がして、受け取ることにする。散財する予定は無いので、返せと言われたら返せばいい。疲れた思考の中、そう考えた。

＊＊＊

三日後と言われ、その間にウェストさんが来てくれないか心待ちにしていたのだが、やはり忙しいのか顔を出すことは無かった。

色々と聞きたいことがあったのだが、会えない事には仕様が無い。また良く分からないままに研究に付き合うのかと思えば気が重いが、引き受けると決めたのは自分なのだ。

覚悟を決めて行こう。

そんな風に気持ちを引き締めて向かったのだが、予想外の事が起こった。ネルシスさんが研究に没頭していて手が離せないとのこと。

「わざわざ来てもらってすまないが、今日は中止だ。ネルシスから一週間後にまた来いってことと、報酬は次回まとめて渡すって伝言預かっているが、何か聞きたいことや伝えとくことあるか？」

前に会った時よりも更に疲れて目の下に隈《くま》が出来ているクラーストさんが済まなさそうに話す。相当疲れているらしいが、何をそんなに熱心に研究しているのだろうか。

「こちらからは特に。……あの、良ければ少し疲労回復しましょうか?」

このまま倒れてもおかしくはない様子に申し出てみる。

渋い顔をされたら、すぐに退散しようと思っていたが、クラーストさんの目が輝いて是非頼むと言われた。

それを見て、あ、研究対象にされる、と思ったが、言ってしまったものは戻らない。それだけのことに疲れが移ったような気がするが、実害があるわけでは無いからと納得させる。

「此処じゃあ落ち着かないから客間を借りよう。どうせ屋敷の主はしばらく出てこないからな」

「……何をそんなに熱心に研究しているんですか?」

歩きながら場繋ぎ的に話題を振る。

「うーん? お前が見せてくれた陣の解析。一見、複雑で無駄なように見えるんだけど、解き進めていくと理に適《かな》っていたりして面白い」

適当にはぐらかされるか、機密事項だと言われると思ったが、割とあっさりと教えてくれた。自分が関与していることとはいえ、少し意外だった。

「そうなんですか。祖父が使う陣以外見たことが無いので」

ウェストさんが転移術を使う時に、一瞬浮かぶ陣が気になりながらも見せてもらうのを忘れてしまっている。今度来た時には見せてもらおう。

客間にたどり着いて、クラーストさんを座らせる。自分はここの椅子に腰かける気にはなれないので、近くに立つ。

「身体を楽にしてください。もし最中に気分が悪くなったりしたら言ってください」

声を掛けてからクラーストさんの身体に魔力を流す。

傷を治す時と原理はほぼ一緒だが、傷は一点集中するのに対し、疲労回復は身体全体を循環させるように想像して流す。

ゆっくり丁寧に。身体を温めるような想像で。

少したつと、クラーストさんの肩から力が抜けたようになる。

「あー、気持ちいいな。それって陣を出しながらできるか？」

要望があったので陣を出現させながら続ける。

「これはあんまり他の奴と変わんないな」

興味深そうに陣を覗《のぞ》いていたクラーストさんが目頭を押さえる。きっと酷使しすぎて焦点が合いにくくなっているのだろう。

少し目を瞑《つむ》っていてもらうようにお願いして、目の辺りを中心に魔力を循環させる。

「……もしかして、人体の血液の流れを意識してやっているのか？」

「そうですけど、それが？」

目を瞑ったままのクラーストさんが尋ねてくるので返答するが、沈黙されてしまう。どうしたのだろうと思いながら、目の下の隈が気持ち薄くなった気がするので、魔力を流すのをやめる。あんまり一度にやり過ぎると良くない。

目を開けていいですよと伝えれば、クラーストさんの真剣な目と合う。

「……気分が悪いですか？」

「いや、身体の調子は大分良くなった。ありがとう」

クラーストさんに座るように促され断ったが、良いから座れと言われてしまい、汚れを気にしながらも腰を落ち着かせる。

「あのな、一つお前の意思を確認したいんだが」

少し迷う風にしながらも、こちらをまっすぐに見つめながらクラーストさんが口を開く。その様子に自然とこちらも背筋を伸ばしてしまう。

「お前は今までの生活を変えたいと思っているか？」

その質問に首を振る。今までの生活に何ら不満はない。

クラーストさんはその返答に、少し考えるような表情をし、口を開く。

「なら、お前はこの研究を降りろ」

ネルシスにはこちらから伝えておくから。

そう言われ、どうしてですかと尋ねることも、是とも否とも答えることもできなかった。

「沈黙——ということは自分でも分かってきているんだろう。自分の力と知識が特殊なことに。大きな力は多くの利益を生み出すが、損害も生み出す。お前の存在が広まれば、元の暮らしには戻れなくなるぞ」

脅しのような、それでもこのまま行けばいずれ訪れるかもしれない可能性。

そのことに気付きながらも、見ないようにしてきた事実を指摘され、反論することができない。目を逸らしていることを忠告してくれるクラーストさんは、優しい人なのだろう。

逸らし続けてどうしようも無くなる前に、選択肢がまだあるうちに考えろと言ってくれている。

「……そんなに変わっていますか」

他人と違うことを自ら望んだわけでは無かったのだけれど。それでも、それが爺さんに育てられた証《あかし》なのなら、受け入れるべきだろう。

「俺もウェストも、お前の存在を知って扱いに困る程にな」

苦笑いすら失敗したような顔でクラーストさんが告げる。

利用するでも排除するわけでもなく、扱いに困る。それが自分への評価だと知って、素直に落胆する気持ちが半分、そしてどこか納得してしまう気持ちが半分。

ウェストさんは色々親切に教えてくれるけれど、身の内を全て明かしてくれているわけでは無い。何かを黙っているのに気付いていたけれど、それでも優しくて穏やかな時間が好きで……。

思いを振り切るように一度強く目を瞑る。

それからゆっくりと目を開けて、俺と向き合おうとしてくれているクラーストさんを見る。

「クラーストさん、気を使っていただいてありがとうございます。一週間後の呼び出しには応じます。

どんな結論を出すにせよ、ネルシスさんには自分の口から伝えるべきだと思いますので」

精一杯の平常心をかき集めて伝えれば、少し間をおいて、そうか、とだけ返ってきた。

「それでは、失礼します」

簡単な礼をして屋敷を後にし、そのまま当てもなく街を歩き回る。

頭と気持ちを整理する時間がほしかった。

＊＊＊

気持ちを整理しようと歩いていたら、気付けば騎士団の本部まで足を運んでいた。

しばらくぼんやりと建物を見上げ、踵《きびす》を返す。

ウェストさんに会いたかったけれど、今は会いたくない。少なくとももう少し気持ちを落ち着かせたかった。

俯《うつむ》いて、早足に立ち去ろうとすれば、前方不注意で人にぶつかる。

「すみませ――……」

「前見て歩かないと危ないよー」

ぶつかった相手は、キイサだった。よりによってこのタイミングでと思うが、前を見ていなかった自分が悪い。それでも恨みがましい視線になってしまったのか、キイサがサボりじゃないよ、と言い訳をする。

別にサボりを疑っていたわけでは無いのだが。

「俺はね、城への報告の帰り。ルト君は団長に用事？」

「……いえ」

否定したが、微妙に間が空いてしまい、探るような目を向けられる。

それに居心地の悪い思いをしていると、まぁいいけど、と言ってくれてホっとする。

「どのみち団長は不在だしね」

「どこかに行っているんですか？」

「そ、西の森から魔物が現れたって」

「――え、街の近くまで現れたんですか？」

思いもよらぬところで自分の住んでいる場所のことを聞かされ、驚く。魔物と森の中では何度か出会ったが、街の付近では見かけたことは無かった。

「違うよ。そんなに近くってわけでもない。肝試しか何かで入った子供が、迷子になって見つけたみたい。その子供が奇跡的に生き延びて、大騒ぎってわけ。あーぁ、その子が戻ってこなければ、今日非番だったのに」

不謹慎すぎる発言に、効果がないと分かりつつもキイサに冷たい視線を向ける。

「あ、そんな目で見ると団長のいる場所教えてあげないよ」

ニヤニヤするキイサに、行くつもりはありません、と言えば、心底不思議そうな顔をされた。目を見開いて、珍しく純粋に驚いているようにも見える。

「何で？　ルト君は団長が死んでもいいの？」

「良くないですけど、自分が行かなくてもウェストさんなら――」

「強いから、死なない、とでも言いたいわけ？　――それを本気で言ってるなら、ルト君は本当に何も分かってない」

不思議そうな顔をしていたキイサの双眸《そうぼう》が鋭く細められる。

分かってないとキイサに言われるのは二回目だ。けれど、前回とでは言葉の重みが全く違う。

キイサは、多分、怒っている。

「団長はね、確かに強い。けれどそれはあくまで常識の範囲内だ。ルト君とは違って、ね」

キイサが普段の何を考えているのか分からないニヤニヤ笑いを引っ込めて、代わりに侮蔑するような視線を向けてくる。

その視線に自分の中のドロドロとした物が溢《あふ》れだす。

「――なら、どうしろって言うんですか？　力があるなら、それを使うべきだと？　自分の生活を全て犠牲にしてでも」

八つ当たりだと僅かに残った冷静な部分が言う。けれど、一度溢れだした感情は止まらず、口から零れ出る。

「キイサはいいですね。変に力を持っていない分、悩まなくて」

最低だった。

自分のことを綺麗《きれい》な存在だと思ったことは無かったが、こんなに醜いとも思わなかった。自己嫌悪《じこけんお》で吐きそうな俺に、キイサはもう怒りも侮蔑も向けてこなかった。

ただ、無機質な物を見るような視線を向けているだけだった。

「ここから北北西の方向に十五キロ行ったところに団長がいる。どうするかは好きにすればいい」

それだけ言って、興味が無くなったようにキイサは脇を通り抜けていった。

＊＊＊

キイサと別れて、しばらく立ち尽くしてしまったが、そんな場合ではないと自分に言い聞かせ、転移術を発動させる。向かう先は、家。

手ぶらで行くよりかはと、愛用のナイフを数本身に着けて、再度転移術を発動させる。自分が行っても役に立たないかもしれない。けれど、死という可能性を目の前に突き付けられて大人しくはしていられない。

自分の力のこと、これからの生活のこと、何も決まっていないけれど、少なくともウェストさんが死んでしまうのだけは嫌だ。

キイサに教えられた地点に行けば、ここで戦闘したのか荒れた形跡があったが、誰の姿も無かった。生きている人間だけでなく、死んでいる人間もいないことに安堵《あんど》し、耳を澄ませれば、更に西に行ったところで微《かす》かな戦闘音が聞こえる。

音を頼りに木々をかき分けて走り続ける。音が近くなり、速度を上げればば唐突に木が途切れ、視界が開ける。

視界の先は崖になっていて、危うく落ちそうになり肝が冷える。

落ち着くために息を吐き出して、崖下を覗けばウェストさんの姿を見つける。ウェストさんも他の四人も酷い怪我《けが》は負っていないようだが、兎《うさぎ》に似た魔物に取り囲まれていた。

その光景に眩暈《めまい》がする。

「このままだと埒《らち》が明かない。――あそこの一角を燃やせるか」

ウェストさんに声を掛けられた人物は肩で息をしながらも、小さく頷く。

その人は恐らく魔法使いなのだろうが、魔力切れを起こしかけているらしく、荒い息を繰り返している。飛び掛かってくる魔物を他の四人で捌《さば》きながら、魔法を命じられた一人が目を瞑り魔法を起動させる。

魔物がいた一角から火の手が上がるが――弱い。魔物は炎に巻かれながらも逃げ出してしまった。

その間も他の騎士たちが剣で魔物を弾《はじ》くが、弾くだけで傷にはならず、じわじわと包囲を狭めてくる。

このままだと不味い。

多分、ウェストさんだけなら逃げきれるだろうが、他の三人は分からないし、魔力切れを起こした彼は確実に逃げることはできない。そんな彼をウェストさんが見捨てるとは思えない。

唇を噛みしめて、手先に魔力を込める。

そしてウェストさんたちを取り囲んでいた魔物を全て焼き払った。

炎が鎮火し、地面が焼かれた跡以外は何一つとして残らない。崖の上から浮遊術を使って崖下に降りる。

魔法を使った時点で自分がいることに気付いていたのだろう。ウェストさんは特に驚くことなくこちらを見ており、他の四人は困惑した表情を向けていた。

その四人組を睨み付け、声を発する。

「……誰ですか?」

自分で思ったよりも低い声が出た。唇を動かしたせいで、噛みしめて切れた箇所が痛む。

「誰が最初にあの魔物を殺したんですか?」

質問すれば魔法使いともう一人若い男が顔色を変える。そうか、犯人はこの二人か。

「どうして殺したんですか? そんな必要は無かったでしょう」

凶暴な魔物が多い中で、あの魔物は酷く臆病だ。どれほど人間が近くにいようと向こうから攻撃してくるはずがない。

それなのに、どうしてと尋ねれば、顔色を変えた片方が口を開く。

「あ、アイツらは魔物だ。魔物の殲滅《せんめつ》は騎士団の任務だ」

任務だと言い張るわりに、声が震えている。本気で言っているわけでは無いのが透けて、苛立《いらだ》ちが零れる。

「魔物だからって、逃げ回るだけの存在を追いかけ回して殺すことが騎士のお仕事なんですか？　それは立派なお仕事ですね」

あの魔物は人間を酷く恐れている。人間と出会ったのなら一目散に逃げたはずだ。

それを追いかけ、殺したのだ。魔力切れもそのせいだろう。

人間が近づいても、自らが攻撃されても襲い掛かること無く逃げ続けるあの魔物は、唯一、仲間を殺された時にだけ襲い掛かってくる。

先程の戦闘からいってこの二人があの魔物を一撃で殺せたとは思えない。何度も、何度も傷つけて殺したのだろう。

そしてそれを仲間に見られた。

グッと手のひらに爪が食い込むほど強く拳を握りしめる。

人間は身勝手だ。

その手に、そっと重ねるように触れられ、視線を上げる。

いつの間にか近づいていたウェストさんが、血がにじんだ手のひらを痛ましそうに見つめ、強張《こわば》った指先を丁寧に解きほぐしてくれた。

「すまない」

「……いえ、ウェストさんのせいでは」

ウェストさんを含めた三人は知らなかったようだし、大方別れて捜索をしていたのだろう。知りもしないことを責めるのはお門違いだ。

「いや、私の管理不行き届きだ。すまない。あの二人は私が責任を持って根性から叩き直すと約束する」

ウェストさんが自分のことを私と言うのを久しぶりに聞いた。団長として、責任を持つということなのだろう。

怒りを含ませたウェストさんの言葉に、後ろの二人が真っ青になって震える。それを見て、虚《むな》しくなってしまった。結局、自分に返ってきたことでしか事の大きさを測れない。

「二人のことはウェストさんにお任せします」

それだけ言って背を向ける。

このまま此処にいたら、ウェストさんに失望されるようなことをしてしまいそうだ。さっさと家に帰ろうと転移術を発動させかけたときに、あの！　と声を掛けられる。

「助けていただいてありがとうございました」

何も知らなかった男がこちらに頭を下げる。それにどう返して良いのか分からず、しばらく悩んだ後に小さく生きていて良かったですと返した。

＊＊＊

転移術で家に帰り、目を開けると同時にナイフに手をかける。

家の前に陣取るように伏せている犬型の魔物が一体、こちらを見ていた。襲い掛かられても対処できるようにナイフを構えるが、その魔物はじっと銀色の瞳でこちらを見たまま動かない。

初めて見る銀色の瞳に、目を離すことができずに見つめ合う。

魔物は赤い瞳をしていると思っていたのだが、違う魔物もいるようだ。

互いに見つめ合い、緊張で息が苦しくなってきた頃、魔物がゆったりとした動作で立ち上がる。そして前足を前方に伸ばし——大きな欠伸《あくび》をした。

まるで犬が伸びをするような動作に、警戒しながらもつい目を瞬《しばたた》かせてしまう。今の動作はどこからどう見ても敵意があるようには見えない。それでも構えを解くことができずに魔物の行動を見守っていると、魔物の口が動く。

「待ちくたびれたぞ、人間」

少し不明瞭で聞き取りにくい声。

それが発せられた場所が信じられず、返答ができない。

「あまりに遅いから一眠りしてしまったではないか」

声が聞こえるのと同時に魔物の口が開いたり、閉じたりを繰り返す。目の前の光景を信じるのなら、あの魔物が声を発していることになる。

「そんなに目を開いていると零れ落ちるぞ。人間は再生できんからな。気を付けた方が良い」

魔物に心配された。今、誰かにお前は夢を見ていると言われたら、素直に頷くだろう。

「人間、お主はカイナーに縁のある者だろう」

質問されているらしい。魔物に。状況を整理しきれないまま、問いかけに答える。

「いえ、心当たりはありませんが」

「何？　これだけ気配を纏《まと》わせておきながら関係ないと言うのか」

「少なくともカイナーという名に心当たりはありません」

断言すれば、魔物が悩むように首を傾《かし》げる。

何とも、形容し難い風景だ。

「お主はこの家に住んでおるのだろう？　なら、この家の前の持ち主ぐらい知っておらんのか」

「……もしかして、祖父のこと言っているんですか？」

「祖父？　あやつに子供ができたのか？」

「あ、祖父と言っても血が繋がっているわけではないので、小さい頃に拾ってもらって」

会話が成立している。魔物と。

現実離れした光景に、ナイフを構えているのも馬鹿らしくなって腕を下ろす。警戒を解いても、魔物は何の反応も示さず、相変わらず首を傾げたり、何かに頷いていたりする。

「ふむ、それならお主の言う祖父がカイナーなのだろう。此処とお主にはカイナーの気配が色濃く残っておる」

納得したように魔物が言う。それに対して、そうですねとも違いますとも返せない。

魔物の言う気配を共有することはできない。

「それで、あやつの墓はどこだ？　遠路はるばる墓参りに来たのだから、案内してくれんか」

爺さんの墓を案内することに異論はないが、魔物が墓参りって。爺さんは本当にどういう交流関係を築いていたのだろうか。

「少し歩きますが、それでもよろしければ」

「構わん。何せこちらは足が四本もある。なんなら羽もあるぞ」

魔物が言うなり、背から羽が生える。その姿を見て、過去の記憶と繋がる。

「あの時——商隊が襲われていた時にいた魔物……」

「お主もいたのか。一応弁解しておくが、我は振りかかった火の粉を払っただけで、我からは襲っておらん」

戦闘の途中で姿を消した魔物を不思議に思っていた。まさかその魔物が、今目の前にいる魔物と同一だったとは。

不可思議な行動を取るわけだ。何せ話すくらいなのだから。

「早くせんと日が暮れるぞ。それとも人間を傷つけるような魔物の案内はできんか？」

その言葉に先程の出来事を思い出す。必要も信念もなく魔物を殺した人間。

それに比べれば、この魔物は身を守るために力を振るっただけであり、それ自体を責めようとは思わない。

親しい人を殺されれば話は別なのだろうが、幸いなことに魔物に親しい人間を殺されたことは無い。

「いいえ、案内します。ついてきてください」

魔物がどうこうと言うより、爺さんの墓参りに来た者を追い返すことはしたくない。

先に歩きだすと、魔物は少し距離を置いて横を歩いてくれる。姿が見える位置に来てくれて安心した。敵意が無いと分かっていても、魔物に背を向けるのは遠慮したい。

「祖父とはどこで知り合ったんですか？」

歩きながら話しかける。黙っていると現実逃避的な思考しか出てこない。

「研究所だ。何を研究していたのか我には分からんが、何かを研究して、我は実験台だった。それをカイナーが助けてくれた」

実験台という物騒な単語に魔物を見るが、どんな気持ちで言っているのか、読み取ることはできない。

「カイナーもそこの研究者だったようだ。断定できないのは、我を助けた後にあやつが研究所に戻ることはなかった上、その研究所も突如として消滅してしまったために、分かることはほとんどない」

「消滅、ですか……？」

「一年後に我が行った時には焼野原が広がっているだけだった。色々な動物から聞いた情報を繋ぎ合わせると、ある日突然、大規模な爆発が発生し、跡形も無く吹っ飛んだとのことだ」

魔物は一定の調子を崩さずに語り続ける。

まるで感情を込めて止められなくなるのを防いでいるようだった。

「カイナーは研究内容も何が起こったのかも把握しておっただろうが、あやつも亡くなり、全てを知る者はもはやおらぬだろう。あやつは後悔しておった。それが何に起因するものなのかも我は知らぬが――……楽しくもない話をしてしまったな。すまぬ」

「いえ、……貴方《あなた》から見て、祖父はどんな人物でしたか？」

「あやつを一言で表すのなら変人。我を助けた時点でそれは確定しておったが、富や権力を愛さず、実りや鳥のさえずりを愛するような男であった。あとは食べ物にうるさく、パンも良いがコメが食いたいと良く零していた」

懐かしそうに語る声に、ようやく魔物の言う人物が爺さんと重なる。爺さんはコメが好きなようで、どこからか調達しては時々食していた。他の者から爺さんの話を聞くのは初めてで、不思議な、そして少し胸が苦しくなるような気持ちになる。

それからぽつり、ぽつりと爺さんの話をすれば、爺さんの墓にたどり着く。

小高い丘になったこの場所は、森と街の両方を見ることができる。爺さんのお気に入りの場所だった。

魔物は爺さんの墓の前で頭《こうべ》を垂れ、しばらくじっとしていた。何を話しかけているのだろうか。楽しい思い出だと良い。

「ここまで案内してくれたこと感謝する。ありがとう」

墓参りを終えた魔物が、礼を口にする。

ふと、少し前にも礼を言われたことを思い出す。今日は本当に色々なことが起こる日だ。

「……次の行先は決まっているんですか？」

「いや、旅の目的がここだったから特に決めてはおらんが」

「それなら、もう少し祖父の話を聞かせてくれませんか？」

そのお願いに魔物は黙って視線を逸らしてしまう。やはり駄目だろうか。

「……我は魔物だ。関わって良いとは思えないが、お主がそれでも良いと言うのなら」

目を逸らしたまま答える様子はどこか照れているようで、こっそりと笑いを零す。

「ええ、お願いします。今更ですが、自己紹介を。俺の名前はルトです。祖父につけてもらいました」

「そうか、我の名はカイだ。カイナーが自分の名から分けてくれたのだ」

少し誇らしそうにそう語るカイに今度は隠すことなく笑顔を向けた。

＊＊＊

次の日、ウェストさんが久しぶりに訪ねてきた。手にはお酒とつまみ。それに自然と笑みが零れる。

「……何だか久しぶりな気がします」

昨日も会っているのだが、あれはウェストさんに会ったというより、顔のよく似た騎士団の団長にあったような感じだった。

苦く笑いながら告げれば、ウェストさんにも通じたのか同じく苦笑いを返された。

「昨日のことだが、本当にすまなかった。そして助けてもらったことに改めて礼を言いたい」

席に座り、飲み物を用意するなり、ウェストさんが謝罪と礼を口にする。その姿に、相変わらず律儀な人だと頬が緩む。

「いえ、昨日も言いましたがウェストさんに怒ってはいませんし、お二人のことは責任を持つと言ったことを信じていますので」

「……二人のこともそうなのだが、キイサのこともだ」

唐突にキイサの名前が出てきて動揺してしまう。八つ当たり気味な対応をしてしまった身としては気まずい。それをどう受け取ったのか、ウェストさんが長く息を吐き出す。

「一般人に情報を渡すなんて、あってはならないのだが……」

頭痛がするかのように眉間に皺を寄せるウェストさんに労《ねぎら》いの視線を向ける。昨日会った人たちのことも含めて、頭痛の種はつき無さそうだ。

そして多分、自分のことも頭痛の種なのだと思うと少し悲しい。

「でも、結果的にお役に立てたようなので」

あんなところでウェストさんに何かあったらと想像すると胸の辺りが冷たくなる。

ウェストさんを基準に騎士団の実力を考えていたので、森で危ない目にはあまり遭わないだろうと思っていたが、実際に目の当たりにしてみると随分と開きがあるようだった。その結果、他人を守るために一人でいるより危険度が上がるなんて。

ウェストさんらしいと言えばらしいのかもしれないが、騎士団の仕事が途端に不安になる。

「確かに助かった。だが、そういう問題では無い。とりあえずの処罰として、しばらくは仕事漬けにすることにした。本当はいっそ謹慎処分にしてしまいたいところだが、アイツがいないと仕事が回らないのも事実で、頭の痛いところだ」

「お疲れ様です」

苦労を想像して、そっと同情する。

こちらを向いたウェストさんの目が分かってくれるかと言っているようで、本当に疲れているのだなと気の毒になる。

「本当にアイツは何を考えているのか。人のことを殺そうとしたり、助けてみたり」

「殺そう、と……?」

さらりと口にされた物騒すぎる単語に目を見開けば、ウェストさんが大したことでも無さそうに頷く。

「理由は良く分からないが、邪魔なんだそうだ。副団長に任命した時も隙があったら暗殺しますけど、それで良ければと言っていたからな」

何だその条件は。そして副団長をやっているということはウェストさんはその条件を了承したのか。殺そうとしたのは口だけなのか、実行したのか非常に気になるのだが。

「まぁ、アイツのことは考えても分からないから良い。今回のことは悪ふざけが過ぎたが、基本的に仕事はする」

ウェストさんは良いと言うが、果たしてそれは本当に良いのだろうか。

どのくらい本気なのかは分からないが、仮にも命が狙われているのに軽く流しすぎではないのか。自衛できるから問題ないということなのだろうが、何だか釈然としない。

関係無いと言えば関係の無いことで頭を悩ませていると、ウェストさんが話題を変える。

「それよりも昨日のことだが、こちらで勝手に口止めをさせてもらった」

広まるのは本意ではないだろうという問いかけに、大きく頷く。簡単に魔物を焼き払うほどの力が誰にでもあるわけでは無いのだと、今なら分かる。

「……黙っていてくれますかね」

「絶対、とは言い切れないが、フェンリー様の名前も出しておいたから滅多なことでは口を開かないはずだ」

笑顔が印象的な殿下を思い出す。この国の第一王子の名前を出されてまで命令に背ける人間は中々いないだろう。あの人に逆らうと笑顔でえげつないことをされそうだ。

「もしかして、最初からそのつもりで会わせたんですか？」

会っても、会わなくてもどちらでも良いと言いながらも妙に強引だったことに疑問を持っていた。最初からこういった展開を予想していたのだろうか。

その問いに、ウェストさんは少し気まずそうに目を逸らす。

「誰かに目をつけられたときに後ろ盾があればと思ったんだ。お前が誰かの目に留まる可能性は俺と関わることで跳ね上がると思った。……勝手だな。すまん」

ウェストさんが器に入った酒を揺らす。

「……ウェストさんは、そうやって悪いと思いながらも俺に会いに来るのを止めなかったんですよね。それが悪いばかりの意味ではないと思っていますので」

ここに何度も足を運んだ理由の中に打算的なこともあったのだろう。けれど、感謝をしていると言った言葉に嘘《うそ》は無かっただろうし、少しはこの空間を好いていてくれているのは分かる。

そう伝えれば、どこか泣きそうにウェストさんが笑う。

「お前に何の力も無ければ、な。堂々と胸を張ってお前に会いに来ているだけだと言えたんだが」

「そしたらウェストさんはそもそも俺に会いに来ませんよ」

仮定の話にわざと明るく笑う。浮かない顔をしているウェストさんの気持ちが晴れれば良いと思って。

けれど思惑に反して、ウェストさんは真剣な顔をしてこちらを見る。

「そんな事は無い」

強く否定されて、心臓が跳ねる。

「そんな事は無い。……――ということにさせてくれ」

真剣な表情から、眉根を下げた少し情けない顔に自然と笑ってしまう。

「なんですか、それ」

クスクスと笑いを零しながら言えば、ウェストさんもようやく笑ってくれた。

二人で笑いあって、心地良い空間を共有していると、ふと思い出したようにウェストさんが言う。

「ところで、ずっと気になっていたのだが、お前はいつから猫を飼い始めたんだ?」

ウェストさんが部屋の隅に丸まっている黒猫に注意を向けると、その猫がタイミング良くニャーと存在を主張するように一鳴きする。まるで言葉が分かっているかのようなタイミング。それもそうだ。

あの猫は――カイは言葉を理解し、話すこともできるのだから。

丸まりながら尻尾をゆったりと動かす姿はどこからどう見ても猫にしか見えないが、あれはカイであり、正体は犬に似た魔物だ。

魔物の姿では都合が悪いだろうと動物の姿になってくれたのは大変ありがたいのだが、何故そこで犬ではなく猫なのか。どうやら原因は爺さんで、どちらかと言えば猫派だなと言われて傷ついたらしい。

「つい先日から。何だか懐いてしまったので飼うことにしたんです」

正直に言わないことを心苦しく思いながらも嘘を言う。

カイが魔物だなんて言ったら、それこそ任務だと言って処分されそうだ。昨日聞いたような口先だけの言葉ではなく、揺るがない意思を持って。幸い嘘には気付かれなかったのか、ウェストさんはそうかと呟きながら尻尾の揺れをのんびりと観察している。

嘘がばれるのではないかと内心ヒヤヒヤしていたが、特に疑った様子もなくウェストさんが手洗いを借りると言って席を立つ。

それに安堵の息を吐くと、毛づくろいをしていたカイが口を開く。

「そんなに気に病むのなら本当のことを言えば良いだろう」

見た目は大変愛らしい猫から、ひび割れた声が響く。目からの情報と耳からの情報の乖離《かいり》が激しすぎる。

「それでカイが殺されそうになったら嫌ですから」

ウェストさんが本当にカイを殺そうとするのかは、正直なところ分からない。

任務だと割り切る姿も、困りながらも見逃す姿もどちらも想像がつくだけに、カイのことを話すのが怖い。

「番《つが》いに隠し事はせん方が良いと思うがの」

前足で器用に顔を洗いながら、何でもないことのようにカイが言う。

「……つがい？」

「人間の言葉では確か伴侶だったか？　それとも夫婦だったか？」

「いえ、あの二人とも男なのですが」

カイの番い発言に動揺しながらもっとも基本的なことを主張する。

カイは呆れたような顔で、そんなことは見れば分かると言うが、ならば何故番い発言に繋がったのだろうか。

重ねて問おうとしたが、ウェストさんが帰ってきてしまって口を閉じる。カイがそれを笑うかのようにニャーと鳴いた。何故か鳴き声は大変可愛らしい。謎だ。

戸口が開くと同時に勢い良く振り向いてしまったため、不審がられる。

「どうかしたのか？」

「いえ、何でもありません。それよりこちらの新しいのを開けていいですか？」

持ってきてもらった一本を早くも消費し、二本目に手をかける。

これは早々に他の酒も必要になりそうだ。動くのが面倒になる前に取ってこようと席を立ち、酒を抱えて戻ってくると、ウェストさんが猫じゃらしでカイと遊んでいた。

猫じゃらしは冗談のつもりで持ってきておいたのだが、本気になって遊んでいたカイが、一瞬しまったという顔をしたのを見逃さなかった。ウェストさんはこちらを向いていたのでそれには気付かなかったようだが、表情が少し楽しげだ。

「……ウェストさん動物好きなんですね。犬と猫ではどっち派ですか？」

少し混乱して意味の無い問いをする。

どちらか答えるだけなのに、何故かウェストさんは俺の顔を真剣にじっと見つめる。

「犬、ではないな。どちらかと言えば猫だな」

偶然にも爺さんと同じ言葉を発したウェストさんに、カイは不満そうに尻尾をバシバシと床に叩きつける。

カイ、言いそびれてしまったが、俺はどちらかと言えば犬派だ。だから尻尾が可哀想なことになる前に落ち着いてほしい。

それから楽しく酒を飲み、気がついたら朝になってまたウェストさんに抱きしめられていた。

身じろぎしようとするが、思いのほか拘束が強くて抜け出せない。諦めてウェストさんを見れば、緩められた首元に鬱血したような跡が見える。

何か虫にでも食われたのだろうか。

その後、また仕事だと言うウェストさんを送りだして着替えていると、自分の鎖骨辺りにも同じような跡を見つける。

変な虫でなければ良いけどと思っていると、カイが欠伸交じりに呟く。

「やはり番いではないか」

＊＊＊

ルトのところへ酒とつまみを持って会いに行く。

その回数が増えるにつれ、柔らかい対応の下に隠れていた警戒心が薄くなり、時々だが無邪気な笑顔も見せてくれるようになった。

親しくなるにつれて分かったことは、ルトがとても流されやすいこと。相手に気持ちを伝えるのが苦手なこと。そしてそのせいか、受け流すのは上手なこと。

何かと流されてはいるようだが、流れの全てを受け止めるのではなく、あくまで逆らわずに流し、流れる。

そんな印象を抱いていたから、無意味な殺生をした団員にルトが怒ったところを見て驚いた。

こんなにもはっきりと相手に意思を伝えることができること、そして怒りを感じるほど人間に関心を向け始めていたことに。

出会ったばかりのルトは人間にあまり興味が無いようだった。自分のことは酒とつまみのおまけくらいの認識だったに違いない。

あの頃のルトが昨日と同じ場面に遭遇しても呆れることはあっても怒りを覚えることは無かったと

思う。そもそも自業自得《じごうじとく》だと助けたかどうかも分からない。

ルトは変わってきているのだろう。

それが良いことなのかどうか、正直判断できない。

クラーストからは相手の平穏を願うのなら関わるのをやめろと何度か忠告されている。確かに自分と関わったことでルトの交流も広がり、それに伴って危険も増えてくるだろう。

相手が変化を望んでいないのなら、関わらないのが一番良いのかもしれない。

そう思いながらも自分は結局、関わることをやめていない。

ルトの力や知識に興味があったし、段々と打ち解けてくれる様子が嬉《うれ》しかった。

そして何より、二人で酒を飲んでゆっくりと過ごす時間を手放したくないと思ってしまっている。

「……ルト、眠いのなら部屋に戻った方が良いんじゃないか」

肩に寄りかかりながら目を閉じかけているルトに話しかける。

どうやら少し飲みすぎたらしい。つい先ほどまで普通に話していたと言うのに、相変わらず極端だ。

「駄目です、寝たらウェストさん帰っちゃうじゃないですか」

ルトが腕にしがみ付きながらそんなことを言う。随分と懐いてくれたものだと思う。

「帰ってほしくないのか？」

「はい」

冗談めかして言ったのだが、素直に頷かれてしまって少し気恥ずかしくなる。

それと同時に親愛の情を向けられていることに安堵する。

ここに来ていた目的を話すことで距離が出来るかもしれないと思っていた。

それは仕方のないことで、また少しずつでも埋めていこうと考えていたが、変わらず微笑み掛けられて、酷く安堵しているのも事実だった。

「ウェストさん、最近忙しそうで、なかなか来てくれないし、疲れた顔とかしていることが多いから……」

肩に寄りかかったルトが唇を尖《とが》らせながら呟く。その表情は不満というよりも不安そうだった。

「心配かけたみたいだな」

「……心配していた、というより、大変そうだなって思って、それで何か役に立ちたいって。少しでも負担を減らすことができたら、自由な時間も増えてここに来る頻度も上がるかもって」

ルトの素直すぎる言葉に、小さな笑みが零れる。

「でも、役に立つって良く分からなくて。頑張ってみよう思ったけど、上手くいかなくて」

兄の研究に付き合う中で何かあったのだろうか。

協力すると聞いた時にすんなりいくとは思えなかったが、もしかしたら意外に打ち解けるかもしれないとも思っていた。自分は打ち解けることはできなかったが、何のしがらみもないルトならあるいはと。

自分と兄は生まれてから一度も会話らしい会話をしたことが無い。言葉を交わす際は、会話というより伝達だった。それの主な原因は母親が異なっていたことだと思う。毎日のように、自分の母には兄に劣るなと言われ、兄の母には虫けらを見るような目で見られた。

それに耐えきれなくなり十三歳になると同時に騎士団へと逃げ出した。家を継ぐことを定められ、逃げ場のない兄を残して。

その数年後に自分の母が亡くなり、それから更に数年後に父と兄の母も流行病で亡くなった。

その後は初めから決まっていた通りに兄が家を継ぐことになったが、今度は妙な噂が立ち始めた。兄が家を継ぐために、邪魔な自分を追い出したと。

事実を全く含んでいない噂に当時は呆れもしたが、噂なんてそんなものだろう。放っておいて悪化させるのも良くないと思い、時々は実家を訪れるが、兄はそんな自分に興味も向けずに好きにさせてくれている。

「辛いか？」

「……分かりません」

途方に暮れたような声に、腕を伸ばして細い体を抱きしめる。

酔っているのか、眠いのか、ルトは嫌がりもせずに大人しく腕に収まり、落ち着く場所を探すように胸に額を寄せてくる。

やはり犬よりも猫に近い。

「自分の好きなようにしたら良い。それが一番、自分に言い訳をしなくて済む」

触り心地の良い髪を撫でながら自分の考えを伝える。

自分が騎士団に入るのを決めた時、そこに崇高な理由なんて一つもなかった。ただ、あの家から逃げ出したい一心だった。

けれど、騎士団に入ったことを後悔はしていない。今も自らの意思で団長を務めている。

「好きなように……」

呟いたルトが胸元に埋めていた顔を上げる。下から見上げる瞳は眠いせいもあるのか少し潤んでいる。

ルトが無言で見つめてくるので、こちらも特に口を開くことなく見つめ返す。

しばらくして、逸らされたかと思えば今度は首元へ顔を埋めてくる。そして、そのままゆっくりと背へ手を回され、抵抗もせず大人しくしていると首元に微かな痛みを感じる。

「………おい」

何をしているのだとルトを引き離せば、少し不満そうな表情を向けられる。好きにしたら良いとは言ったが、人の首に噛み付けとは言っていない。何をどう解釈したらこの行動に出たのだろうか。

「すごく綺麗だとおもって、つい。すみません」

つい、で噛み付くのかお前は。

それならと力の入っていないルトの身体を支えながら、綺麗に浮き出た鎖骨へ唇を寄せ、淡く食《は》む。

「……ぅん」

感触がくすぐったかったのか甘い声を漏《も》らす。

それに気を良くして、軽く歯を立てたところへ舌を這わす。

「……ぁっ……！」

舌を動かす度に震える身体が愛おしくて、薄い皮膚を強く吸う。

くっきりと浮かび上がった跡に満足し、そのすぐ後に涙で瞳を揺らすルトの姿を見て言いようのない自己嫌悪に陥る。

酔っ払い相手に何をしているのだろうか。

「うぇすと、さん……？」

舌がちゃんと回らないのだろうか、少し幼い喋《しゃべ》り方に罪悪感がこみ上げる。

「すまん」

思わず謝罪するが、ルトは不思議そうに首を傾げるだけだ。多分、自分が何をされたか分かっていないのだろう。

「もう寝ろ」

これ以上は不味い。本当に取り返しのつかないことをしてしまいそうだ。理性を働かせて事態を収拾しようとするが、当の本人が邪魔をする。

「いやです」

逃がさないとばかりに抱き着かれる。どうしろと言うのか。

「別に寝ても帰ったりしない」

嫌だと駄々をこねるルトを宥《なだ》めるように、背を撫でてやる。

ゆっくりと一定の間隔で続けると、段々とルトも落ち着いてくる。

「絶対ですよ」

「あぁ、約束しよう」

真摯に告げれば、納得したような声が返ってくる。

ただし、続いた言葉は予想の斜め上だった。

「じゃあ、ウェストさんもいっしょに寝ましょう」

とっさの返答に困る。それは一体何の誘いなのだろうか。

「ベッドが良ければ、となりにありますよ。ちょっとせまいですけど」

「……そのうちな」

何がそのうちなのか自分でも分からなくなってきた。ルトも良く分かっていないのか、そのうちですねとオウム返し言ってくる。

そのうちっていつだろうか。そして何がそのうちなのだろうか。

「とにかく寝ろ」

これ以上喋らせるとろくなことにならない。帰らないと約束したせいか、ルトが素直に返事をして口を閉ざす。

これで一安心かと気を抜いた瞬間、ルトが思い出したように顔を上げる。

「――忘れてました。おやすみなさい」

おやすみの挨拶と共に頬への口づけ。これは前回もやられたのでそれほど大きな衝撃では無い。

ただ、今回は相当ぼんやりしているのか、前回と少し異なった。

「あれ？　ずれちゃいました？」

頬への口づけは目測を誤り、唇を掠《かす》めた。

非常に微妙ではあるが、キスとしてカウントしても良いのではないかと言う程度で。

「まぁ、いいか。おやすみなさい」

何がいいのか全く分からないが、ルトは満足したらしくすぐに寝息が聞こえ始める。

穏やかな寝息に肩を掴んで揺さぶりたいような衝動に駆られるが、相手は酔っ払いだと自分に言い聞かせて深く息を吐く。振り回されているが、それが嫌というわけでは無い。

ふと視線を感じてそちらに目をやれば、ルトが飼いだした黒猫と目が合う。

その猫は目が合ったことに気付くとニャーと一鳴きして、尻尾をゆったりと揺らす。

「これからルトのことをよろしく頼む」

不思議と言葉が通じる気がして話しかける。

黒猫はまたも偶然か、それとも本当に言葉が分かっているのかニャーと一鳴きした。

三章

出かける用意をしてカイの姿を探す。一言声を掛けてから出かけたいのだが、姿が見えない。

定位置の毛布の上も、棚の上にもおらず、隙間を覗《のぞ》いてみたり、屑籠《くずかご》を覗いてみたり。

「――流石《さすが》に我は屑籠の中に入ったりはしないぞ」

後ろから姿を現したカイが少し不機嫌そうに声を掛けてくる。

別に本当に入っていると思ったわけでは無いのだが、機嫌を損ねてしまったらしい。低い声が一段と低くなっている。

「すみません。姿が見えなかったもので。どこかに出かけていたのですか？」

「少し外の空気を吸っていただけだ。用があるのなら呼べ。声が届く範囲なら応じる」

フワっと欠伸《あくび》と共に伸びをしながらカイが告げる。

カイは本来、魔物であって猫では無いのだが、動作を見れば見るほど言葉を話せる猫にしか見えなくなってくる。

猫じゃらしは遊んでいるのを見られたせいか、流石に目の前でチラつかせても目で追うだけで飛び掛かってはくれなかったが。

「それで、何用だ？」

カイと猫の違い、言葉を話せる以外に何かあるだろうかと考えていたら、用件を言えと促される。

「少し街まで出てきます。夕ご飯までには戻ってこられると思いますが」

行先と戻る時間を告げるのは爺《じい》さんと暮らしていた時の癖だ。久しくしていなかっただけに、懐かしい。

「そうか。もう出るのか？」

出かける用意は完了しているので頷《うなず》く。とは言っても、用意なんてほとんど無いのだが。

「なら行くか」

尻尾を揺らしながらカイが玄関へと歩く。

玄関まで行くと華麗に跳躍し、ドアノブを器用に前足で引《ひ》っ掻《か》け扉を開ける。出かける瞬間を今まで見たことが無かったが、毎回こうやって出ていたのか。妙に慣れた動作に思わず感心する。

「何をしている。さっさと行くぞ」

空いた隙間から促され、慌てて後に続く。自分が出たのを確認して、カイが扉を頭で押して閉める。動作は猫らしいが、猫は開けた扉を閉めないらしいので、やはりカイは猫では無いみたいだ。

そんな当たり前のことを考えながら、いつの間にかついてきてくれることになったカイを抱え、転移術で街まで移動した。

　街中でカイと話すわけにもいかず、横を並んで歩く。

　カイは右へ左へと視線を動かしながらも、人にぶつかったりすることなく進む。商店街を抜け、更に奥へ進みウェストさんの実家にたどり着く。

　中へ入ると疲れ果てて動くのすら怠《だる》そうなクラーストさんと、目の下に隈《くま》を作りながらも眼光の鋭さを一切失っていないネルシスさんがいた。

　ネルシスさんと視線が合った途端、この場から逃げ出す方法を全力で探し始める。獰猛《どうもう》な動物と遭遇してしまった時のことを思い出した。

「やっと来たか。……なんだソイツは」

　カイに気付いたネルシスさんが眉根を上げる。

　一層鋭くなった眼光に、逃げ出すための一歩を踏み出す。

「あ、の、カイは凄《すご》く頭が良くて、暴れたりしないので、だから、その、……すみません」

　許可を貰《もら》おうとして、鋭い眼光に負けて諦める。

　上手《うま》く言葉を伝えられなくて俯《うつむ》くと、カイが可憐《かれん》な声でニャーと鳴いた。場の空気に不釣り合いなほど、鳴き声は大変可愛《かわい》らしい。

「まぁ、そんな猫のことはどうでも良い。それよりも、これを――」

「ちょっと待て。最初に話を聞く約束だろう」

死にそうにソファに沈み込んでいたクラーストさんがネルシスさんの言葉を遮る。それにネルシスさんが思いきり舌打ちをした。

はっきり言おう。怖い。

「ちゃんとどうするか考えてきたんだろう？　ネルシスのことは気にしなくて良いから」

気にしなくて良いと言われても、それで無視できるほど心が強くない。

言おうとしていたことが言えずに、浅く呼吸を繰り返していると足元に違和感。ニャーの鳴き声と共に、カイが額を擦《こす》り付けてくる。

落ち着けと言われているようで、必死に深呼吸をする。二度ほど繰り返し、ネルシスさんの顔を見る。相変わらず眼光は鋭いが、身体《からだ》の震えは収まった。

「このまま、研究は手伝います。ただ、一つだけお願いを聞いてください」

お願いなんて鼻で嗤《わら》われるかもしれないと身構えるが、無言のまま特に動きはなく続きを聞いてもらえるらしい。

「自分が研究に協力していることを誰にも言わないでください」

考えた結論がこれだった。色々考え、自分の気持ちを探って。それを聞いて、クラーストさんが咎《とが》めるような視線を向ける。

「おい、それは根本的な解決にはならないぞ。いくら情報を規制したところで漏れるものは漏れる。

中途半端《ちゅうとはんぱ》な気持ちならよせ」

　もっともな忠告に苦く笑う。

「……分かっています。俺は今までの生活を壊したくはないけれど、多分、もう独りきりは耐えられません」

　爺さんが亡くなって、心の一部もどこか死んでいたのだと思う。

　独りでいることに何も感じなかったし、他人と関わろうなんて少しも思えなかった。

　だけど、ウェストさんと会って、人が温かいものだと思い出してしまった。他人のために命を危険に晒《さら》している姿に、心臓が止まりそうになったのは、多分、そういうことなのだろう。

「自分の力が研究の役に立つのなら協力します」

　ウェストさんに他人より自分を大切にしてほしいと言ったところで、聞いてもらえるとは思えない。

　それならば、ウェストさんが守らなくても大丈夫な人間が増えたらいい。

　この研究が進めば、今まで魔法が使えなかった人間でも使うことができ、自分の身を守れる人間も増えるはずだ。

「その結果、平穏な生活が壊れてしまっても、そんなに後悔はしない気がするので」

　自信を持って後悔は無いと言いきれはしないけれど、今の自分が好きにした結果だ。これで後悔しても仕方がないと思う。

　聞き終わったクラーストさんの大きなため息が響く。

「決めたと言うのなら、俺はもう何も言わない。それに正直に言えば、研究対象として非常に心躍るのは事実だしな。ただ、ウェストにはちゃんと伝えておけ」

わざわざ伝えるべきことなのか、少し悩んだが、特に拒絶する理由もないので素直に頷く。

今度会った時にでも簡単に伝えておこう。

「……――それで、もう良いか」

ネルシスさんが自分とクラーストさんを見ながら確認する。自分の言いたいことは言ったつもりなので、肯定を返す。

「お前の存在は口外しない。外への情報も極力気を付けよう。それで文句は無いな」

あっさりと要求を呑《の》まれて、困惑しながらも頷く。

話なんて聞いてもらえないかもしれないと勝手に覚悟していただけに、拍子抜けだ。

「条件と言うから何だと思えば、そんなことなら最初から契約書に一行足しておけば――……」

面倒そうに呟《つぶや》いたネルシスさんが、ふと何かに気付いたように言葉を中断させ、沈黙する。そのままこちらを見つめられ、無言。その圧力にわけも分からず謝罪してしまいたくなる。

しばらくの硬直状態の後、ネルシスさんが首を捻《ひね》りながら口を開く。

「契約書、書いたか？」

「……――契約書？」

何のことだか分からず聞き返せば、ネルシスさんが再び黙り込む。

「書いてないのか？」

クラーストさんが再度確認してきたので頷く。ここに来て何かを記入した覚えは無い。

何のことなのかネルシスさんに視線を戻せば、そっと視線を外された。

「……ネルシス」

呆《あき》れたような声に、ネルシスさんは心底面倒そうな顔をした。

「……ちゃんと報酬は払っている」

「そういう問題じゃないだろう」

「必要最低限の条件は求人にも掲載している。改めて契約を交わさなくても内容を勝手に変更したりはしない」

「いや、お前はそうかもしれないが、雇われる方はそんなの信用できないだろう」

「なら、契約書と一言言えば良い」

「貴族相手に好き勝手言えない人間だっているんだよ。そのぐらい理解しろ」

二人が急に言い合いを始めてしまったので、どうしたら良いか困惑してカイへ視線を移せば、いつの間にやら勝手にソファの上を陣取り、丸くなって寝る体勢に入っていた。

その自由さが純粋に羨ましい。二人はまだ何か言い合っていたようだが、やがてクラーストさんが疲れたように天を仰ぎ、言い合いは一度中断される。

「お前も貴族相手に色々言い辛《づら》いのだろうが、契約書ぐらいは書いてもらえ」

話しの矛先がこちらを向いて、動揺する。何か叱《しか》られているようだが、理由が良く分からない。

「契約書、って……何のことですか？」

素直に聞けば、驚いたように二人に見られる。その視線が何を言っているのだと物語っていて、気まずさに俯く。

「お前、――そうか、街で仕事をしたことが無かったのか」

「……はい」

クラーストさんはウェストさんから俺のことを少し聞いていたからか、納得したように頷き、街で仕事をする際の決まりのようなことを教えてくれた。

まず仕事を頼みたい人間は、役所に頼んで街の数か所にある求人掲示板に仕事の内容や、報酬内容が書かれた紙を貼る。

それを仕事を探している人間が見て、条件に合うものを選び指定された場所へ向かう。そこで互いに合意を得られれば、契約書を作成して仕事に取り組む。

契約書がしっかりしていれば報酬を払ってもらえなかった場合などに役所に行けば対応してもらえることもあるらしい。

例外も多々あるが、大抵はこの流れで街の需給は成り立っているらしい。

「街の入り口や広場に何か貼り紙がされているのは知っていましたが、求人内容だったんですね」

掲示板があり、その前に人が集まっている姿も何度か見たが、近づいて確認することは無かったために求人内容だとは知らなかった。

なるほどと思って呟いたが、更に二人に変な顔をされる。

「もしかして、求人内容すら見ずに協力していたのか？」

そもそも求人を出していたなんて知らなかった。最初にざっくりと説明された以上のことをしなくてはいけないのだろうか。

「なら、何故《なぜ》協力していた？」

ネルシスさんが心底不思議そうに聞いてくる。微《かす》かに首を捻る仕草はどことなくウェストさんを思い出させる。

「役に立つのなら、と」

ウェストさんの役に立ちたかったたし、あとお酒持っていって良いって言われたし。流石《さすが》はウェストさんの実家だけあって、大変美味《おい》しかった。報酬のお金は要らないから、またお酒がほしい。

お酒の味を思い出していると、ネルシスさんはこちらを見て、何かに納得したように頷く。

「……極度のお人よしか、もしくは果てしない阿呆《あほ》だな。いや、どちらも結局は阿呆か」

どうやら自分は阿呆と認識されたらしい。

否定したい気持ちはあったが、残念なことに言い返せる理由が見つからない。

契約書を作成している間、これにこの前と同じ魔法を記録しろと複雑な模様が描かれた紙を五枚渡される。どれも似て見えるが、細部が異なっていて、何か意味があるのだろう。

言われた通りに魔法を記録していると、ソファで丸まっていたカイが興味を引かれたように近づいてくる。置かれた四枚を見つめ、最後の一枚である手に持っている紙に視線を向けてくる。まっすぐに見上げてくる銀色の瞳が綺麗《きれい》だ。

「興味があるんですか？」

尋ねればニャーと肯定の返事。

魔法を記録し終わった紙を目の前に置いてあげると、しばらく眺め、ニャーと鳴きながら左から二番目の紙の上に前足を乗せる。

「――あ」

紙に皺《しわ》が寄って慌ててカイを持ち上げる。

「駄目ですよ、カイ。怒られてしまいます」

カイが退《ど》いた紙には足跡がついてしまっていた。怒られるだろうか。

抵抗もせず大人しく持ち上げられるカイをそのまま膝の上に乗せれば、そこでまた丸くなって眠りの体勢に入る。猫の真似《まね》なのだろうが、予想以上の無警戒さに少しばかり心配になる。

全部に魔力を記録し終わり暇を持て余して、カイの背を撫《な》でる。

「随分と懐いているんだな」

「ええ、どうやら警戒しなくて良い相手として認識されているようです」

ネルシスさんが契約書を作成するのを横で見ていたクラーストさんがこちらを向いて話しかける。

ネルシスさんもこちらを一瞥《いちべつ》したが、すぐに作成に戻る。

「その猫はカイっていうのか。なんでその名前にしたんだ？」

「……教えてもらったので」

まさかカイが名乗りましたとも言えずにぼかす。暇つぶし程度の雑談なので、クラーストさんも貰い猫かと勝手に納得しているようだ。

「――あぁ、そういえば祖父の名前が判明しました。カイナーって名乗っていたらしいです」

机に寄りかかっていたクラーストさんが驚いたように立ち上げる。ガタンと音がして、カイの身体がビクリと反応する。

「どうやって知ったんだ？」

「祖父の古い知り合いに偶然出会いまして、少しばかり話を聞きました。分かったことは名前と何かを研究していたようだということしか分かりませんでしたが」

「その知り合いには連絡は取れるのか？　できるなら直接話を聞いてみたいんだが」

「それは……」

膝で丸まるカイに視線を向ける。視線に気付いたカイは不審にならない程度の動きで首を振る。

どうやら自分以外と会話をする気はあまり無いらしい。

「連絡先を聞くのを忘れてしまって。すみません」

近くにいるので連絡先を聞く必要もない、というのが正解なのだが、そこは口をつぐむ。

「そうか。……まぁ、もしまた訪ねてくるようなことがあったら、声を掛けてくれると嬉しい」

「わかりました」

否定すると怪しいので肯定しておく。クラーストさんも特に疑問を持たなかったようで、こっそりと肩の力を抜く。

「出来たぞ」

会話が一段落した時に、ネルシスさんが立ち上がり二枚の紙を渡してくる。

二枚とも同じ内容が書かれているようだ。一枚はネルシスさんの方で持ち、一枚はこちらで持つのだろうか。

最初の方に仕事内容が書いてあり、大まかには魔力を提供することが求められている。その後に、知りえたことは他言無用《たごんむよう》であり、安全は保障しないという旨が書かれていた。項目の中に、こちらの情報も意図的に広めないと書かれている。意図的と書かれているのは、絶対とは言い切れないからだろう。幅のある書き方だが、これに関してネルシスさんが悪用するとは思えなかったのでそのままで良いかと、報酬の項目に移る。

そして、示された報酬の額を見て、驚きに目を見開く。

一度の協力につき、銀貨二枚。そして軍事利用できると判断された場合には、一つの成果につき金貨五十枚。遊んで暮らせるとまではいかないが、働かなくても暮らせるだけの金額だ。

見間違いかとも思ったが、二枚とも同じ金額が提示されている。

安全は保障しないというくだりがあるが、内容からして命に関わるような可能性は低く、この報酬。

「……随分、人が来そうですね」

「そのほとんどが使い物になんなくてお引き取り願ったがな。今、契約を結んでいるのはお前の他に三人だけだ」

来た人間の魔力を測定して基準を満たしたのが三名だけだったらしい。他の人間はその場でお帰り願ったようだ。

「でも、そのわりにはあっさりと協力することになりましたけど」

魔力量は測ったが、協力すると決まってからだ。基準に達しなかったらその場で切られる予定だったのだろうか。

「アイツが連れてきたのだから、使えんことはない」

ネルシスさんにさっさと署名しろと羽ペンを押し付けられる。使えないことは無いと断言されるが、この前の結果が散々だったことを思い出す。

その思考に気付いたのか、面倒そうな目を向けられる。

「人を見る目は確かだ。アイツが使えると判断したのなら問題ない。さっさと書け」

信頼、なのだろうか。ネルシスさんなりにキイサのことを理解しているらしい。

とりあえず最後まで目を通したが、正直なところこれで良いのか良くないのか判断できない。けれど、命の限り尽くしますとも書かれていないし、クラーストさんも見ていたから大丈夫だろう。多分。

何となく不安を覚えながらも、二枚ともに署名して拇印《ぼいん》も押す。

一枚は回収され、一枚は渡される。

「記録は終わっているな。此処《ここ》で何かあると面倒だ。庭に出るぞ」

こちらを確認せずに歩きだしてしまう背を、魔法を記録した紙を持って慌てて追いかける。カイはいつの間に降りたのか、立ち上がる時には足元に移動していた。

移動した先はこの間実験した場所と同じだった。ろくに発動しなかったことを思い出して不安になるが、クビだと言われていないのだから、自分でも役に立つはずだ。

一枚目を渡してネルシスさんが『解呪』と唱えると、紙が小さな炎を発生させながら燃える。この前みたいな結果にならずにホッとするが、ネルシスさんはどこか不満そうだ。その横でクラーストさんが実験の記録を取っている。

二枚目、三枚目、四枚目も同様に繰り返すが、炎の大きさに多少の差異はあれど、大きな違いは生まれない。

最後の一枚になり手渡すのを少し躊躇《ためら》うが、早くしろと目が急《せ》かしてくるので観念して渡す。受け取ったネルシスさんはカイの足跡に気付いて、カイの方を一瞥したが、それだけで怒ることはなかった。

「……『解呪』」

小さく唱え終えたと同時に、カイが素早く跳躍し、ネルシスさんの手から紙を弾《はじ》き飛ばす。

破けなかったため力はそんなに入っていないようだが、突然のことにネルシスさんの手から紙があっさりと離れ――激しい炎をまき散らしながら転がっていった。

炎が発生していた時間は二秒程だったが、その火力に驚く。

カイは多分このことに気付いて対応してくれたのだろう。足跡をつけたのも、悪戯《いたずら》では無かったようだ。

「……凄いな。循環系を増やしたのが効いたのか」

クラーストさんがネルシスさんに問いかけるが、肯定も否定もしなかった。ネルシスさん自身も理由が良く分かっていないのだろう。

「おい、まだ余力はあるか？」

魔力に問題は無いので頷く。このくらいならあと何十枚か作成しても大丈夫だろう。

ネルシスさんに新たな紙を渡され、同じ魔法を記録しようとして、ふと疑問に思う。

「炎ではなくて水の方が良いですか？」

先程みたいに大きな炎が生まれると危ない。その点、水ならば危険が少ない。

「水も使えるのか？　どの程度だ？」

どの程度と問われて、なんと答えると伝わるのか迷う。

「えっと、そこの池くらいの水ならすぐに用意できます」

ふんわりとした説明になってしまい、ネルシスさんは少し考えるように沈黙し、炎のままで良いと結論を出した。

確かに実験の途中で変えてしまうのも問題かと、今度こそ紙に魔法を記録する。

受け取ったネルシスさんは、『解呪』と唱えると紙から手を離す。だが、今度は大きな炎にはならず、手のひらに収まる程度の炎しか生まれなかった。

「循環系を増やせば良いってわけでもないみたいだな」

「つり合いか、それか……」

呟いたネルシスさんがカイを見る。

足跡は関係ないと思いますよ。そう伝える勇気は無かった。

今日の分は終わりだと言われ、報酬を渡される。その後、次回からは転移術で直接ここに来て良いと許可を得て、屋敷を後にする。


そのまま帰っても良かったが、カイが興味深そうに街を眺めていたことを思い出し、少し散歩をして帰ることにする。

特に当てもなく歩いていると、鶏肉《とりにく》の焼ける良い匂いがする。お腹《なか》が鳴るのと同時に、カイがこちらを見上げながらニャーと鳴く。どうやら食べたいらしい。

店に近づき、焼き鳥を二本買う。この場でカイに食べさせると目立つかもしれないと、裏路地に入ってからカイに渡す。前足で器用に受け取ったカイは、美味しそうに肉を頬張る。

「昔からコレの味は変わらんな」

鳴き声とは打って変わって低くひび割れた声が響く。

こちらが本来の声だと分かっているが、愛らしい外見とはやはり合わない。

「前も食べていたんですか？」

「あぁ、カイナーが好きで二人で良く食べていた」

「そうですね。俺も良く買ってもらっていました」

串に刺さった鶏肉を眺めながら、小さい頃を思い出す。

何年前だか正確に思い出せないが、あの時は森の中に一人でいるのが嫌で、大事な用があるからと一人で出かけようとしていた爺さんに無理を言って街にまでついて行ったことがあった。

大事な話をしている間、爺さんはすぐに済むから大人しく待っているように言ったのだが、それを守らずに一人で街へ出て歩き回り、結果疲れ果てて木陰で座り込んでしまった。

そんな自分を気に留めることもなく、忙しそうに、あるいは楽しそうに前を通り過ぎて行く人々をしばらく眺め、何を感じたのだったか……。

その後、慌てた様子で自分を見つけてくれた爺さんの姿を見て、何故だか泣いてしまったことは覚えている。その時に、勝手に動いたことを怒った後に、泣きべその自分に爺さんが初めて焼き鳥を買ってくれたのだ。

「……懐かしいですね。――それはそうと、カイ、先程はありがとうございました」

爺さんのことを思い出し、少しだけ寂しい気持ちになってしまったことを誤魔化《ごまか》すように、カイに礼を言う。ネルシスさんの手から紙を飛ばしてくれなかったら、火傷《やけど》は確実にしていただろう。

「別に何てことは無い。ただ、あの紙だけ強い魔力を放っておったから危険と判断したまで」

器用に串から肉を剥《は》がして食べる。これを見世物にしたら一財産築けそうだ。

「分かるんですか？」

見た目では分からなかったので尋ねれば、逆に分からないのかと聞かれてしまった。少なくとも自分には使ってみなければ効果のほどは分からない。

互いに食べ終わり、立ち上がって前を見ると大通りに見慣れた人物の姿が見えた気がする。それを確かめるため早足で大通りの方へ進めば、見間違いでは無くウェストさんの姿を発見する。けれど、ウェストさんは一人では無く数人と談笑しながら歩いていた。騎士団の恰好《かっこう》をしていないということは、休みなのだろうか。

「……帰りましょう」

カイを抱き上げて、裏路地へ戻り転移術を発動させる。カイは何か言いたげに顔を上げたが、先に首を振って続く言葉を封じる。そんな自分に対し、カイは言葉ではなく尻尾でぽんぽんと腕を叩《たた》いてくれた。

ウェストさんにはウェストさんの生活がある。

そんな当たり前のことが少し寂しかった。

＊＊＊

研究への協力は戸惑うこともあったが、人間慣れれば何とかなるものである。ネルシスさんのことだって、最初に二人きりになった時は酷《ひど》く緊張したが、いつもと変わらず魔力を供給していれば特に何の文句も言われなかった。口調はいつものように命令形だが、それも慣れてしまえばそれほど気にならない。

現在も二人きりだが、それほど緊張はしていない。むしろ少し離れた場所で日向《ひなた》ぼっこをしているカイへ意識を向けるほど余裕がある。

ネルシスさんが実験の記録をしている間、暇なので庭にある簡易テーブルに置かれた書物へ目を向ける。難しそうな題名が並んでいるが、魔術の構成や魔方陣などの文字を見つけて興味を引かれる。

「おい、今日はもう帰って良い」

背後から掛けられた終了合図に一瞬肩を跳ねさせ、すぐに力を抜く。ネルシスさんがいつものように報酬を渡すが、貰ったものが今回は少し違った。明らかに袋が大きく、中に入っている量も多い。戸惑っていると、ネルシスさんが口を開く。

「毎回渡すのが面倒だ。先に一月分渡しておく」

先払いとは随分と気前が良い。このままお金だけ貰って来なくなるとは考えないのだろうか。それともこの前に阿呆認定をされたので、そんな度胸も無いと判断されたのか。……後者は悲しくなるので考えないようにしよう。

「ありがとうございます」

素直にお礼を言って頭を下げる。ネルシスさんは何も言わない。返事や反応が戻ってこないことは時々あるが、聞いてはいるようなので気にしないで頭を上げる。

「……一階の左端が書庫だ。持ち出しても構わんが、元の場所には戻せ」

それだけ言うと、もう興味は無いとばかりに背を向けて歩き去る。その背中を見送り、しばし言葉の意味を考える。

「好きに読んで良いということだろう」

日向ぼっこから戻ってきたカイが意訳する。やはり、そうなのだろうか。思いがけない対応だが、よく考えれば転移術で直接ここに来て良いなど許可を貰っていることを考えると、ネルシスさんは他人が屋敷をうろつこうと研究の邪魔をされなければ気にならないのかもしれない。

「せっかくですので、お言葉に甘えましょうか」

カイを連れて書庫へと足を運ぶ。扉を開けた場所から見渡す限りの本棚に、思わず感嘆の声が漏れる。広い部屋が本棚で埋まっている光景は街の図書館でしか見たことが無いが、貴族の家はこれが普通なのだろうか。

本棚には色んな分野の書物が並んでいるが、魔法に関するものが圧倒的に多い。そして少量だが、おとぎ話のような本も置いてあり意外に思って開けば、おとぎ話調で魔法に関する考察のようなものがなされていて、置いてある理由が分かった。ちなみに恋愛系の話は当たり前のように置いていなかった。

気になる題名をいくつか手に取り、窓際に置かれた机へと向かう。机の端にはカイがすでに丸まって目を瞑《つむ》りながら尻尾をゆらゆらと揺らしていた。

それに目を細めて、頭を撫でると耳がピクピクと動く。このままだと犬派から猫派に鞍替《くらが》えしてしまいそうだ。積み上げた一冊を手に取り、ページをめくり始めた。

日が傾き、暗くなり始めていることに気付いたのは手元の灯《あか》りが点《つ》いたからだった。驚いて顔を上げれば、ネルシスさんが呆れたような顔で立っている。

「灯りくらいつけろ」

「――す、みません……」

反射的に謝れば、どうでも良さそうな目で見られる。そのまま立ち去られると思ったが、積み上げていた本を一冊手に取り、中身をパラパラめくり始める。この本に用があったのだろうかと見上げていると、本から視線をずらさず、ネルシスさんが話しかけてくる。

「お前はアレに何を望む?」

淡々とした口調にはアレが何を指しているのかさっぱり分からず首を傾《かし》げる。いつもなら、それに舌打ちの一つでも返ってきそうだが、それも無く、珍しいことの連続に困惑し、ネルシスさんを見ることしかできない。

「アレに尽くしたところで、何かが返ってくるとは思えん。皆に優しく平等であるということは、特別がいないということ。それは必要とあれば全てを切り捨てることができるということではないのか？」

ここまで言われればネルシスさんが誰のことを言っているのか察しがつく。だが、分かったところで何と返せば良いのか分からない。

自分がウェストさんに望んでいることは、死んでほしくない。たまには一緒に飲んでほしい。それくらいだ。

……それくらいだと思うのに、本当は良く分からない。自分は一体ウェストさんに何を望んでいるのだろうか。

パラパラと紙をめくっていた手が止まり、本が閉ざされる。

「下らぬことを言った。忘れろ」

そう言ってこちらの反応も待たずに、ネルシスさんが書庫を後にする。どうやらこの本に書かれていることを確認しにきただけのようだ。

投げかけられた言葉について考えていると、寝ていたカイが目を開き、口も開く。

「あやつはカイナーに似ておるな」

「――え？」

衝撃的な発言に、考えも霧散する。

「似ていますか？」

爺さんとネルシスさんを思い浮かべるが、重なる部分があまりあるとは思えない。少なくとも爺さんはあんなに威圧的では無く、楽しそうに笑っている印象が強い。

「どちらかと言えばウェストさんの方が似ていると思いますけど」

ウェストさんも頻繁に笑ったりはしないが、近くにいて安心するところなど雰囲気がどこか似ていると思う。もっとも、似ているからウェストさんに爺さんの面影を追っているのかと聞かれたら違うと断言できる程度なのだが。

「そうか？　カイナーはあれほど物事に対して折り合いをつけるのが上手ではなかった。それよりはあやつのように、何かに囚われのめり込む様はよく似ておると思うが」

囚われ、のめり込む。

どちらも爺さんの印象からはかけ離れていて、うまく結びつかない。今更、爺さんとカイナーが別人だとは思わないが、違和感は残る。

「お主の知るカイナーは、我が知るカイナーから幾年かの時を経ておる。我にとっては瞬《まばた》きのような時間だが、人間が変わるには十分な時間だろう」

カイが遠い昔に思いを馳《は》せるように語る。一緒に暮らしていたはずのカイと爺さんがどうして別れてしまったのか聞いたことが無い。カイが爺さんを嫌いになったとは到底思えないし、爺さんが誰かを嫌うとも思えない。何か事情があったのだろうか。

「祖父は、何に囚われていたのでしょう」

自分の問いに、カイがこちらを向くが、銀色の瞳は自分を通して違う人を見ているようだった。

「『かえりたい』……時々、酒におぼれては切望しておった」

寂しげな響きと共にカイが目を伏せる。自分はそんな言葉を聞いたことは無かったが、カイは何度も聞いたのだろうか。

今、共にいる者を置き去りにしてまで帰りたい場所があると訴える声を。

カイに手を伸ばして小さな身体を抱き上げる。そのまま膝の上に乗せ、優しく背中を撫でる。

「俺はカイのことが好きですよ」

そして多分、爺さんもカイのことが好きだったに違いない。その想いを込めて背を撫でれば、カイが緩く笑ってニャーと鳴き声を上げた。

それに自分も緩く笑って、灯りを消して部屋を出る。ネルシスさんは自分の部屋に籠っているだろうと、屋敷で働いている人を見つけて帰る旨を伝える。転移術で帰ろうと人気のないところを探していると、前方から先程話題に上った人物が現れる。

「ウェストさん！」

こちらへ向かってくる相手の姿に声を上げれば、ウェストさんが笑う。

「近くに用があったので顔を出したら、ルトがいると聞いて探していたんだ。もう帰るところか？」

「はい。ウェストさんはまだ仕事ですか？」

仕事終わりにしては騎士の恰好をしていることに疑問を持てば、案の定まだ仕事は終わっていないということだった。それを残念に思いながらも、あまりそれが表に出ないように頑張っていると、ウェストさんにクシャリと髪を撫でられる。

「明日、珍しく一日休みなんだが、良かったらどこかに行かないか？」

「良いんですか？　――あ、でも他に……」

過ごしたい相手はいないんですか、と聞こうとして口を閉ざす。それを聞いて、どうしようと言うのか。談笑しながら知らない人と話していたウェストさんの姿を思い出してしまい、嫌な気分になる。

急に黙ってしまった自分を不審に思ったのか、ウェストさんが顔を覗き込んでくる。

「どうした？　何か予定があったか？」

「――いえ、何でもありません」

心情を読まれたくなくて不自然にならないように緩く笑って、明日はどこに行きますかと話題を変える。ウェストさんは少し気がかりそうな顔をしながらも、その話題に乗ってくれた。

「最近、美味しいと評判の店が出来たらしいのだが、そこはどうだ？」

「良いですね。そこにしましょう」

美味しいものは好きだ。森で採れた素朴な味も大好きだが、人の手が入って複雑な味付けになっているのも好きだ。どんな料理が食べられるのかと期待に頬を緩ませれば、また頭を撫でられる。

「明日の昼、街の入り口で待っている」

撫でられて乱れた髪を手櫛《てぐし》で整えてから、ウェストさんの手が離れる。遠ざかる体温に寂しさを覚え、そんな自分に動揺する。

——何を望むのか。見えそうになった答えには気付かないフリをして、足元のカイを拾い上げる。

カイは何も言わずに、ただ尻尾で腕を優しく叩いてくれた。

「今日の夕ご飯は何が良いですか?」

何も言わない優しさに感謝して、今日の夕飯はカイが食べたいものを作ろう。

＊＊＊

翌日、ウェストさんとの約束はお昼だったので、少し早目に出て歩こうと決める。転移術があるからどこでもすぐに行けるが、それでは身体が鈍《なま》ってしまう。

「カイ、そろそろ出かけます」

お気に入りの場所で日向ぼっこをしているカイに声を掛ける。カイは耳をヒクつかせ、閉じていた瞼《まぶた》を億劫《おっくう》そうに持ち上げる。

「我は行かん」

いつものようについてくるとばかり思っていたので不思議に思う。何か気に障るようなことでもしてしまったのかと思っていると、そうではないと首を振られる。

「デートの邪魔をするような無粋な真似《まね》はせん」

「……でぇと？」

「恋人同士のデートを邪魔するのは無粋だと昔カイナーに怒られたからな」

カイは真面目《まじめ》な顔で言う。猫なので今一つ自信は無いが、口調から判断しても大変真面目に言っているのだろう。だが、色々と言いたいことが多い。

「あの、俺とウェストさんは恋人同士ではありませんし、前にも言ったと思いますが、そもそも男同士です」

「それがどうした。同性の番《つが》いだって存在する」

「……そうなんですか？」

言い切られてしまうと世間のことに疎いと自覚があるため、そうなのかもしれないと思ってしまう。恋人は男女だと思い込んでいたが、それは勘違いだったのか。世の中には同性を恋人にする人もいるのか。

「まぁ、かなり少数派ではあるがな」

納得しかけたところで、カイが言葉を足す。少数派ならウェストさんは違うだろう。女性に不自由していることはとても思えない。

「出かけなくて良いのか？　駆け引きを楽しむのなら別だが、遅刻はせん方が良いと思うが」

「いえ、あの……行ってきます」

カイの勘違いをどう修正したものか一瞬悩んだが、何故だが徒労に終わる気がして諦める。カイはこういった知識を一体どこで手に入れてくるのか。やはり爺さんだろうか。カイと話していると爺さんに対する印象がどんどん変わっていってしまう気がする。

「土産《みやげ》を期待しておる」

扉を出る時に尻尾を揺らしながらカイが言う。それに笑って扉を閉める。何をお土産にして帰ろうかと考えながら転移術を使用した。


街の近くまで転移術で移動し、後は街まで歩く。天気が良く、直射日光を浴びれば熱いくらいだが、森の中は木陰になっているために歩いていても涼しい。

気持ち良く歩き、もうすぐ森を抜ける頃に、一台の馬車が止まっていることに気付いて首を傾げる。こんなところに馬車を止めて何の用なのだろうか。この辺りは馬車が通ることが無いとは言わないが、わざわざ止まるようなものは何もない。森に用事があるわけでもないだろうし。

変だなと思いつつ、馬車へ近づくが、馬がいるだけで誰もいないようだった。良くは無いと思いつつ、好奇心で荷台を覗き込めば――。

「――え？」

目に入った情報に気が動転していると、背後から人の近寄る気配を感じて振り向く。すぐ後ろにいた男が剣を振り上げているのが見えて、反射的に避けながら魔法を使用する。痺《しび》れるような刺激に男が驚き後退する。

「お前、魔法が使えるのか」

警戒したように男が距離を取る。向けられた刃物が日の光を浴びて輝く様子に、鼓動が早くなる。人から刃物を向けられたことなど、ましてや殺気を向けられたことなど無い。魔物ではなく、人に殺されかけている事実に思考が乱れ、呼吸が落ち着かない。

そんな風に目の前の男にばかり集中していたせいで気付けなかった。男に仲間がいたことにも。その仲間に背後を取られていたことも。

気付いた時には頭に強い衝撃が襲い、意識を失ってしまっていた。

＊＊＊

「――――、――……」

何か聞こえ、思考を浮上させると酷い頭痛がして一気に目が覚める。目を開けて身体を起こすと、薄暗くて良く見えない。手をついている床は冷たく、石を敷かれた床に直接転がされていたのだと思う。

「あ、起きた？」

はっきりと聞こえた声に、驚いてそちらを向けば、知っている顔があった。

「キイ、サ……？」

「そうだよー。ルト君が連れてこられたからびっくりしちゃった」

どうしてこんなところにいるのか聞かれて、事情を説明する。森に馬車が止まっていて不審に思ったこと。中に数人が縛られていたこと。そして襲われたこと。特に参考にもならない少ない情報だが、キイサはなるほどねと頷いている。

「つまり、団長との楽しいお出かけが、こんな形で駄目になっちゃったわけだ。ご愁傷様」

「……この状況で言うことはそれなんですか」

互いの状況を見る限りそんな場合では無いと思うのだが。手には枷《かせ》を付けられ、目の前には鉄格子が見える。一目見て閉じ込められているのだと理解できるのだから、キイサが気付いていないわけがない。それなのに、キイサはいつもと変わらない。それに力が抜けるような、安心するような。

「だって、騒いだところでどうしようもないし。ルト君の話からしてここは人身売買するための商品を保管しておく場所みたいだし、売られる時になったら外に出られるでしょ」

キイサはそう言って冷たい壁に背中を預ける。

騒いでも仕方ないのは同感だが、こんなところで大人しくしていたくない。見たところ襲ってきた男たちはいないようだし、逃げ出すのは早い方が良い。

まずは、手枷をどうにかしようと魔法を使うが、何故か発動しない。

「言っとくけど、ルト君がしている手枷は魔法が使えなくなるやつだから」

キイサの言葉に衝撃を受ける。絶望的な状況に目の前が真っ暗になりそうだった。

「もっとも、ルト君が本気で壊そうとすれば多分壊せるけど。でも、それはできれば遠慮してもらいたいかなー。その手枷がぶっ壊れるくらい威力あるの使ったら、この壁とか壊れて圧死しそうだし」

キイサが相変わらずやる気が無さそうに続ける。手枷のせいで感覚が鈍いが、壁や感じ取れる空気の質からしてもここが地下か洞窟の中だろうと予測が立つ。壁が崩れても多少なら防げる自信があるが、それがどれだけの量になるのか分からなければ試すのは遠慮したい。

「キイサは、どうしてここに？」

とりあえずジタバタしても仕方がないとキイサを見習って少し落ち着くことにした。

「うーん、身から出た錆《さび》？　前にある人を殺してくれって頼んだことがあったんだけど、失敗した後で自分たちが狙ったのがどういった人物かを知って怒ったってわけ」

依頼受ける前に調べておけって話だよねーとキイサは笑う。決して笑えるような内容ではないと思うのだが、キイサはどうして笑うのだろうか。それに、話を聞いて気になることがある。

「……殺そうとした相手って、ウェストさんのことですか？」

半ば確信を持って尋ねれば、僅かに驚いたような顔をされる。それからすぐに元の笑い顔に戻ったが。

「聞いてたんだ。そうだよ、正解。結構いい線行ったんだけど、やっぱり駄目だったんだよね」

西の森からしばらく帰らなかった時は、成功したかと思ったんだけどと聞いて、最初にウェストさんに出会ったきっかけがキイサの暗殺計画だったと知る。

「どうして殺そうなんて」

「ただの私怨。別に団長が悪いわけじゃないんだけど、あの人がいなかったらなって思ったら、止まんなくて」

ぼんやりと遠くを見ながらキイサが答える。その瞳は遠い過去を語るカイと同じような色を宿していた。どうしようもないことに対して諦めるしかなかった色だ。

「……そういえば、研究はどう？　進んでる？　ネルの無愛想には慣れた？」

これ以上触れてほしくないのか、キイサが話題を変える。まだ聞きたいことはあったが、どう聞けば良いのか分からなかったので、話を合わせる。

「研究は威力的には向上していますが、継続時間の方があまり進んでいません。ネルシスさんは、……まだ慣れないところもありますが、怖いだけの人ではないと分かったので」

「……へぇ、何かあったんだ？」

興味を向けられ、ぽつぽつと研究中の出来事を語っていく。耳を傾けるキイサは珍しく嫌味を言ったり、からかったりせずに続きを促してくるので、大抵の出来事を語ってしまった。

「そうか、そうなんだ……」

言葉を発しながら、壁に寄りかかっていたキイサがゆっくりと床へ横になる。そのまま言葉を中断させてしまったので、訝《いぶか》しむ。

「キイサ？」

声を掛けるが、キイサは返事をしない。寝てしまったわけでは無いだろう。変だと思い、近くに寄ると錆に似た匂いがして――。

「キイサ、怪我《けが》して⁉」

薄暗くて気付けなかったが、よく見ればキイサの腹部から赤い血が滲《し》みだしている。慌てて上着をめくれば一応止血はされているみたいだが、傷口は塞がっておらず新しい血が流れている。

「……ルト君ってば、積極的なんだから」

肩で息をしながら、キイサがふざける。こんな状態で今まで平気な顔をしていたのだから、理解できない。

「早く、傷口を塞がないと」

そうは思うが、ここに医療道具などは無いし、魔法も使えない。みっともなく動揺していると、キイサが笑う。横になって顔色が悪いのを除けばいつもと変わらない笑みだ。

「ルト君って本当に分かってない。助ける相手は選ばないと後悔するよ。それとも博愛主義の手本のような団長に感化された？」

「キイサ、黙って」

話すのだって体力を使う。溢《こぼ》れる言葉がキイサの命を削っているようで、気が気でない。焦る自分に対し、当人であるはずのキイサは冷静にこちらを見る。

「……間違ったかな、ルト君も同類だと思ったのに。大切なモノさえ守れれば、他はどうなってもいいって。……違ってたなら、ごめん、謝るよ」

キイサが素直に謝ってくる。こんな状況でなければ絶対に謝らなかったに違いない。でも、こんな状況に少しも感謝できそうにない。

「縁起でも無いのでやめてください。それに別に間違っていません」

知らない他人がどうなろうが興味は無い。目の前で死にそうになっていれば助けるだろうが、どこかで死んだ他人を悼んだりはしない。人身売買と聞いても気分は悪くなるが、組織を見つけだして壊滅させたいとまでは思わない。

狭い自分の世界が守られていれば十分なのだ。

「それじゃあ、俺は、目の前で憐《あわ》れにも死にそうになってるから、助けようとするんだ。慈悲深さに、涙が出るよ。大切な人間を、殺そうとする奴《やつ》を、助けたいだなんて」

笑いながらキイサがこちらを見る。侮蔑と憐憫《れんびん》が入り混じったような視線だった。それを正面から見つめ返す。

「キイサはウェストさんを殺そうとしたけれど、ウェストさんは生きているし、俺はキイサのおかげで後悔せずに済んでいます」

兎型《うさぎがた》の魔物に取り囲まれているウェストさんを助けた日、キイサに言われなければ自分は行かなかった。その結果、もしウェストさんが死んでいたらと思うと、想像だけで背筋が凍る。

「だから、俺は——キイサに死んでほしくない」

はっきりと告げれば、キイサは目を見開き、馬鹿だね、と笑った。


死んでほしくない。そう思うが、まずは現状をどうにかしなくてはいけない。ここから脱出するには手枷が邪魔でできず、手枷は魔法が使えないので外せない。それと同様にキイサの傷を何とかしたくても、外へ出て治療することも魔法で治すこともできない。

どうしようと焦っていると、横たわっているキイサが冷静に声を発する。

「助けてくれるって言うなら、さ、治癒術、使ってくんない?」

「——え、でも魔法は……」

使えないと言いかけて気付く。手枷は魔法をある程度封印するが絶対使えないわけでは無いらしい。手枷が制御できる量を超えれば魔法は使えるのだ。破壊するのはどの程度周りに影響が出るのか分からなくて使用できないが、治癒術で壁や天井が壊れることは無い。

——壊れることは無いが、……。

「上手く調整できないのでどうなるか分かりません。下手《へた》をすると……」

治癒術は基本的に人体の回復機能を高める。その回復機能が活発化しすぎれば人体にどんな影響が出るか分からず、最悪死に至るかもしれない。

「そん時は、運が無かったって思えば良いよ。大丈夫、団長ならルト君のこと、必ず見つけてくれるだろうし」

「……だから、何でそういうことを」

投げやりな言葉に内心苛立《いらだ》ちながらも、ここで言い合っていても仕方がないと口をつぐむ。それから周りを見渡して何かないかを探すと、床に敷かれた石の合間から生えた雑草を見つける。丁度良く枯れているのでこれで良いかと近寄り、手をかざして魔力を流し込む。

目を瞑りながら少しずつ出力を上げ、伝わる感覚を追いかける。身体から魔力が流れるが、手枷に阻まれて消えていく。それを繰り返し、繰り返し、通常に使う魔力のおよそ三十倍の量を流し込んだ時に、手枷で制御できる量を超えたのか、手のひらから魔力が流れるのを感じる。

そして目を開くと、枯れていた雑草が元に戻っていた。

どうやら限界値を超えた瞬間に暴走する類《たぐい》では無いことに安心していると、キイサが純粋に驚いていた。

「……本当に使えるんだ」

「本当にって、何の根拠も無く言ってたんですか？」

今までの確信があるような口ぶりは一体何だったのか。

「根拠がない、わけじゃないけど、ルト君の、魔法を、実際に、見たことないし。はったりかけるの、癖なんだよ、ね…………――ごめ、ちょっと、限界」

貼り付けていた笑みさえ剥がして、肩で荒い息を繰り返す。その様子に慌ててキイサの横に行き、傷口が見えるようにして、その上に手をかざす。先程魔力が流れた付近まで一気に魔力を込め、そこから徐々に上げていく。やがて魔力が溢《あふ》れだし、その状態を保ちつつキイサの様子を窺《うかが》う。

顔色と荒い呼吸は収まらないが、治療による副作用が出ているようには見えず、続ける。ゆっくりとだが、傷口が塞がり、見た目では分からない程度まで回復する。だが、回復しているのはあくまで傷口であって流れてしまった血液までは元に戻らない。しばらく安静にする必要があるだろう。

「キイサ、大丈夫ですか?」

キイサに呼びかけるが反応が無い。一瞬最悪の可能性が脳裏を過《よ》ぎるが、すぐに穏やかな呼吸をしていることに気付く。痛みが薄れたことで一時的に意識を手放したのだろう。

安心して肩の力を抜けば、急に目の前がグラついて、手をついて倒れ込むことを何とか阻止する。この症状には覚えがある。魔力の使いすぎだ。

座っていることも辛くなり、横になって強く目を瞑る。気持ち悪い。吐きそうだ。

気持ち悪さを、深呼吸をすることでどうにか逃がしていると、冷たい床を歩く音を拾う。こちらに近づいてくる音から察するに二人だろうか。段々と聞こえる声と内容から判断すると残念ながら助けが来たわけでは無さそうだ。やがて足音が鉄格子の前で止まる。

「何だ、まだコイツら起きてないのか」

「呑気《のんき》な奴らだな。これからどうなるかも知らないで」

相手が良く分からないので、気を失っている振りをする。男たちは起きていることに気付いていないようだった。

「反応が無いのは残念だけど、時間もねーし。さっさと始めようぜ」

「暴れられた方が興奮するとか、お前本当変態だな。まぁ、分かるけど」

笑い交じりに会話しながら、鉄格子の鍵を外して二人が入ってくる。鍵が開いた今が絶好の逃げ出す機会だというのに、魔力を使いすぎた身体はいう事をきいてくれない。息が荒くなり過ぎないように注意して呼吸するのが精一杯だった。

「俺、こっちな。見た時からコイツのお綺麗な顔をグチャグチャにしてやりてーって思ってたんだ」

「じゃあ、俺はこっちな。いたいけな少年を犯すとか、たまんねー」

物騒な単語に思わず身体が反応する。僅かなビクつきだったが、近くにいた男には伝わってしまったらしい。

「なぁんだ。起きてんじゃん」

舌なめずりするような声音に嫌悪が広がる。

「寝た振りなんて、悪い子だな。そういう子にはお仕置きしないと」

男の手が伸びる。頬に触れられ、衣服に手を掛けられる。以前にキイサにふざけて触れられた時の比ではない気持ち悪さに全身に鳥肌が立つが、何の抵抗にもならない。

「さわ、るな……」

たった四文字紡ぐだけで、気持ち悪さが酷くなる。それでも思うように動かぬ身体で抵抗するが、やすやすと封じられてしまう。

抵抗にもならない抵抗を繰り返している間にも、男の手が身体を弄《まさぐ》り、はだけた胸元に滑った感触がする。男の舌が這《は》う感覚に、本気で吐きそうになる。

「やべ、超興奮する」

荒い息を耳元に掛けられて、必死に顔をそむける。

そんな抵抗が面白かったのか、男が下卑た笑みを浮かべながら、顎を抑えて強引に正面を向かされる。近づいてくる顔に、吐き気を堪《こら》えて噛《か》み付く。

「――っ！　何しやがる！」

顎の辺りを噛まれた男が激昂《げきこう》して手を振り上げる。頬に衝撃が走り、脳が揺れる。

「優しくしてやろうと思ってたのに、調子に乗りやがって、覚悟し――……」

男の言葉が中途半端に止まる。いや、口は動いていたと思う。ただ、声帯のある喉から切り離されて音が出なかったのか、それとも目の前の光景に自分の耳が音を拾うのを拒否したのだろう。

転がる男の頭をまるで球のように足で押さえたキイサが普段と変わらない口調で話しかける。

「大丈夫？　あーあ、頬赤くなっちゃって。後で腫れるかもねー」

「……き、いさ」

「全く、不用心もいいところだよね。手枷嵌《は》めるんだったら、前じゃなくて後ろで嵌めるべきだって」

拘束方法に文句をつけるキイサの後ろには、キイサの方に行っていた男が腹から血とその他考えたくないものを飛び出させながら転がっていた。

その死体と、転がった頭を見て、口元を抑えて蹲《うずくま》る。

「気持ち悪そうだね。魔力の使いすぎ?」

理由は分かっているだろうに、キイサがいつもの笑みを浮かべながら尋ねる。それに腹が立ち、睨《にら》み付ければ、おお、怖、と全く怖がっていない素振りで肩を竦められた。

「ほらほら、大丈夫。大丈夫」

馬鹿にしたような口調で背中をさすられる。

「……触らないで、ください」

「はいはい」

抗議の声に取り合わないで、キイサが乱れた服を直してくれる。その後も落ち着くまで背中をさすってもらって、その間ずっと思いつく限りの悪態を並べたが、背中の手を弾くことはしなかった。

少しして落ち着くとキイサが男の服を漁《あさ》って鍵を取り出し手枷を外す。それから自分の鍵も外してくれた。

「……何か、手慣れてません？」

「こういうのは初めてじゃないから」

キイサはこんな目に何度も遭っているのだろうか。過去に何があったのかは知らないが、半分はきっと自業自得《じごうじとく》だと思う。そんな思考を読んだのか、キイサが意味深に笑う。

「さて、と。そろそろ行こうか。歩ける？　それとも担いで行こうか？」

「……いえ、自分で歩けます」

まだ気持ち悪くてふらつくが、歩けない程ではない。それに飄々《ひょうひょう》とした態度に忘れてしまいがちだが、キイサこそ本来は安静にしていなければいけない状態だ。

「それじゃあ、とりあえず出口目指して行こっか」

男から奪った剣を持ってキイサが歩きだす。しっかりとした足取りは今まで生死の境を彷徨《さまよ》っていたようには見えない。

「傷を塞いだだけなので、あまり無茶はしないでくださいよ」

心配して声を掛けるが、気の無い返事が戻ってくるだけだ。今の状態を誰かに見られたら自分の方が重症判定をもらう気がする。

薄暗い中、僅かな灯りを頼りに出口を目指す。幸いにして入り組んだ造りでは無かったようで、あまり迷うことなく外へたどり着いた。

途中で遭ったしまった人たちへの対処は、こちらが上手く立ち回れないでいると、見かねたキイサが全て行ってくれた。騎士団の副団長を務めるだけあって、剣の腕は確かだった。ウェストさんとはまた違った剣さばきに、そんな場合ではないと思いつつも見惚《みと》れてしまい、キイサにからかわれてしまう。

「うーん、外さないねぇ」

外に出たキイサが呟く。それに言葉を返すよりも、騎士団を引き連れて姿を現したウェストさんの姿に釘付《くぎづ》けになる。

ウェストさんはこちらを見ると、騎士団の人間に指示を出し、近づいてくる。

「ルト、無事だった……——わけでも、無いようだな」

近づき赤くなった頬に気付いたのかウェストさんの顔が歪《ゆが》む。自分では見えないが、熱くなっている感じがするので、やはり腫れたのかもしれない。

「団長、後はやっておきますから行っていいですよ。こんなところでイチャつかれたら団員に示しがつかないんで」

キイサが横から呆れたように口を開く。イチャついてなど決していないが、何となく恥ずかしい。

「……そうだな、後は任せる」

「もともと、非番なんですからごゆっくりー。あ、でもルト君に夢中になりすぎて明日来ないとかやめてくださいよ」

キイサの軽口にウェストさんがため息をつく。言い返したところで無駄なのは分かっているのだろう。

「キイサ駄目ですよ、安静にしてないと」

あれだけの血を流し、回復する間もなく動き回ったのだから限界のはずだ。傷は治してしまって外見からは分からないためウェストさんがどういうことだと事情を聴くが、キイサは心底嫌そうな顔をするだけだ。

「余計なことは言わなくていいの。団長も人の心配するくらいならルト君を心配した方がいいですよ、男に乱暴されて心身共に深く傷ついてますから」

ウェストさんから怒気を感じて、恐ろしさに思わず目を逸《そ》らす。

「ソイツはどこにいる」

「とっくにあの世です」

「……そうか。お前も必要なことを済ませたら、他の奴に任せてさっさと休め。どうせほとんど残っていないだろう」

ウェストさんはそう言って俺の腕を軽く掴《つか》んで歩きだす。人がいなくなった辺りで転移術を使えるかと聞かれたが、首を振る。まだ転移術を使える程には回復していない。

それならとウェストさんの転移術で飛び、そこから少し歩いてウェストさんの家にお邪魔することになった。森を歩くのは大変だろうと気遣ってくれたのがありがたい。

家に着いたら少し休めと言われて、ベッドを貸してもらった。それに遠慮する気力もなく、素直に横になるが、神経が過敏になってしまっているせいか寝付けない。

「……手を、握っても良いですか」

言ってしまってから後悔する。昔、怖いことがあった時に爺さんの手を握りながら眠ったことを思い出して言ってしまったが、よく考えれば恥ずかしすぎる。

慌てて、忘れてくださいと言おうとしたが、その前に優しく手を握られる。

「傍《そば》にいるから、安心しろ」

手のひらから伝わる温《ぬく》もりに、緊張していた心がほぐれ、ゆっくりと眠りに落ちた。

＊＊＊

眠りから浮上して目を開くと、自分を見下ろす影にビクリと身体が跳ねる。それと同時に、手を握っている感触を思い出し、力を抜く。

「すまない、驚かせたな。気分はどうだ？」

「……大丈夫です」

正直全快とまではいかないが、吐き気はとりあえず収まった。

「そうか。なら、湯が沸いているから温まってこい」

「……すみません、ありがとうございます」

ウェストさんの言葉に素直に湯を借りることにする。脱衣所で服を脱ぎ、汚れがついているのを見てベッドを汚してしまったなと申し訳なくなる。一眠りして魔力も大分回復したので後で綺麗にしておこう。

浴槽のお湯を使い、身体を洗っていると自分の胸辺りに鬱血《うっけつ》したような跡を見つける。何だろうと考え、それが何によって出来たか気付いた時には無意識に爪を立てて引っ掻いていた。気持ち悪い感触が皮膚ごと落ちれば良い。

そのうち、胸を強く吸われた感覚だけでなく、体中を触られた感覚も蘇《よみがえ》ってきて、布で強く身体を洗い流す。肌が赤くなるほど強く擦って、ようやく少し落ち着く。

残りの気持ち悪い感触は頭を振ることで押しやり、浴槽へ浸かる。温かいお湯が、身体の強張《こわば》りをほぐし、知らずに深く息を吐き出す。

しばらくお湯に浸かっていると、湯に赤いモノが混ざっていることに気付く。そういえば爪で引っ掻いてしまったのだと思い出し、治癒術を使って治す。ついでにウェストさんが心配すると嫌なので、体中擦り傷と腫れた頬も治す。

「………………はぁ」

ため息は思いのほか響いた。

お風呂から出ると本を読んでいたウェストさんが顔を上げる。ゆっくりと近づいてきたウェストさんは、頬の腫れが引いているのに気付いて手を伸ばしてくる。

たったそれだけのことなのに、身体がビクつき、ウェストさんの手が中途半端なところで止まる。

「――ぁ、……」

何か言わなければ、そう思うのに言葉が出てこない。そんな自分の様子をどう思ったのか、ウェストさんがすまないと言って謝る。

違う。ウェストさんが謝ることなんて。

「もっと、早くたどり着ければ怖い思いをさせることも無かったのに」

「い、え、ウェストさんのせいでは無いですし、十分早かったですよ」

「だが、――」

「やめましょう」

ウェストさんの言葉を遮る。悪くもないのに謝罪など聞きたくない。気に病むほど気にかけてくれているのは嬉《うれ》しいが、こういうのは悲しい。

「外に出て、ウェストさんがいてくれて、俺は嬉しかったです。そして、こうして心配して甘やかしてくれるのも嬉しいです。だから、ありがとうございます」

頭を下げれば、頭上から肩の力を抜くように息を吐くのが聞こえて顔を上げる。ウェストさんの表情から幾分自分を責めるような色が消えているのを見て、自分も肩の力を抜く。

「こんなもの甘やかしているうちにも入らない。もっと我儘《わがまま》を言え」

「我儘、ですか」

我儘と言われて、一つ思い当たることがある。だが、言うのは恥ずかしい。そっと視線を外したつもりだったが、ウェストさんには気付かれてしまい、何かあるのかと聞かれる。

「ある、には、あるのですが……」

「あるのなら遠慮せずに言え」

逸らしていた視線をウェストさんに戻す。何を言っても良いぞと促されているようで、また目を逸らす。言ってしまっても良いだろうか。羞恥と欲望を秤《はかり》にかけ、結局欲望に負ける。お酒のことといい、自分はとことん欲望に弱いらしい。

「あの、少しの間で良いので…………抱きしめてくれませんか」

言っている最中でやはり恥ずかしくなり後半はほとんど消え入りそうだった。寝る前に手を握ってくださいと言った時も相当恥ずかしかったが、今はそれの上をいく恥ずかしさだ。子供でもないのに、抱きしめてほしいだなんて、あぁ、でもウェストさんにとっては自分は手のかかる子供みたいなものなのだろうか。扱いに困っているとも聞いたし。

羞恥で思考がどんどん外れていく。抱きしめてほしいと言われたウェストさんも流石に予想外だったみたいで、固まっている。本当に悪いことをしてしまった。恥ずかしい。

耳どころか首まで赤くなっている自信がある。

「忘れて、ください」

羞恥に震えてきた。心なしか目の前も霞《かす》んできた気がして、より恥ずかしくなる。

「——あ、いや、すまない。少し驚いて、そんなことで良いのならいくらでもするが、その、触れて平気なのか？」

「……ウェストさんなら、平気です。さっきは、急にだったので少し驚いてしまいましたが」

涙目になった顔を見られたくなくて、目を逸らしたまま口を開く。何かまた恥ずかしいことを言ってしまったと後悔するが、小さくそうかと呟かれた声音が酷く嬉しそうだったので、また顔が熱くなる。

「触れるぞ」

ウェストさんが前置きしてから、そっと抱きしめてくれる。壊れ物に触れるようにそっと抱きしめられて、ウェストさんの匂いが強くなる。それに我慢ができなくなって自分からもしがみ付いてしまう。必死に手を伸ばせば、強く抱きしめ返される。

「……心配した」

「ごめんなさい」

本当に心配したのだと伝わってきて、感謝の気持ちも込めて謝る。ウェストさんが更に強く抱きしめてきて、少し息苦しいくらいだったが、それ以上に胸が苦しい。

認めよう。

ウェストさんが好きだ。

もっと早い段階から気付いていたけれど、認めたくなくて目を逸らしてきた。でも、やっぱりウェストさんが好きだ。誰にも渡したくない。

抱きしめられて心臓が忙《せわ》しなく動く。それを緊張していると勘違いしたのか、心配そうに覗き込まれる。

「やはり怖いか？」

心配そうな顔に多少ぎこちなくなってしまったが、笑って首を横に振る。それは無いと意思表示をする。

「平気なら触れて良いか？」

耳元で囁《ささや》かれる。いつもより低い声に、戸惑いながらウェストさんの顔を見上げる。触れるってどういう意味だろう。もう抱きしめてもらっているけれど。

「嫌なら殴れ。流されて良いと思う程度だったらやめない。――他の男の跡を残しておくなんて冗談じゃない」

鋭い視線に鼓動が跳ねる。恐怖では無い。もっと別の何かだ。

抱きかかえられ、先程まで寝ていたベッドの上へ降ろされる。上から見下ろされ、心音がうるさい。

ウェストさんが服の釦《ぼたん》に手を伸ばす。外される度に晒される素肌に治癒術を使っておいて本当に良かったと思う。あの男に付けられた跡など絶対に見られたくない。

上着をはだけられ、首元に触れられる。ぞわりとした感覚に肌を粟立《あわだ》たせるが、ウェストさんの手だと思えば不快では無い。

そのまま肩、背中を撫でられ少し力を抜くと、胸元に手が伸びる。ゆっくりと肌を触れていた手が胸の飾りにあたり、ピクリと反応する。軽く撫でただけで引っ掛かってしまうほど硬くなってしまっている事実に頬が熱くなる。

ウェストさんもそれに気付いているのか、執拗《しつよう》にその辺りを撫でまわし、突起を引っ掻けては離れていく。

「──っ、──っ、……」

声を出さないように我慢していれば、ウェストさんの顔が胸元に近づき、左の突起を舐《な》められる。それにより走った刺激に足の爪までもピンと伸ばす。

舐められ、転がされ、唇で淡く食《は》まれる。

「──っふ、……」

鼻から抜けるような声を必死になって抑える。左の乳首が解放され、詰めていた息を吐き出すと、今度は同じように右の乳首を嬲《なぶ》られ、空いた片方も指で弾かれたり、軽く爪を立てられたりして声を噛み殺すのが苦しくなる。

それを自分の手を噛むことで我慢していると、その手を掴まれ外される。そのまま手のひらや手の甲に口づけされ、苦しい。大切なモノに触れるような仕草に胸が痛くなる。

「我慢しなくて良い。俺もルトの声が聞きたい」

腕の内側の柔らかい皮膚を強く吸われ、薄い跡が残る。その跡を目の前に持ってきて、眺めてしまう。ウェストさんが付けてくれた跡だ。それが嬉しくて自らの唇でも触れる。

「──おい、煽《あお》るな」

少し苛立ったような声に、何のことかと首を傾げれば、無意識か、とため息をつかれる。ため息の意味は分からなかったが、別に怒っているわけでは無さそうなので、安心する。

そっと力を抜けば、腰の辺りに手が伸びて、再度身体を強張らせる。

「……この辺りも触れられたのか？」

ウェストさんの問いに小さく頷く。途端にウェストさんが自分を責めるような表情をしたので後悔する。

「少しでも消してやる」

優しく髪を撫でられ、堪《たま》らずにウェストさんにしがみ付く。伝わる体温といつもよりも少し早い鼓動に嫌な記憶も感触も薄れていく気がした。少なくとも今はウェストさんのことしか考えられない。

「──ぅ、ん……くすぐったい、です」

お腹の辺りを撫でられ、くすぐったさに身を捩る。

「何だ、こっちは気持ち良いのに、こっちは駄目なのか」

「――あっ……！」

不意に先程散々弄《いじ》って敏感になった乳首を抓《つま》まれ、声が漏れる。そのまま口に含まれ、吸われる感覚に身を捩っていると、お腹の辺りを撫でていた手が服越しに性器に触れる。緩々となぞるように触れられ、背を反らす。

「……ウェスト、さんっ、ダメっ……！」

布越しに感じる刺激に腰に血が集まりだす。嫌と首を振るが、殴って止めるまではやめないと言われてしまう。

「それ、以上、触られたら――んっ……」

きゅっと少し強く掴まれて、身体が跳ねる。触っているウェストさんに誤魔化しが効かないほど、硬くなり始めていた。

「うぇ、すと、さん……っ」

身体が熱くなってきて、どうしていいか混乱してウェストさんに助けを求める。こんな状況にしたのはウェストさんなのだが、他に縋《すが》る相手もいなく、他の人間に縋りたいわけでもない。

助けを求めたウェストさんは、下着の中へ手を入れ、直接硬くなった性器に触れた。そして優しく触られ、腰が無意識に揺れる。

「――や、さわら、……うんっ、きたな、……ぁっ！」

大きな手で握られ、先走りが流れ出す。それが潤滑剤代わりになって動く手の速度が上がる。男に触られた時は気持ち悪いばかりで快感など欠片《かけら》も感じなかったが、今は息が上がってしまうほどの快感を拾っている。

「……ふっ、あ、ぁ……っ……て、はなし、でちゃ、――ぁ！」

イキそうになって訴えれば、本当に手を止められる。離してと言ったのは自分だが、この状態で放置されたことについ恨みがましい視線を向けてしまう。

ウェストさんはそんな自分に苦笑しながら目尻に浮かんだ涙を舐めとってくれる。

その間に下着ごと下履きを取り払われ、羞恥に足を閉じようとするが、ウェストさんによって阻まれてしまう。

「見ないで、恥ずかし、――あぁ、は、……んっ……！」

せめて手で隠そうとしたが、その前に性器を握られ、イク寸前で放置されていた身体に火がつく。

ぞわぞわとする快感に身を任せていると、ウェストさんと視線が絡む。その視線が熱を帯びていて、一際大きな快感になる。

「……でるっ、あっ、……でちゃう、ぁああ、ん……！」

敏感な先端を指でグリグリされて、盛大に精液を吐き出す。吐き出された精液はウェストさんの手を汚し、自分のお腹と足の間を流れ落ちていく。

「……はぁ、はぁ、……――っ！　あっ、やだ、なんでっ⁉」

荒い呼吸を必死に整えていると、ウェストさんの指があり得ないところに触れて動揺する。精液で濡《ぬ》れた後ろのつぼみの襞《ひだ》を引っ掻くように動かされる。

「汚い！　そんなとこ、きたない！」

「……その様子だと、こっちは触られていないな」

「触られてないですっ！　触られて、ないから！　……あ、や、やだぁ……っ」

円を描くように指で刺激を与えられ、嫌だと思うのに身体は気持ち良いと返す。そんなところ触られて感じたくなんて無いのに。こんなのウェストさんに軽蔑される。イッたばかりなのに、また熱くなりそうな前を必死に抑えて、首を振る。

それなのにウェストさんはやめてくれなくて、綺麗な指が中に潜り込む。

「——ひっ……！」

引《ひ》き攣《つ》った声が出る。未知の感覚に怖くなるのに、前は熱くなる。自ら出したモノの滑りを借りて指がどんどん中へと潜り込む。襞を掻《か》き分《わ》ける感覚に肌が粟立ち、中の指を締め付ける。

そうやって締め付ければ、逆に中に入っているのがウェストさんの指なのだと感じさせられ、熱くなった前から擦ってもいないのに先走りが溢れる。

「……あっ、や、っん……！　はぁ、あぁっ……やだっ、……！」

中を弄る腕を掴む。力の入らない手では添える程度にしかならなかったが、中を弄っていた指の動きが一度止まる。

「嫌なのか?」

質問に何度も頷く。

こんなのは違う。こんなところで気持ち良くなったりしないから、軽蔑しないで。嫌いにならないで。

ウェストさんに嫌われるかもしれないと想像して、苦しくなる。考えるだけで涙が出てきて、呼吸が苦しい。

「……悪かった。泣くな」

指が抜かれて、涙を拭われる。優しくされているのに、何故だか涙が止まらなくて、ウェストさんが困った顔をする。

「……うぇすと、さん、おねが、……、きらわ、ないで……っ」

嗚咽《おえつ》で途切れ途切れになってしまうが、ウェストさんの顔を見て懇願する。そうすると更に困ったような顔になって、また涙が溢れる。

「……何でそうなる。嫌うわけ無いだろう。むしろ、こちらが嫌われたかと思った」

「嫌うなんて、ウェストさんなら、何されても、平気です」

嫌うわけないと断言されて嗚咽も少し収まる。気持ちが少し落ち着けば、泣いてしまったことが途端に恥ずかしくなる。

「お前は、また……」

はぁ、と息を吐き出したウェストさんが何故か下唇を掴んで引っ張る。

「不用意なことを言うのはこの口か」

「い、いたい、です。なんでひっひゃるんですか」

「うるさい。これはお前が悪い」

ぐにぐにと下唇を伸ばしたウェストさんは満足したのか、手を離してくれたが、今度は親指で触れられる。視線が唇に集中していることに気付いて、頬が熱くなる。

「……ここも、触れられたのか」

ウェストさんがまた辛そうな顔をするので必死に首を振る。そこは噛み付いてでも死守したのだと、そう告げれば、ウェストさんの目元が和らぐ。

「なら、ここは俺だけのモノだな」

軽く唇を重ねられ、目を見開けば、少し笑ったウェストさんと目が合う。

「言っておくが、これは二回目だ。最初はお前からだぞ」

「――え!? どういう、――ぅ、ん……っ！」

心当たりが全く無くどういうことか問いただそうとしたが、再度口づけをされて言葉を封じられる。

その後はそれを思い出す余裕も無く、深くなった口づけに翻弄され続けた。

＊＊＊

「ただいま戻りました」

家の扉を開けて挨拶をする。音に反応したカイがするりと肩の上に上って、こちらを見つめてくる。あ、お土産買うの忘れた。そう思った瞬間にカイの肉球で額を叩かれる。全然痛くないので、押されていると表現した方が良いのかもしれないが。

「……カイ？」

行動の意味が分からず首を傾げれば、不機嫌そうな顔で再度叩かれる。

「わっ、ちょっと、どうしたんですか」

痛くは無いが、どうして良いか困りカイを手の届かない位置へ持ち上げる。目線の高さで見つめ合うと、カイが口を開く。

「呼べ。馬鹿者」

見た目にそぐわぬ低い声で真剣に言われて、瞬きを一つ。

「声が届けば行ける。我の名を呼べ」

それだけ言うとカイは鼻を鳴らして拘束から逃れ、日の当たる定位置で丸くなる。それを見ながら、カイの言葉の意味を理解し背中をそっと撫でる。

「……ありがとうございます」

カイは気怠《けだる》そうに尻尾を揺らした。


次の日、軽く部屋の掃除をしてからネルシスさんの家へ行く。約束の時間より早いが、書庫で本を読んで時間を潰すことにする。本に書かれた内容は難しくて理解できないことも多いが、知識が増えるのは楽しい。

「散歩に行っておる」

器用に窓を少し開け、そこからカイが身を乗り出す。

「あまり変なところに行かないでくださいね」

ネルシスさんに捕まると面倒なことになりそうだと注意すれば、分かっているとばかりに尻尾を揺らしながら歩きだして姿が見えなくなる。それを見届け、持ってきた本を読み始める。

最後まで読み終わり顔を上げ、時間を確かめる。まだ余裕があることを確認して、伸びをすると、突然背後から抱きしめられた。

「やほー、元気ー？」

「――っ⁉」

驚いて強い電気を流すと、流石に痛かったのかキイサが手を放す。

「酷いよ。生死を共にした仲なのに」

酷いと言いつつ少しもそんな表情はせずに、むしろ楽しそうにこちらを見てくる。すっかりいつも通りみたいだ。もっとも、死に掛けたすぐ後もいつも通りに振舞っていたので、今もそう見せているだけなのかもしれないが。

「気配を殺して近づかないでください。それと、急に抱き着くのもやめてください」

「冷たいー。この前は死んでほしくないとか言って泣いてたくせに」

わざとらしく嘆くキイサに冷たい目を向けながら、この前の反省も踏まえ、今度から気配を消されても対処できるようにしようと心に決める。

「泣いていませんし、ソレとコレとは話が別です」

死んでほしくは無いが、キイサが苦手なことには変わりない。楽しそうに笑っているようで、時々酷く冷たい目をするから怖くなる。同時に手のひらで転がされているような気がするから油断できない。

「つれないな。団長との時間を作ってあげたのに」

「その件はありがとうございます。そのお礼しますので、ちょっと座ってください」

空いている椅子を指して座らせる。素直に従いながらも興味深そうにこちらを眺める目を無視して、手をかざして魔力を流し込む。一瞬ビクリと身体が強張った気がしたが、すぐに平気そうな顔をしていたので気のせいかと続ける。まだ本調子ではないだろうから、少しでも疲労が取れれば良い。

「気分は悪くないですか？」

「平気ー。……ルト君の魔法は温かくて気持ち良いから」

血行促進も兼ねているので温かいのは当たり前なのだが、目を細めて気持ち良さそうにしているのを見て、口を閉じる。少し気を抜いたところはカイが日向ぼっこをしている姿に似ているかもしれない。

「そういえばさ、ルト君って基本的に対人がダメだよね」

身もふたもない言い方に口を閉ざす。脱出の時は、向かってくる人相手に、上手く立ち回れず、完全にお荷物状態だった。

「……ウェストさんと時々手合せをしているのですが」

言葉を濁らせるとキイサがおかしそうに笑う。

「団長と？　駄目だよ。アレは対人って言わないから。人と同じ括《くく》りにしちゃダメ。それに団長は意外と感覚派だから教えるのに向いてないし」

笑いながら酷い事を言うが、ウェストさんの動きや教え方を見ている限り強く否定できない。ウェストさん、すみません。

「力加減が分かんないんでしょ。殺しちゃうかもって思うから戸惑いが出る。そのせいで隙だらけ」

反論のしようもない事実に、項垂《うなだ》れてしまう。正直、対人戦は爺さんとウェストさんしかやったことが無い。そして、両名とも多少力加減を間違えたところで大丈夫だと安心感があるからあまり戸惑わずに済む。

「教えてあげよっか？」

いつもと同じ軽い口調で言われて、とっさに何のことだか話の内容を見失う。

発言の意図を探るためキイサを見れば、こちらを向く瞳とぶつかる。

「力加減と――人間の生死の境」

多分、俺の方が教えるの上手いよ。そう言ってキイサは、わざとらしく目を細めて笑った。

「さてと、体の調子も良くなったしそろそろ戻るよ」

疲れが多少取れたキイサが伸びをしながら立ち上がる。騎士団の恰好をしているからもしかしてとは思っていたが、本当にサボりだったのだろうか。

来た時よりも幾分顔色が良くなったキイサの背中を見ながら、伝えようとしていたことを思い出す。

「キイサ」

呼び止めれば、顔だけで振り返ったキイサと視線が交わる。

「今度ウェストさんを殺そうとしたら、止めますから」

手段なんて選ばすに。

決意は伝わったのだろう。その言葉にキイサは何も返さず、ただ口角を上げて笑った。

キイサを見送ってすぐにクラーストさんが呼びに来た。時間を確認すれば、約束の時間を少し過ぎている。慌ててネルシスさんのところへ行けば、盛大な舌打ちをされた。クラーストさんが間に入ってくれなければ、罵倒の言葉も頂戴するところだった。

「今日はコレだ」

いつものように紙を渡される。記録しようと思ったら、いつの間にかカイが足元にいた。散歩は終わりらしい。それに気を取られそうになりながらも、与えられた仕事をこなす。

研究の成果はあまり芳しくないが、いつものことと言えばいつものことだ。

結果について二人で意見を交わしているが、飛び交う言葉についていけなくて早々に理解するのを断念する。カイは日の当たる場所で丸くなっている。ゆらゆら動く尻尾を見ていると、気持ちが落ち着く。カイのせいで今や猫派になりかけている。

「ちょっと話があるんだが良いか」

一段落着いたのかクラーストさんに呼ばれる。何の話かと思っていると、良い話ではあるのだが、と前置きをされてから話が始まる。

「研究の状態は知っての通り威力は上がったが持続力があまりない。けれど、上手く使えばそれなりに使用価値があるだろうというのが上の判断だ。当初の目的通りめでたく軍事利用されることになった——が、一つ問題がある」

クラーストさんが人差し指を立てるので、何となくそちらへ視線を向ける。目的をある程度達成しているにも関わらず、クラーストさんは事務的で、ネルシスさんに至っては興味が無い、もしくは不機嫌そうだ。

「コレはお前の魔方陣を基に構成されている。つまりお前の魔法にしか使えない」

「……他の人用に改良していると聞いた気がするのですが」

色々試して成果は現れているようなことを聞いた気がしたが。記憶違いだろうか。

「成果は出ているが、今のところ威力は半分以下だ。軍事には使えないと判断された」

難しい顔で首を振られる。広く普及するために作られているはずなのに、それ自体が一部の人間にしか作れないのだとすればとんだ皮肉だ。

「だから、この研究が軍事利用されるかはお前が協力してくれるかによって決まる」

どうだ？　と尋ねられるが、返答に困る。それは自分が決めてしまっていいのだろうか。この研究にはあくまでも協力しているだけであって、どうこう言う権利は無いと思っていたのだが。

迷ってネルシスさんの方へ視線を向ければ、無視されるかと思いきや意外にも口を開く。

「引き受ける必要は無い。同じ物を作り続けて何の意味がある。そんなことより研究に集中しろ」

「だから、何度も言っているがこの研究の目的は軍事利用だ。軍事目的だからこそ国から認められているのを忘れるな」

「下らん」

「下らなくても何でもそれが世の中だ」

二人の話から察するに軍事利用に対して、ネルシスさんは反対で、クラーストさんは賛成らしい。

もっともクラーストさんも体裁を整えるためという意味合いが強いみたいだが。

あまり自分には分からないが、体裁というのは大事らしい。ウェストさんも時々、愚痴を零《こぼ》しながらもそれを蔑《ないがし》ろにはしていないようだし。

「どれくらいの量が必要なんですか」

「実践でどれだけ使えるか分からないから何とも言えないが、とりあえず上限は一日に二十枚としている」

二十枚か。思ったよりも少なくて良いみたいで安心する。

「二十枚程度なら問題ないので協力します。研究にも今まで通り参加しますので」

「魔力は大丈夫なのか」

「ええ、特には問題ありません」

一度に百枚作れと言われれば厳しいが、二十枚くらいなら特に支障はない。そう伝えれば、ネルシスさんから強い視線を感じる。

「……そうか。これからは今まで以上に酷使しても大丈夫だな」

物騒な呟きに悪寒が走る。クラーストさんから同情するような視線を向けられているのが、更に不安を煽る。

怖くなって小さな声でカイの名前を呼んで助けを求めたが、大きな欠伸を返された。

呼べば何でもかんでも助けてくれるわけでは無いらしい。当たり前かと思いつつも、少し悲しくなりながら軍事利用に関する契約書を作成した。

次に行った時、最初に結んだ契約内容なんてすっかり忘れていたため、用意されていた金貨五十枚に心の底から驚いた。

＊＊＊

「――フェンリー様から召喚状が出ている。」

家に来たウェストさんが言い辛そうにしながら唐突に告げる。

「しかも今回は前回とは違い、正式な形で召喚されている」

告げられた言葉と共に一枚の洋紙を渡される。召喚状には自分の名前、そしてフェンリー殿下の署名と首から下げている指輪と同じ柄の王家の印。

これがどういった意味を持つのか、事の大きさを測り切れずにウェストさんを見上げる。多分、相当情けない顔をしていると思う。

「召喚の理由はこちらも聞かされていない。行きたくは無いだろうが、この国の民である限り王家の召喚を断ることはできない」

「……断れば、反逆罪、ですか？」

力なく呟けば、少し苦しそうにしながらも頷かれる。

家に来たウェストさんが騎士団の恰好をしているのを見た時から嫌な予感はしていたが、こんな内容だったとは。嫌だと駄々をこねればウェストさんの手によって捕まえられるのか。悪趣味だが、効果的だ。一度しか対面していないのに良く分かっていると感心してしまう。

「行きます。話を聞いてみなければ判断ができませんから」

判断、にどんな意味が含まれていたのか気付いたのかウェストさんの顔が歪む。そんな表情も心騒ぐものがあるが、やはり辛そうな顔よりも笑った顔が見たい。

「今度時間が空いたら、前に言っていたお店に連れていってください。楽しみにしていたんです」

事件に巻き込まれて行けなくなってしまい、ウェストさんも気を使ってかその話題を再び触れることは無い。けれど、ウェストさんが誘ってくれて本当に楽しみにしていたのだ。

それが伝わるようにと笑えば、難しい顔をしていた表情が少し綻《ほころ》ぶ。

「そうだな。俺も楽しみにしていた」

肩の力を抜いたウェストさんはゆっくりと手を伸ばして、頬から耳の方へ触れる。優しい触れ方がくすぐったくて身を捩るが、手は離れない。触れた耳朶《みみたぶ》が熱くなっている気がする。

「……飯も良いが、耳飾りを探しに行かないか。対になっている物を」

微笑《ほほえ》みながら囁かれて、一気に体温が上がる。対の耳飾りは互いに共鳴し合い、相手がどこにいるのか分かるようになっている。その特性故に、所有の証《あかし》——恋人への贈り物とされることが多い。もちろん、利便性故に購入することも多いらしいが、気恥ずかしさに顔を上げていられず、俯きながら何度も頷く。それが面白かったのかウェストさんが旋毛《つむじ》に口づけを落としてきて、驚いて顔を上げれば、今度は赤くなった頬へ口づけられる。半ば放心しながら見つめていると、ゆっくりと綺麗な顔が近づいていて、あと少しで唇と触れ合いそうになるが、ギリギリのところで止まる。

睫毛《まつげ》が触れ合いそうな距離で瞬きをすれば、苦笑した顔で距離を取られる。それに胸の辺りが痛くなるが、続く言葉にそんな感情も消し飛ぶ。

「今日はお前を連れて行ったら終わりだ。食事をして、耳飾りを買いに行こう。――その後、帰ってきたら覚悟しておけ」

最後の一言が衝撃的すぎて座り込んでしまいたかったが、気力で踏みとどまり、しどろもどろになりつつもお手柔らかにお願いしますとだけ伝えた。


ウェストさんに連れられて殿下が待っている部屋の前に案内される。重厚な扉の前に立つのは二度目だが、どちらも状況を理解していないという点では同じだと思う。

「今回はここまでだ」

一緒に行ってくれるのかと思っていたが、今回は一人だけのようだ。不安な気持ちが顔に表れていたのか、髪を梳《と》くように撫でられる。

「お前が出てくるまでここで待っている」

「……すぐに、戻ってきます」

ぎこちなくだが、ウェストさんに笑い掛けて扉を叩く。中からすぐに返事がきて、扉を開けて中へ入る。前に教わったように一般的な礼を取れば、堅苦しいのは良いから座ってと促される。

「呼び出して悪かったね。来てくれて嬉しいよ」

そう言って殿下は相変わらず繊細な人形のように微笑んだ。

＊＊＊

話を終え外に出ると約束通り待っていてくれたウェストさんがこちらに近づいてくる。

「何の話だったんだ？」

心配そうな顔を向けられ心の中で謝罪しながら、実は、と話し始める。

「協力しているネルシスさんの研究が軍事利用されることになりまして、そのことについてお褒めの言葉を頂いて、ついでに内容を口外しないように釘を刺されました」

苦笑いしながら伝え忘れていました、すみません。と告げれば、目を丸くして驚いたようだが、すぐに状況を整理して安心したように息を吐き出す。眉間の皺も薄くなった。

「そう、だったのか。何でも報告しろとは言わないが、そういうことは言っておいてくれ」

疲れたように心臓に悪いと呟くウェストさんに、心の中で再度ごめんなさいと謝る。

「用件はそれだけだったのか？」

「はい。他はちょっとしたことをお話しただけです」

「そうか。なら用事は済んだな。行くか」

一度家に戻って着替えたいと言うウェストさんの要望に従って、転移術を発動させウェストさんの家に向かう。

客間で少し待っていてくれと手持ち無沙汰にしていると、不意に先日の記憶が蘇ってきて一人赤面してしまう。

覚悟しろと言われたが、どう覚悟すれば良いのだろうか。流石に爺さんは教えてくれなかった。……いや、教えてほしかったわけではないが。カイに聞くのも何か変な気がするし、キイサに聞くのも後が怖い。

「……――と、ルト」

うなっていると、すぐ近くで名前を呼ばれ、驚いて立ち上がる。過剰な反応をしてしまい恥ずかしくなり、苦笑いで誤魔化そうとするが、物凄く怪訝《けげん》な顔をされる。

「えーと、お店ってどこでしたっけ」

わざとらしすぎる誤魔化しだったが、ウェストさんは追及するつもりが無いのか素直に話題転換に応じてくれ、持ってきた地図を広げて、この店だと教えてくれる。ウェストさんが持ってきた地図が以前に自分が渡したもので、少し嬉しくなる。

「使ってくれているんですね」

「あぁ、細部まで書き込まれていて、重宝している」

クルクルと再度纏《まと》められた地図を眺めながら頬を掻《か》く。

「あのー、もしかしてその地図って出回ったら不味《まず》い物だったりします？」

ウェストさんと関わる前は自分ができることは他人もできると思っていた。個人差で得手不得手はあっても、大抵の人は大抵のことができると。けれど、どうやらその認識は間違っていて、自分ができることは大抵の人ができないことらしい。そう考えると、その地図も簡単に作れるものでは無いのかもしれない。

そんな疑問にウェストさんは軽く笑う。その反応に、どうやら杞憂《きゆう》だったと安心したのだが。

「何だ、気付いたのか。フェンリー様からの召喚内容に取調べが追加されなくて良かったな」

さらりと言われ、それなら教えておいてくださいと恨みがましい視線を向ければ、言ったところであの時のお前では理解できないだろうと返される。正論すぎて、ぐうの音も出なかった。


少し沈んでしまった気持ちは、食べたご飯の美味しさに一瞬で消え去った。美味しい物を好きな人と食べられる幸せの前には、色んな事が些細《ささい》な事に思える。

ウェストさんに勧められるままにあれこれと手を出しいつも以上に食べたところで手を休める。お腹がいっぱいなのは幸せなことだ。これに美味しいお酒がつけば最高だ。けれど、今日はまだ行くところがあるので控える。多少飲んだところで潰れはしないが、飲むのならゆっくりと沢山飲みたい。

そこからまた移動して宝飾店に入る。見るからに高そうな店に尻込みしてしまったが、ウェストさんに気心が知れた相手だから大丈夫だと太鼓判を押されて半ば強引に連れ込まれた。そうだ、忘れてしまいがちだが、ウェストさんは貴族なのだ。

「お久しぶりでございます。ブライアン様」

店の奥から品の良い青年が現れてウェストさんに挨拶をする。その後、こちらにも丁寧に挨拶をしてくれた。その視線は優しいものだったが、場違いだと思われているかもしれないと居たたまれなくなる。

「本日はどのようなご用件でしょうか」

「対になっている耳飾りを探しているのだが、いくつか出してもらえるか」

「承知致しました。少々お待ちください」

一度店の奥に店員が消えて肩の力を抜く。横で普通にしているウェストさんを見つめれば視線に気付いたのか、視線が合う。

「あの、気軽に頷いてしまいましたけれど、対の耳飾りって高価な物なんですか?」

食事のついでと言われて深く考えもせず勢いで頷いてしまったが、よく考えればただの石を買うわけでは無い。価値が付与されればその分値段も上がるものだ。

「高い物もあるが、安い物もある。使用する石の効果範囲に応じて値段も上下する」

「それなら、もっと他の――」

安い店でも良いんじゃないですか、という続きは店員が戻ってきたためにつぐむ。

「細工ならこちらの品がお勧めですが、効果でしたらこちらの品がお勧めです。どこにいても、それこそ国を超えた場所にいても互いのいる方角が分かりますよ」

効果が高いと紹介された品を見ると、月の光で輝くような淡く神秘的な石がついており、光る角度によってはカイの瞳に近い銀色にも見える。

「それが気に入ったのか？」

「え、……あ、その……」

一目で惹《ひ》かれてしまったが、値段のことを考えて口ごもる。値札が付いていないため、想像できなくて恐ろしい。

「いくらだ？」

「こちらの品は金貨二十枚です」

笑顔のまま告げられた金額に顔の筋肉が引き攣る。ウェストさんはそんなものかと納得しているようだが、価値観の違いに悲鳴を上げたい。

「では、それを――」

「ちょっと待ってください。決めるのはもう少し他を見てからでも……」

今にも購入を決めてしまいそうなウェストさんを慌てて止める。顔は引き攣ってしまっているが、大声で叫ばなかっただけ褒めてほしい。

こちらがこんなにも必死なのに、ウェストさんは不思議そうな顔をして首を捻る。

「一番効果が高いのだからコレで良いだろう。ルトも気に入ったのだろう？」

「いや、確かにいいなとは思いますけれど、そんなに効果が高くなくてもいいんじゃないですか？」

大きな声で言うのは恥ずかしいのでウェストさんの腕を引き、耳元で囁く。そんな不審な行動を取っても全く動じずに変わらない笑顔を向ける店員は凄いと思う。

「駄目だ。遠くに行って見つけられないのでは意味がない」

二度とどこにいるか分からなくならないように。

真剣な瞳に、あの時のことを未《いま》だに後悔しているのだと気付く。ウェストさんは悪くないが、そう言ったところで自分を責めるのはやめないだろう。それなら、耳飾りを買うことでそれが少しでも減るのなら金貨二十枚どころか全財産を差し出しても惜しくない。

「分かりました。ではコレにしましょう」

「お買い上げありがとうございます」

支払いの方は、と続く店員の言葉の前に軽く指を鳴らして転移術を発動させる。ただし、今回は自分が移動するのではなく家にある物を取り寄せる簡易なものだ。本来、指を鳴らす必要は無いのだが、爺さんがやっているのを見て真似している。

空中に現れた袋を掴み、中から金貨を取り出す。ネルシスさんから渡された報酬に手を付けずにいて良かった。

二十枚数えて置けば、変わらない笑顔を向けていた店員が目を見開いて固まっている。

「あれ？　二十枚では無かったですか？」

「……そうじゃないだろう」

横から心底疲れたようなウェストさんの呟きが聞こえ、そこでやっと変なことをしてしまったのだと気付く。

「えっと……」

「何が普通とかけ離れているのか説明すると、まず正確な場所から場所へ物を移動させることが困難だ。次に、金貨を即金で用意できる人間も少ない。更に言うのなら、この手の店は犯罪防止のために魔法は発動しない仕組みになっている」

「……普通に発動しましたけど？」

魔法封じが施された枷を嵌められた時は何かに阻まれて魔法が発動しなかったが、今回は特に何の障害もなく発動できた。魔法の種類が違うからだろうか。

試しに小さな火や風を発生させようとしたが、こちらはウェストさんの言う通り発動しなかった。

「種類によっては発動しないみたいですが、転移術が使えては意味が無いのでは？」

転移術が使えるのなら強盗がし放題だ。そんな疑問にまたも深々とため息をつかれる。

「通常は転移術も発動しない。ルトが使っている魔法が規格外過ぎるんだ」

そうなのか、と納得していると、驚きに固まっていた店員が我に返る。動揺してしまった失態を恥じるように頭を下げ、その後は何事も無かったかのように笑顔で最後まで対応していた。店を出る時に、ウェストさんに向かってお客様の情報を漏らすようなことは決してありませんと誓っているのを聞いて、何か申し訳ない気持ちになった。

ちなみに支払いは全額出すと言うウェストさんと揉《も》めた結果半分ずつ出すことになった。

「さて、帰るぞ。俺の家にもう一度飛んでもらえるか」

ウェストさんの要望通り家まで移動する。少し待っていろと言われ、客間で待っていると、お酒と簡単なつまみを持ってウェストさんが戻ってくる。

「昼食の時に飲みたそうな顔をしていたからな」

ばれていたことに苦笑を浮かべながら素直にお酒を頂く。アルコールが喉を通り、思わず吐息を漏らす。

「今日はあまり飲み過ぎるなよ。酔っているのも悪くないが、忘れられては困る」

さらりと言われた内容を深読みしてしまって顔が熱くなる。それに気付いたウェストさんが少し意地の悪い笑みを浮かべる。

「ルト」

名前を呼ばれ、腕を引かれる。大人しく隣に移動すると、ウェストさんが買ってきた包みを開けて耳飾りを取り出す。大きな手が近づき、右耳を弄ぶ。それがくすぐったくて身を捩れば、じっとしていろと笑いながら注意される。ウェストさんの手によって片方の耳飾りを着けられ、耳元に僅かな重みを感じる。

「良く似合っている」

社交辞令《しゃこうじれい》かもしれないが、褒められて頬を緩める。残ったもう片方を受け取り、同じようにウェストさんの耳に付ける。

互いに引き合う石。仕組みは良く分からないが、相手がこっちにいると伝えてくる。そのことに、胸が温かくなる。自分のものだと、そんな錯覚に陥る。実際には、ウェストさんはウェストさんの物でしかないのだけれど。

「なんだか、不思議です。特に引っ張られるわけでも無いのに、こっちだって分かります」

少し近づくと、耳元がじんわりと温かくなるような気がする。

「便利ですね。対の耳飾りが——相手がそこにいるって感じられます」

目を見て微笑めば、やや強引に抱きしめられ、唇を奪われる。柔らかく弾力のある唇が触れ合い、やがて口内に舌が侵入してくる。

「——っ、ん……」

上あごを舐められ、声が漏れる。昼間に寸止めになった分も補うように、深く口づけられ、体温が上昇する。

「……ルト」

耳元で呼ばれ、背筋が粟立つ。もっと、呼んでほしい。もっと、触れてほしい。

そんな気持ちを込めて、今度はこちらから舌を絡ませる。鼻で必死に息をしていると、時々、甘えるような声が出てしまって恥ずかしい。

「——……ふ、ぅん、……ウェストさん、足りないです。もっと……」

抱きしめられ、キスをされても足らない。もっと、もっと互いの境界さえ無くして混ざり合いたい。

酸欠でにじんだ視界の中、見つめればウェストさんの瞳がギラついた気がした。

ベッドへと連れていかれ、程良い弾力に身を沈めると、ウェストさんが覆いかぶさるようにして再び唇を塞がれる。

その時、身じろいだ拍子に足の間を擦りつけてしまい、身体が跳ねる。

「何だ、キスだけで勃《た》ったのか？」

「——ひっ……！」

膝で刺激され、声を必死で噛み殺す。乱れた息を整えようともがいていると、上着の釦を外され、鎖骨を舐めあげられる。

「……ぁ、うぇ、すと、さん……——っ！」

待ってくださいと言おうとしたが、それよりも先に、胸の突起を咥《くわ》えられる。舌先で刺激されれば、甘く痺れるような感覚が走る。前に好奇心に負けて自分で触ってみたりもしたが、何も感じなかったのに、ウェストさんに触れられていると思うと、耳の辺りまでぞわぞわして、身体が熱くなる。

「尖《とが》ってきた。ルトは舐められるのが好きだな」

「――や、言わない、で……」

指摘され、硬くなったしこりを指で弾かれる。少し痛い刺激に、それでも身体は気持ちイイと判断する。

胸を弄られ、舐められているのに意識を持っていかれていると、片方の手が脇腹を撫で上げ、そのまま熱くなった中心に触れられる。

「……っ、……は、ぁ、あ……！」

下着越しに触られ、もどかしさに腰を捩らせれば下着の中へ手が潜り込み、濡れてベタついた性器を扱《しご》きあげられる。

「あ、あ……っ、……！」

走る甘い刺激に奥歯をカタカタ言わせながら耐えていると、そこに指とは違うヌルリとした刺激を感じて背を反らせる。その正体がウェストさんの舌だと気付き、必死に身体を捩るが、足をしっかりと固定されていて逃れられない。

「離してっ……きたない、からっ、おねがっ……」

敏感な裏筋を指で刺激されながら、カリの部分を舌で抉《えぐ》られて強烈な射精感に襲われるが、足の爪先まで力を入れて何とか耐える。ウェストさんの口に吐き出すなんて耐えられない。身体を震わせながらも耐えていると、ウェストさんが一度口を離す。それに大きく息を吐いて、身体を弛緩《しかん》させると自分が酷く汗をかいているのを自覚する。

「我慢するな。素直にならないならこっちを弄るぞ」

「――はぁっ、んっ……！」

身体の力を抜いていたところに後ろの穴をグイっと押されて声が漏れる。前に触れられた時の凄《すさ》まじい快感も思い出し、前からトロリと僅かに吐精する。それを舐めあげるように再度舌で愛撫《あいぶ》され、目の端に溜《た》まっていた涙が零れる。

「……はっ、はっ」

イかないことを責めるように後ろを指でグリグリと刺激されながら、前を舐めあげられ荒い呼吸を繰り返す。酸欠と快感で思考が飛び、熱を吐きだすことしか考えられなくなる。

「はっ、あ、あっ、……ぁあああっ……！」

入り口を弄っていた指が、先走りのぬめりを借りて中へ押し入ってくる。それが奥のしこりに触れた瞬間、目の前が真っ白になりウェストさんの口に精を吐き出した。

「……あ、……は、ぁ、……」

「気持ち良かったか？」

これ以上ないほど乱れてしまっているにも関わらずそんなことを聞かれ、羞恥に視界が霞むが、素直に頷く。

「そうか」

目元を綻ばせ微笑むウェストさんに心臓を高鳴らせれば、口づけが降ってくる。息苦しさに耐えながらも口づけに必死に応えれば、自分が吐き出したモノの味が混ざっていて顔が熱くなる。

水音を響かせながら唇を離せば、飲み込めなかった唾液が口の端から零れる。

「ウェスト、さん……」

身を捩らせながら名を呼ぶ。言いたいことは分かっているのだろうに、それには応えず零れた唾液を舐めとられる。

「……っ、うぇすとさん……ゆび……！」

我慢できなくなって叫ぶ。先程中へ潜り込んだ指はイッた後もキスしている間もずっと中に納まったままだ。

「……嫌か？」

中で緩く動かされ、ウェストさんの腕を掴みながら必死に頷く。こんなところを弄られて、わけも分からないほど感じてしまうのが怖い。

「無理強いはしたくない。――だが、お前がほしい」

熱が籠った声に、胸が締め付けられる。自分が求められている事実に息苦しさすら覚える。

「……あげ、ますよ。ウェストさんが、望むのなら、ぜんぶ」

自分が持っているものなら何でも差し出そう。ウェストさんと一つになれるのなら、頭から食べられても構わない。

熱っぽい視線と絡ませて告げれば、強く抱きしめられる。密着した箇所から視線に負けないくらいの熱さを感じてウェストさんも興奮しているのだと伝わる。

「此処に挿《い》れたい。繋《つな》がって、揺さぶって、中に出したい」

許可を求めるように指が中を刺激する。中を広げるような動きに、下腹部に力が入る。

「……っん、……嫌わないで、くれますか……？」

こんなところで感じてしまって、はしたなく求めてしまっても、嫌わないでいてくれるだろうか。不安になって尋ねれば、そんなはず無いだろと少し怒ったように言われる。それに安心してウェストさんの首へ手を伸ばしてしがみ付く。

「……挿れて、いっぱい、だして……！」

ウェストさんの熱を感じたい。そう告げれば、強引に足を持ち上げられ、後ろに熱を押し当てられる。熱いと感じた瞬間に、押し入ってくる痛みを感じて歯を食いしばる。

「——っ、……！」

腰を進める度に内臓が圧迫されて苦しい。未知の感覚に怖くなり、必死に縋る。痛みに耐えながら目を開けば、ウェストさんもきついのか苦しそうな顔をしている。

「ルト、息を吐き出せ」

言われて吐き出そうとするが、身体が強張って上手くできない。首を振りながら浅く早い呼吸を繰り返していると、唇を塞がれ、あまりの息苦しさにウェストさんの胸を叩く。

「——ぅ、……んっ……！　っは、はぁ、はぁ……」

口内を貪った口づけが終わり、肺一杯に酸素を取り込み吐き出す。浅い呼吸から深い呼吸へと変わって、少しだけ痛みが和らぐ。

「すまないっ、動くぞ」

「――あっ、まっ、――あぁっ……」

静止の声を無視して熱く硬いモノが内壁を擦り上げながら出ていき、また更に奥へと入り込む。

「――あっ、あっ、……ウェスト、さんっ、ウェストさん……！」

「……っ、ルト、そんなに、締め付けるなっ、もたない」

揺さぶられる度に、粘着質な水音が響く。内壁を強く擦られ、痛みとそれ以外の何かが身体を支配する。互いの荒い呼吸だけが聞こえ、抜き差しを繰り返す度に結合部からの音が大きく、早くなる。

「……はぁっ、あっ、――っぅん……！　あ、あぁっ!!」

「――っ、出すぞ……！」

切羽詰まった声で囁かれ、最奥へとねじ込まれる。それを感じるままに締め付ければ、更にその奥へと熱い飛沫《しぶき》を叩きつけられる。今まで覚えたことの無い感覚に身体を震わせれば、中に出したモノをかき混ぜるように緩く抜き差しされる。

「……はぁ、はぁ」

のし掛かるように抱きしめられ、互いの早い鼓動を感じる。それに身を委ねながら呼吸を整えていると、一足先に落ち着いたウェストさんが、耳飾りに触れてくる。

「どこにいても……――お前が国を捨てても、見失ったりしない」

真剣な、懇願するような瞳に熱いモノがこみ上げる。

殿下に会いに行く前、内容によっては国を出ていくことも考えていた。この国の民であれば王族に従わなければならないが、逆を言えばこの国の民で無ければ従う必要は無い。それに気付いて、ウェストさんは止めなかった。

「俺はお前の枷になるつもりは無い。だが、繋ぎ止められるくらいの存在ではあると自惚《うぬぼ》れても良いだろう？」

力の入らない手をすくい上げられ、甲に口づけされる。切ない響きに、気怠い身体を動かして抱きしめる。

ウェストさんに会う前の自分なら、面倒なことになるくらいなら、国を捨てることを選択していた。反逆罪とされても、誰の手も届かない場所へ逃げてしまえば済む話だ。

でも、今は違う。

「戻ってきます。どこに行っても、ウェストさんのところへ。……だから」

その先を口にするか迷う。言えば余計な心配をかけるだけで、良いことなんて何も無い。けれど――。

「二ヵ月……いえ、一ヶ月で良いです。何も気付かないでください」

「――お前、やっぱり」

言いかけた唇を指先で触れて、首を振る。それにウェストさんは悲しげな表情を見せる。

「自分で、決めたのか」

確認にゆっくりと頷く。

ウェストさんの隣にいたいから。流されたのではなく、自分で良いと判断して決めた。それがきっとウェストさんの意に沿わないことだとしても。

「一ヶ月でいいんだな。それ以上は見過ごさない」

「ありがとうございます」

渋い顔をしながらも了承するウェストさんに微笑む。ウェストさんは何かを振り切るように、大きく息を吐く。

「お前は存外嘘《うそ》つきだな」

「……そのつもりは無いのですが」

そういえばカイのことも黙ったままだ。他には、何かあっただろうか。

記憶を辿《たど》っていれば、中に入ったままの質量が増していることに気付く。

「え、あの……ウェストさん?」

「さっきはあまり持たなかったからな。あんなものだと思われたら困る」

「いえ、十分だったと、おもい、ます、からっ、――ひゃ、んっ……!」

再び始まった律動に意識が持っていかれる。中に出したせいか、先程よりも痛みが少なく、代わりに背筋がゾワつく感覚が走る。

「中を擦られただけでイケるようにしてやる」

「……そ、れは、……あんっ、えんりょ、しま、ああっ……！」

うつ伏せにされて、腰を掴まれ上げられる。違う角度からの挿入に一度萎えたはずのモノが硬度を取り戻す。腰を押さえつけられたまま激しく打ち付けられ、粘着質な音と共に肌がぶつかり合う音が響く。

「――あん、ああっ、やぁ、……そんな、はげしく、しちゃ、だめぇ……！」

中の気持ちイイしこりをゴリゴリ擦られて、前が限界まで張り詰める。イキたくて手を伸ばして、自ら擦り上げる。

「イク、いっちゃ、――あああっ！」

自らの手に精を吐き出して身体をシーツへと預ける。立て続けの行為に、もう指一本動かしたくない。

「次は中だけでイケそうだな」

今度は自分で弄れないようにと手を絡め取られ、硬さを失っていないウェストさんのモノで突かれる。

「――もうっ、ゆるし、はぁ、あん……っ、あ……」

「中だけでイッたら、な」

そのまま本当に中だけでイクまで挑まれ、ベッドの中でのウェストさんは強引だと教え込まれる。

次の日は魔法を掛けても咥えこんでいる感覚が消えずに大変だったが、ウェストさんに与えられたものだと思えばそんなに嫌でも無い。

＊＊＊

更に翌日。体の調子も戻って、三度目の豪華な扉の前に立つ。今回は前回までとは違い、明確な目的を持って此処にいる。

ノックをして入れれば、前と変わらぬ微笑みでフェンリー殿下が出迎えた。

「やぁ、お帰り。結局ウェストには本当のことを言ったの？」

「……いえ。ただ必ず戻るとだけ」

そう答えれば、フェンリー殿下の口角が上がる。それはこちらを笑ったようにも、自分自身を笑ったようにも見えた。

「そう。じゃあ、行こうか。下らない茶番を終わらせに」

手を差し出され、そっと下から掬《すく》い上げる。そのまま転移術を発動させ、目的地へ飛ぶ。

主《あるじ》と来客が不在になった部屋は、何事も無かったかのようにしんと静まり返っていた。

四章

日が暮れだした頃、課せられた分を終え、野営地に戻り、自分に与えられた部屋へ戻る。広さは他の部屋に比べると狭いが、他のところは数人で共用していることを考えると、専用の部屋を与えられているのは破格の待遇だろう。

そんな殿下の計らいで、普段は誰もいないのだが、今日はめずらしく人がいる。

「おかえり」

「いらしていたのですね。殿下」

被っていた外套《がいとう》のフードを取り、頭を下げる。それと同時に首から下げている指輪が揺れて視界に映る。

殿下は堅苦しいのは良いとヒラヒラと手を振って顔を上げさせた。

「随分と評判だね。謎の天才魔法使いって」

「謎のって……、ただ顔を隠しているだけですが」

殿下に協力するにあたって、なるべく素性を隠しておこうかと提案され、必要なこと以外は明らかにしなくて良いと許可を貰《もら》った。

「そう通り。ただフードをかぶっているだけなのに、何故《なぜ》か覗《のぞ》き込んでも口元までしか見えないだけだ」

面白そうに言われて、苦笑いを浮かべる。

口元までしっかりと隠せる外套を用意するのが面倒で、フードに視覚阻害の効果を付けたら、見えるはずのものが見えないため、それが一層不気味に見えてしまっているらしい。

「さっき状況を聞いたが、予定より大分進んでいるようじゃないか」

「……そうですね」

「約束を守るには、まだ遅い。かな？」

微妙に開いてしまった間から思ったことを言い当てられ、沈黙で肯定の意を示す。

「このままの進行速度なら、あと三週間といったところか」

無造作に机の上に広げられた地図を見ながら殿下が呟《つぶや》く。街の地図とは違い、本当に地形を表しただけの物だが重宝されているらしい。

「もともと半年はかかるだろうと予測していたのだが、魔物に対する知識の有無でこうも変わってくるとはな」

今回、フェンリー殿下に頼まれた仕事自体は複雑では無い。

ただ国境近くの山に人が立ち入れるように邪魔なモノを排除してほしいという依頼だった。

「約束は一ヶ月だったか。順調にいけば、終わらなくも無さそうだが……」

殿下が現状を把握しながら分析する。山を開拓するに当たって、一番の障害は魔物だ。始めから少なくない上に、ここ最近の魔物の急増により、一般人が立ち入ることはほぼ不可能になっていた。

山のふもとから魔物狩りを行い、何もいなくなった土地に魔物が近づかないように結界を施していく。現状だけ見れば魔物退治とも言える。

「問題はココか」

殿下が地図上の一角を指さす。

「まさか、魔物だけでなく人が住み着いていたとは、ね」

さも意外という風に言っているが、殿下は事前に知っていたか、予想はしていたのだと思う。

山を開拓していく中で見つけた集落。どうやら盗みや強奪によって生計を立てている人間の集まりのようだ。よくこんな魔物だらけの場所を拠点にしたものだと思うが、他人が寄り付かないという点では最適だったのだろう。

「……彼らをどうするのですか？」

魔物同様に排除しろと言われるのだろうか。心臓が早まるのを自覚しながら問いかける。

その緊張を察してか、殿下は人形みたいに綺麗《きれい》な微笑《ほほえ》みを浮かべる。

「もちろん、退いてもらう。例外は存在しない。ただ、魔物では無いのだから問答無用《もんどうむよう》に消せとは言わない。彼らもこの国の領土に住んでいる限り国民だからね。法によって裁く」

その言葉に少しだけ肩の力を抜く。

法、か。爺《じい》さんに概念的なものは教えてもらったが、実はこの国の法がどういったものなのか細かく把握していない。やるなと言ったことをやらなければ問題無いとあまり教えてくれなかったのだ。

盗みを行っている彼らがどうなるのか聞けば、殿下は少し意外そうにこちらを見たが、すぐにまた綺麗な笑みを浮かべる。

「初犯で左腕に焼印を押され、次に捕まると上から更に焼印が追加される。痛み止めや治療は施されないから相当痛いだろうね」

想像しただけで痛そうで左腕をさすってしまう。料理をしている最中に火傷《やけど》をすることはあるが、それの比では無いだろう。

「そんな顔しなくても大丈夫。三度目は痛みも何も感じなくなるから」

笑みを一切崩さないで言われた言葉に血の気が引く。それが意味することを考え、無意識に身体《からだ》が震える。

その反応に殿下は、一度綺麗な笑みを消し、ゆっくりと近づいて首から下がる指輪を掬《すく》い取る。少し手を伸ばしただけで触れる程近くにいるのに、やはり精巧に作られた人形のような印象が拭えない。

「私が何故、今回の件でお前に声を掛けたか分かるか?」

静かな問いかけ。それに息苦しさを覚える。

「……利用できる力があったから、でしょうか」

利用できるものは利用する。それだけが理由だと思っていたが、殿下は不正解だと笑う。

「確かにお前の力は大きい。だが、未熟だ。今のお前程度ならやり方次第で簡単に御せるだろう人物を私は何人も知っている。それでも今回声を掛けたのはルト、お前だ。何故だか分かるか？」

すぐ近くで瞳を覗き込まれる。人形じみた容姿や笑みで人を操るこの人は、瞳だけは人間じみた色を宿す。

その色に戸惑いながら、分かりませんと答えると殿下がまた綺麗な笑みを浮かべて離れる。

「お前が国に対して理想や信念を持っていないからだ。考える脳は二つも要らない」

指輪を弄《いじ》っていた手が離れ、無意識に詰めていた息を緩く吐き出す。

「手足に罪などありはしない。お前が全てを捨てて逃げたいと言うのでなければ、何も考えるな」

殿下の言葉は甘い毒のようだ。魔物や他人を犠牲にしても自分の望みを捨てられないのを見透かして囁《ささや》いてくるのだ。何も考えるな、と。

「……はい」

返事をすれば満足そうに微笑まれる。最も、それが本当に満足しているのか自分には判断ができないけれど。

「ルトがこの国の民で良かったよ」

「……私も殿下がこの国の王子で良かったと思っています」

本心を告げれば、そう、と綺麗な笑みを崩さないまま返される。

この人を敵に回して国外へ逃げるという選択肢を選ばなくて本当に良かった。

「三日後に一掃する。それじゃあ、頑張って。謎の天才魔法使い様」

ヒラヒラと手を振って殿下が出ていく。それを見送りながら三日後かと呟きながら、与えられた寝台に倒れこむ。簡易のそれは自分の体重を受け止めて鈍くきしむ。

この寝台を含め、長期滞在するのに必要なものは最低限、各自に支給されている。自分のように転移術を使えない人間にとっては必要な措置だろう。

そう、生活できる部屋を与えられているが、自分は帰ろうと思えばいつでも帰ることができる。けれど、此処《ここ》に来てから帰っていない。

「……心配、してるだろうな」

しばらくの別れを告げた、ウェストさんとカイの事を思い出す。

カイは最初、一緒に来てくれようとした。けれど、自分が来ないでほしいと頼んだら、不服そうにしながらも意見を尊重してくれた。ただし、助けが必要なら呼べと何度も念押しをされたが。

ふうと息を吐き出し、目を閉じる。昼に軽く食べただけなので本当は何か食べた方が良いのだろうが、食欲が無くてそのまま休むことにした。

次の日の朝、外へ出ると、これから出かけようとしていた人たちの視線を感じる。全体の人数は正確には分からないが、出入りする人の感覚からすると二十人から三十人程度が今回の任務に就いているように感じる。

その多くは殿下の直属の部下で、それ以外の人間も名の知れた人物らしい。素性を隠して参加しているのは自分だけだ。

「ほら、あいつ」

「あぁ、アイツが例の……」

好奇心と畏怖を含んだ視線に、見えるはずもないのにフードを深くかぶり直す。こうなってしまった原因の一部は自分にあるとは言え、少し憂鬱《ゆううつ》な気持ちになる。

＊＊＊

この地に来て、初めて作戦に参加した時、何組かに分かれていた魔物討伐組の一つに混ぜてもらうことになった。

指定された場所に行くと、準備中の五人組がいて、自分の存在に気付き、眉を顰《ひそ》められる。顔と素性を隠して参加する以上仕方がないと思うが、あからさまな視線を向けられると回れ右をしたくなる。

探るような視線を向けられる中、一際体格の良い男がこちらに近づいて声を掛ける。

「お前が今回参加する奴《やつ》だな」

地声なのか、それとも警戒されているのか大きい声で話しかけられ、萎縮しそうになりながら何とか頷《うなず》いて返す。すると男が急に顔を覗き込んできて、思わず一歩下がる。

「覗き込んでも顔が見えないってことは魔法か。魔法使いって認識で良いのか」

早鐘を打つ心臓を宥《なだ》めながら、また頷いて返す。外套のフードに認識疎外の魔法を掛けていて良かった。

「剣は？」

「少し」

まだ心臓が早く動いているのを感じながら答える。ウェストさんと手合せした際に、魔法で補助しなければ凡人より少し上くらいだと言われた事がある。

「魔法専門ってことか。どこかに所属していたことは？」

「無いです」

男の眉間に皺《しわ》が寄る。

「……こういった作戦に参加したことは？」

「……ありません」

「はぁ？　なにそれ。使えない」

会話を聞いていた髪を刈りこんだ男が正直に感想を述べる。最初に声を掛けた体格の良い男も口にこそ出さなかったが、眉間に深い皺を刻んでいる。

「魔法専門なんてお荷物が二人もいるなんて最悪。こっちの邪魔だけはするなよ」

嫌そうに吐き捨てて、刈り込み頭が去っていく。急に強い悪感情を向けられて、戸惑っていると、体格の良い男がため息を零《こぼ》してすまないと口にする。

「根が素直すぎるだけで、悪い奴では無いんだ」

「……はぁ」

人となりを知りようもないため、曖昧《あいまい》な回答しかできない。

「お前以外の魔法使いを紹介しておく」

そう言って男が連れてきたのは、妙に身綺麗な神経質そうな青年だった。

「貴方《あなた》が新入りですか。私は、由緒正しき貴族の血を引き、フェンリー殿下より厚い信頼を――」

「あー、あとは魔法使い同士仲良くやれ。出発の準備ができたら声を掛ける」

神経質そうな青年の話を遮って、体格の良い男が逃げだす。

仲良くと言われたが、少しも友好的ではない目を見る限りでは、少しも上手《うま》くやれる気がしない。

無駄に長い一人の生活は伊達《だて》ではない。どうしよう。

内心焦っていると、非友好的な視線のまま男が声を発する。

「所属は？」

先程の男と同じことを聞かれ、同じように無いと答える。

「系統は？」

続けられた質問の意味が分からず口ごもる。系統ってなんだろうか。火とか、攻撃とかだろうか。それとも何かの流派みたいなものだろうか。

「沈黙ですか。手の内を明かしたくないのは分かりますが、これは共闘です。ある程度、特徴を掴《つか》んでおかないと戦えません。ちなみに、私は能力向上などの補佐と風系の魔法が少し使えます。あとの四人は剣の腕はそこそこですが、魔法は使えません。貴方は？」

「火、とか、水とか……」

一呼吸で一気に話され、圧倒されながらも何とか答える。

「火と水ですか。どれくらいまで使えますか」

どれくらいとは、何だろうか。いや、問われている意味は分かるのだが、何と答えて良いのか全く分からない。半ば混乱しながら、それでも何とか答えようと口を開く。

「そ、それなり、です」

自分で答えておいて何だが、それなりって何だ。自分でわけが分からなくなり、喉がカラカラに乾いているのが分かる。

「それなりでは分かりません。もっと具体的に」

最もな指摘だったが、畳み掛けられ、息苦しいような錯覚に陥る。

「おい、準備ができたから行くぞ」

助け舟ではないが、丁度用意ができたらしく声を掛けられる。神経質そうな青年はこちらに冷たい一瞥《いちべつ》を向け、興味を失ったように声を掛けてきた男に分かりましたと返事をした。

用意ができ、山の中へ入っていくと、所々に魔物避《よ》けが施されているのを見つける。魔物避けといっても絶対では無いが、遭遇する確率は格段に減る。この辺りは討伐が終わっている証拠なのだろう。

そこからしばらく歩き、魔物避けが施されていない場所までたどり着く。

「おい、身体能力を向上させろ」

声の大きいリーダーが後ろを振り返り命令する。さて、どの種類をどの程度上げると良いのかと思考を巡らせていると、神経質そうな青年が分かりましたと返事をする。そういえば、能力向上などの補佐系の魔法が使えると言っていたのを思い出す。

青年は懐から杖《つえ》を取り出すと、横にして両手で持ち、意識を落ち着けるように一度深呼吸をする。それから小さく口の中で何かを呟き、少したつと杖の辺りに一瞬だけ魔法陣が出現する。

「完了です」

青年が小さく息を吐いて告げる。魔法を掛けられた四人は剣を振ったり、身体を少し動かして効果を確認する。

どうやら全員まとめて付与したらしい。確かに一人一人個別で付与するより効率的だ。今まで自分を含めて二人でしか共闘したことが無かったので考えたことが無かった。

「ふん、これだけは役に立つ」

刈込頭の男の失礼とも取れる発言に、青年は興味なさそうな視線を向けるだけだった。

そこからは周りを警戒するため、無言で歩を進める。やがて近づいてくる個体を見つけて足を止める。

「おい、何して――」

「来ます」

来る方向を指で示せば、流石《さすが》に反応が早かった。数秒後に一体の魔物が姿を現した時はすでに戦闘の体勢に入っていた。

「タヌキ型の魔物一体か。これなら大丈夫だな。お前らは見ていろ」

「言われなくても戦闘に参加するつもりはありません」

青年が距離を取るので、自分も一緒に離れる。いきなり実戦ではなく、一度どんな風に戦うのか見る機会があって良かった。大丈夫だとは思うが、同士討ちは避けたい。

四人は共闘に慣れているのか特に指示をすることもなく、魔物を取り囲み、一人が注意を引き、他が攻撃を加え、また違う者が注意を引きと上手く魔物の注意を散乱させることで少しずつ魔物に傷をつけていく。

「やはり、剣の腕とチームワークはそこそこですね」

青年が観察しながら呟く。剣はそんなに詳しくないが、彼らが強いことは分かる。流石にウェストさんやキイサとは比べ物にならないが。

「魔法の効果も十分に持続しているので、そのうち終わるでしょう」

確かにこの調子でいけばそのうち魔物の力がつきそうだ。

あの魔物は、核がお腹《なか》の中心にあるのでひっくり返して攻撃をするか、背中から貫かなければならないので破壊するのは中々に面倒だ。それだったら、四人のように体力を削って少しずつ動けなくするのが一番だ。

「ところで、貴方は何者ですか」

唐突に聞かれ、ビクリと肩が跳ねる。聞かれるだろうとは思っていたが、唐突すぎる。

「その首から下げている指輪、遠目からは分かりませんが、王家の紋章が入っていますね。それをこの場で付けているということは、殿下のお墨付きである証明。あの方が無暗《むやみ》にそんな物を渡すわけがありませんから、必然的に導き出される答えは、貴方が大変優秀な人材であるということ」

またしても一息に言われ、この人の肺活量に感心する。

「けれど、私は貴方を知りません。そうなると、王族や貴族では無く、街の有名人でもない。一つ可能性があるのなら」

一度言葉を切って、青年は一枚の紙を取り出す。その紙に見覚えがあった。

「これは今回の作戦から取り入れられるようになった魔法陣です。魔力が無い者でも、一瞬で炎を生み出すことができます。画期的な発明ですが、これの製造過程は私の力を持ってしてもほとんど入手できませんでした。ただ、噂《うわさ》程度ですが、どうやらこれは、常人ではとても考えられない、化け物じみた力を持った人物が関わっているとか」

鋭い視線が、貴方のことですねと告げている。

心臓が早鐘を打つのが分かる。口止めをお願いしてはいたが、クラーストさんが忠告したように、全ての情報を遮断することは難しい。予期していた出来事に、息をゆっくりと吐き出して、意識を落ち着ける。

大丈夫だ。今の自分が認めたところで、顔も分からないのだから正体が分かるはずがない。

「……残念ですが、終わったようです」

すっかり意識から外していた戦闘へ目を向けると、取り囲んでいた魔物が倒れこみ動かなくなる。

霧散しないところを見るとまだ生きてはいるようだ。リーダー格の男が警戒しながら近づき、剣を掲げると、蹲《うずくま》っていた魔物が急に襲い掛かった。

「――チッ！」

舌打ちと共に反応するが、僅かに遅く、腕に鋭い爪が当たる。その直後に男の剣が魔物の腹に突き刺さり身体を構成する核を貫いたのか、魔物が霧散する。

「リーダー！」

周りの人たちが慌てたようにリーダー格の男に近づく。男は腕から血を流しているが、出血もそれほど無く、落ち着いた様子で逆に慌てている周りを諭している。その姿に少し安心しながら近づく。

「腕を出してください」

男が素直に傷口を見せる。やはり傷は浅いようだ。

傷口の上に手をかざして魔力を流す。少しして傷口が塞がったのを確認して手を下ろす。

「どうですか」

痛みや不調が無いか尋ね、顔を上げると酷《ひど》く驚いた顔をされる。何だろうと内心首を捻《ひね》ると、誰かが凄《すご》いと呟いたのが聞こえた。

「こんなに早く治るなんて初めて見た」

刈込頭の男が驚いたように感想を口にする。

その反応に内心首を捻る。回復系の魔法は何人かに見せたが、そんな反応はされた覚えがない。だが、よくよく治療した相手を考えた結果、誰もかれもが素直に反応を返す面々では無いと気付く。そういえば、初めて治療をした時、ウェストさんの反応が変だったような。

「専科は治癒系か。どのくらい治せる？」

「酷くなければ」

流石に腕や足を生やしたりはできない。

「なら、多少の傷は平気だな。おい、お前ら！　今日はコイツの魔力を使い果たすまで帰らねぇぞ！」

リーダー格の男が大声で宣言し、周りに笑いが起きた。その雰囲気に、ずっと強張《こわば》っていた肩の力が少しだけ抜けるようだった。


進んだ先で魔除けを設置し、更に奥へと進む。

あの戦闘以来魔物に遭遇していないが、警戒しながら進んでいるせいか周囲に疲労の色が窺《うかが》える。

魔物が近づけば自分は分かるのだが、言ったところで信用してもらえなければ意味が無い。流石に今日会ったばかりの人間を全面的に信用することはできないだろう。

「そろそろ先ほど掛けた魔法が切れますので、重ね掛けします」

時計を見た青年が声を掛け、一度足を止める。そのタイミングで魔物の接近に気付き、注意を促す。嫌な予感がする。やけに早い。

「あと十秒程で来ます」

「えっ！」

「おい、早くしろ!!」

「分かっています。黙って」

魔法使いの青年は、他の人間に急《せ》かされながらも気を落ち着かせて重ね掛けを実行し、魔物が姿を現す直前に終わる。

姿を現した魔物は一見、先程と同じ魔物に見える。

「さっきと同じ奴か、これなら……」

「違います」

出現した魔物を同じと判断していたので訂正をする。あの魔物は、あんなに早くは動けない。見た目は似ているが、良く見ると細部が異なり、何かが混ざっている。

何だろう。

「少し気になることがあるので、自分が相手します。危ないかもしれないので、下がっていてください」

指示を出すと、他の人が何か言っている気がしたが、魔物が動きだしたのでそちらに集中する。突撃してくる魔物を避け、すれ違い様にナイフを押し当ててみるが、弾《はじ》かれてしまう。

やはりおかしい。タヌキ型の魔物はこんなに早く動けないし、皮膚も全く歯が立たない程硬くは無い。

冷静に観察しながらも、後方の木にぶつかって停止した魔物からは目を離さない。傷は付かなかったが、攻撃されたことに腹を立てたらしく、魔物はこちらに向かってわき目も振らずに突っ込んでくる。

それを好都合に思い、魔物から距離を取って地面に手をつき、魔物の進行上に地面を盛り上げて壁を作る。魔物は鈍い大きな音を立てて壁に激突し、一度停止した。その隙に魔物を囲うようにして地面を盛り上げ、逃げ場をなくす。

そして壁の上に跳躍し、逃げ場を失って混乱している魔物を見下ろす。

「タヌキと、イノシシ？」

初めて見る魔物だ。実際に見た魔物だけでなく爺さんに教えてもらった魔物を含めても目にしたことが無い。

そうなると核の位置が分からない。試しにタヌキやイノシシに似た魔物の核と同じ部位を狙っても良いが、外れた場合は無暗に傷つけることになる。更に、先程の皮膚の硬さを考えると首を一息に落とすことも難しいだろう。

「……ごめんね」

意味の無い謝罪を口にして、手のひらを魔物に向ける。

壁に囲われた中、業火を纏《まと》った魔物の断末魔が響いた。


魔物が息絶えたことを確認して振り返ると、唖然《あぜん》とした表情を向けられる。その中に、隠しきれない恐怖を感じ取り、やりすぎてしまったことを悟る。

どう繕ったものか考えながら距離を詰めると、後ずさられ、立ち止まる。

「殿下が首輪をつけた意味が良く分かりました」

魔法使いの青年だけが表情をあまり変えずに呟く。けれど、その額には業火の余韻なのか汗が浮かんでいた。

それから数日後、殿下が大変楽しそうに笑いながら自分のところへ来た。

「どう？　楽しんでる？」

来るなりそう言って笑われ、脱力する。この人に限って情報が入っていないことは考えられず、わざと言っているのだろう。

「すみません」

ここ数日のことを思い出し、頭を下げる。あの一件でやりすぎてしまったせいで、他のメンバーが魔物よりも自分を恐れるようになってしまった。

刈込頭の男は面と向かって背後に立つなと怒鳴ってくるし、他のメンバーも口にこそ出さないが同じような状況で、辛うじて魔法使いの青年だけは表面的には普通に接してくれるが、正直なところチームとして全く機能していない。

自分がいない方が余程効率が上がりそうであり、もっと言ってしまえば、自分も他に気を使うくらいなら一人の方が効率が良いと感じてしまう。

「彼らは少し癖があるが、優秀な人材だから、中々面白い組み合わせだと思ったのだけれど」

「……すみません」

上手く立ち回れない不甲斐《ふがい》なさにもう一度謝罪を口にすれば、殿下は楽しそうに笑う。

「別に謝らなくていい。元から上手くいく可能性は低いと思っていた」

思いもよらぬ殿下の言葉に、つい顔を上げて綺麗な顔を見つめてしまう。

この人が意味の無い采配をするとは思えないのだが。

「上手くいっていないのであれば仕方がない。組む相手を変更しよう。今度の子たちとは上手くやれると思うよ。それこそ、これ以上無いくらいに合うはずだ」

それなら何故最初からそちらと組ませないのか疑問に思い、困惑の視線を向けてしまう。不敬とも取れるその視線を綺麗な笑みで黙殺し、一歩近づいて首から下げた指輪を掬い取る。

「首輪がもう一つ増えるかな」

会話の内容まで筒抜けなのですね。流石です。

＊＊＊

殿下に指定された集合時間に集合場所へ向かう。だが、誰の姿も見えず困惑する。指定されたのはこの場所だと思うが、簡易舗装された一本道の途中なのでいささか自信が無い。

とりあえず周囲に人の気配があるか確認するが、目視できる範囲では人どころか何の生き物の姿も見えない。

待つか、探すか……。

どうするか悩んで周囲を探ってみると、少し先に人らしき気配を二つ感じる。その気配の主が目的の人物かは分からないが、とりあえず見にいくことにして歩きだす。

少し歩き、気配の近くまで来たが、この先がどう見ても林になっていて、進むべきか悩む。わざわざ魔除けがされた簡易の道から外れて、何故林の中に入ったのか疑問に思うが、此処まで来たら立ち止まっても仕方がないと、林の中へ足を入れる。

そのまま少し歩いていると、向こうもこちらに気付いたらしく、近づいてくる。合流できそうだと安心して、それが間違いだったとすぐに気付く。

ゆっくりと近づいていた気配の片方が、急速に距離を詰めたと思ったら、目の前に刃《やいば》の閃光《せんこう》が走る。

「——っ！」

息を詰めた驚きが、自分と奇襲を仕掛けてきた相手のどちらのものだったのか。

驚きながら、互いに最悪の事態を回避しようとした結果、もつれ合い、二人で地面に転がる。

押し倒された体制のまま、二人で固まり、見つめ合ってしまう。もっとも、フードをかぶっているので向こうから顔は見えないはずなのだが。

二人して混乱のまま動けずに、時が止まったような空間を壊したのは、第三者の存在だった。

「……あの、大丈夫ですか？」

すぐ近く立っていた背の高い青年から声を掛けられて、二人して我に返る。

「ご、ごめん！」

自分を襲ってきた少年が、立ち上がって謝罪を口にする。

「まさか人だとは思わなくて」

続いた言葉に、今回は完全にこちらに非があったのだと気付く。こんな魔物がうろつく山の中で、一人で出歩く人間はまずいない。気配が一つであれば、魔物だと勘違いされても仕方がない。

「いえ、一人で出歩いたこちらが悪いので」

土を払いながら立ち上がる。

キイサに教えてもらった奇襲への対応方法がまさかこんなにも早く役に立つとは思わなかった。教えてもらっている間、結構危ないことがあって嫌がらせの一種かと疑ってしまって悪いことをした。

「一人……、一人ですよね。貴方は、どうしてこんなところに一人で？」

先程声を掛けてくれた背の高い青年が、困惑したような表情で尋ねてくる。

「お二人を探していたのですが、サリスさんとルッツさんで合っていますか？」

ここまで来て人違いだったら恥ずかしい。いや、でも殿下から聞いた少年と背の高い青年の二人組という特徴は合っているからきっと大丈夫だと思いたい。

「そうですが……失礼ですが、貴方は？」

明らかに警戒されて、その反応に一つの可能性が浮かび上がる。

「……もしかして、何も聞いていないですか？」

何のことだろうと視線で会話する二人に確信する。完全に連絡が漏れている。

わざとなのか、思わず疑ってしまうが、殿下がそんなことをする理由も見つからないので、多分どこかでただ単に連絡が漏れてしまったのだろう。

「殿下からの指示で、本日からお二人と行動を共にするようにと」

殿下から貰った指輪を見せれば、警戒していた青年の態度が劇的に軟化し、完全に不審者と思われていたのだと気付く。

「行動を共にってことは、これから一緒にいられるってことだよね。名前は？」

目を輝かした少年が手を取って尋ねてくる。一瞬思わず手を引きそうになったが、期待に満ちた瞳に抵抗する気も起きずに、口を開く。

「ルー……」

名乗りかけて、ふと本名を告げて良いのか悩む。知られたところで不利益に直結するとは思わないが、正体を明かす気が無いのであれば、名乗らない方が良いのではないかとも思う。

「ルー？　そう呼べばいいの？　ルッツとルーで、お揃《そろ》いだね」

自分のことはルッツって呼んでほしいと、楽しそうに告げられ、訂正する機会を失う。まぁ、別に嘘《うそ》をついているわけでは無いので良いか。そして、少年がルッツであれば、青年の方がサリスさんだろう。

そう思って青年の方へ視線を向ければ、柔らかく微笑まれる。

「サリスと申します。今後、よろしくお願い致します」

丁寧に挨拶をされ、こちらも頭を下げてよろしくお願いしますと返す。

確かに、この二人となら何とかなる気がする。

＊＊＊

その感覚の通り、数日たった今でも、特に大きな問題もなく、やれていると思う。

「おっはよう！」

朝起きて集合場所へ向かうと、すでに待機していた二人がこちらに気付き、ルッツが立ち上がって手を振り、サリスさんがその様子を見守っている。

「今日も一日よろしく」

ルッツが明るい笑顔で話しかけてくる。彼は小柄で華奢《きゃしゃ》に見えるが、剣の扱いに長《た》けている。ただ、魔法は全く使えないらしい。魔法は使えても、剣の腕があまり良くない自分とは良い相性だと思う。

それに対して、サリスさんは、剣も魔法も使えるので状況に合わせてルッツに加勢したり、こちらのフォローに回ってくれている。

「うん、よろしく」

最初に会ったときにルッツに敬語なんて嫌だと言われてルッツと話す時は敬語を使っていない。サリスさんからもルッツがそう言うならそうしてほしいと言われたし。

「よっし、行くよ。ルー」

ルッツが適当すぎる偽名で呼ぶ。正確には愛称に近いその名を受け入れてくれるのは、大変助かるのだが、外套をかぶって顔も見せず本名も名乗らない相手に対して普通に接してくれるのは凄いと思う。

「あまり先に行くと危ないですよ」

「大丈夫ー」

身軽なルッツがスイスイ進んでいくのをサリスさんが心配する。この二人の関係を見ていると親子ってこんな感じなのだろうかと思ってしまう。

「――と、見っけ」

軽快に進んでいたルッツが足を止め、右手の方を指さす。彼は視力的な意味と動体視力的な意味で目が良い。

「何かトナカイの角っぽいのが見えるけど」

「ちょっと待って」

彼がいる地点まで行って目標を確認する。小さくて良く見えないが、特徴的な角が見えるので間違いないだろう。

「アレの核は左耳から指三本ほど下。魔法は使ってこないけど、角が硬くてまともに剣で受けると欠けるかも」

ルッツが顔を青ざめさせて愛剣を大事そうに握りしめる。彼にとってはとても大事な物らしい。

「五体ですか。ルーには相手を散らしつつフォローしてもらって、私とルッツで減らしていきましょう」

「分かりました」

「はーい」

素直に返事をしたルッツとサリスさんが魔物に近づいていく。その様子を少し離れたところから眺めつつ、周りに障壁を築く。一箇所に固まられるのも困るが、逃げられてしまうのも困る。あくまで魔物の数を減らすことが目的なのだから。

魔物の近くまで行ったルッツが合図を出したのを確認し、魔物が固まっている中心に爆発を起こさせる。殺傷力は低いが散り散りにさせることに成功する。上手いこと一体だけ二人のところへ行ったのを確認して、近くに来た一体に意識を向ける。

魔物は急な爆発に興奮しているらしくこちらに気付くと一直線に突っ込んでくる。それをギリギリでかわすと後ろの木に衝突し角が突き刺さる。身動きが取れなくなったところで左に回り込み、核がある場所にナイフを突き立てる。途端に戦慄《わなな》くような鳴き声と共に魔物が霧散する。

「まずは一体」

ルッツとサリスさんの方を見ると核の位置を割り出すことに苦戦しているようだったが、魔物の攻撃を危なげなくかわしているので問題なさそうだ。

他の魔物の位置を音から察し、離れても大丈夫だろうと判断してすぐ近くの魔物がいる辺りまで飛ぶ。一直線に走っていた魔物が見えない障壁にぶつかり跳ね返される。衝突の振動で、ビリビリと空気が震える。

よろけながらも再度突進する魔物に障壁が揺らぐ。それでも壊れることのない障壁に魔物が更にもう一度体当たりをする。

全力で体当たりをした魔物はふらつきながら立ち上がろうとするが、完全に起き上る前に投げたナイフが核を貫く。

霧散している姿を眺めていると、後ろから葉を分ける音がしてナイフを構えるが姿を現したのはルッツとサリスさんだった。

「ちょっと、それ投げないで！　手下ろして！」

投げる準備が万端のナイフを見て、ルッツが声を荒げる。二人に投げるつもりなど毛頭ないので素直に手を下ろす。

「核に中々当たんなくて苦戦したけど、次からは大丈夫。さっさと残りの四体も片付けよ」

「四体じゃなくて、あと二体」

訂正するとルッツがピクリと反応する。それから少し拗《す》ねたような顔になる。

「またそうやって一人で。少しくらい信用してくれても良いのに」

「信用してるけど？」

信用しているからこそ二人だけで残して違う魔物を片付けに行ったのだが。けれど、その返答は気に入らなかったのか。そういうことじゃないと怒られる。怒られた理由が分からず困惑していると、サリスさんが間に入ってくれる。

「とりあえず今は残りの二体を片付けてしまいましょう」

その提案にルッツは拗ねた表情のままだったが頷き、残りの二体を探しに向かった。


残りの二体は爆発の混乱から立ち直ったらしく水辺で水を飲んでいるような仕草をしている。見ていると普通に水を飲んでいるようだが、魔物は水を必要とするのかは分からない。

「そういえば魔物って何食べるの？」

周辺の様子に気を配りながらルッツが疑問を投げかける。だが、自分もサリスさんもそれに対する答えは持ち合わせていない。カイを例に挙げるのならば、何でも食べるが正解だが、他の魔物が食事をしている光景などは見たことが無い。

「残念ながら魔物の生態についてはほとんど分かっていないのですよ」

「誰も調べないの？」

「魔物は基本的に人間を見つけたら襲ってきますし、捕らえることも難しいですから――……ただ、昔、魔物を研究しようとしていた人たちがいると聞いたことがあります」

サリスさんの言葉に思わず魔物から目を離してしまう。カイは研究所にいて実験台だったと言っていた。そして爺さんもそこにいたと。

「その話、詳しく聞かせてもらえませんか？」

興味を示せば、ルッツが驚いたように目を瞬《しばたた》かせ、サリスさんも意外そうにこちらを見る。基本的に二人が話している時は口を挟まないので珍しかったのかもしれない。

「世間話の一環で聞いたので、あまりはっきりとは覚えていないのですが、確か数十年前に魔物を——というより魔物が扱う魔法について研究しようとして魔物を捕まえては様々な実験を行っていたことがあると」

「魔物を捕まえてって、そんな簡単にできることじゃないじゃん」

「何でも当時、魔物を簡単に捕らえてしまえるほど強い魔力を持った人物がいたとか」

サリスさんの話に対してルッツは嘘くさいと唇を尖《とが》らせる。けれど、自分にはそれがある程度の事実を孕《はら》んでいると感じた。少なくとも爺さんなら魔物を捕らえることができる。

「その研究所は、結局どうなったのですか？」

トクトクと自分の心音が響く。

「ある日突然、跡形も無く消え去ったようです」

「えー、そんなのもう嘘じゃん」

「まぁ、噂話なんて大抵そういう物です」

何だよそれーと不満そうなルッツを諭すサリスさんの声を聞きながら自分の考えに没頭する。

サリスさんの話はカイから以前聞いた話とほぼ一致する。

魔物の、魔法の研究……。

ふと悪寒が走って、手のひらを強く握りしめる。

ガサリと音がして、近くの草から太ったネズミのような魔物が飛び出し噛《か》み付いてくる。目の前の
「――っ、危ない！」

魔物と会話に気を取られ、完全に油断していた。

とっさに腕を出すことで防ぎ、転がるようにして弾き飛ばす。弾かれた魔物は宙で一回転して着地し、そのまま勢いをつけて襲い掛かってくる。避ける余裕は無く、魔法で応戦しようとするが腕に走った痛みで僅かに反応が鈍る。

――まずい、そう思った瞬間に自分と魔物の間で炎が燃え上がり、すぐに消える。一瞬のことだったが、魔物を怯《ひる》ませるには十分だったらしく、動きの鈍った魔物をサリスさんが剣で弾き飛ばす。

「ヤバ、あの二体も気付いたみたい」

炎や物音で水辺にいた二体もこちらに気付いたようで、自分たちの周りを取り囲んでいる。

このまま相手をするには分が悪すぎる。周辺を素早く見渡し、ぎりぎり二人が乗れそうな岩を見つける。

「二人とも、そこの岩に乗って！　早く！」

声を張り上げれば、二人がすぐに動く。それを視界の端に収めながら地面に手をつき、魔力を流す。使う魔法は二種類。水の膨張と氷結。この辺りは水辺で水気が多い。それを増やし、辺りを水浸しに

してから一気に凍らせる。

「二人はそっちの二体を！」

角が生えた魔物は二人にお願いして、自分はネズミに似た魔物へ走り寄る。走る時に氷に足を取られては仕方無いので、靴底を加工する。二人はそんなことをしなくても大丈夫だろう。

凍った足元から抜け出そうともがく魔物の首を上から突き刺す。魔法で強化したナイフは硬い皮膚を突き抜け、顎下にある核を壊す。

それと同時に二人も核を壊したらしく、霧状に消えていくのが見える。

他にいないかと周囲を警戒するが、近くにいないのを確認して詰めていた息を吐き出す。

すると腕の痛みを思い出し、その場にしゃがみ込む。

「ルー！　大丈夫⁉」

ルッツが慌てた様子でこちらへ駆け寄る。氷の上でも危なげない足取りに感心してしまう。

「大丈夫。すぐ治すから」

傷口に目を向けると、どす黒く変色した皮膚と流れる血で赤と黒の色彩を作っていて非常に不愉快だった。魔物が持つ毒にやられたのだろう。あの魔物が持つ毒は何だっただろうか。霞《かす》みがかかりそうな思考の中、必死で思い出し、治療を施す。

何とか治療を終えた頃には、何故かルッツの方が泣きだしそうだった。

「ごめん、俺が周囲の警戒を怠ったから」

「いや、それはこっちにも言えることだし。それにルッツは助けてくれたよね」

いきなり現れた炎はルッツが起こしたものだ。魔力が無いルッツでも扱うことができる唯一の魔法。自分がネルシスさんのところで協力したあの紙だ。

「そんなの当たり前だよ！　でも、そのせいで他の二体もこっち来ちゃったし」

ルッツが肩を落とす。それを慰めたいと思うのだが、何と言葉を掛けて良いのか分からず、戸惑っているとサリスさんがルッツの肩に手を置いて、落ち着くように優しく叩《たた》く。

「今日は早いですが、この辺にしておきましょう」

「怪我《けが》なら問題ありませんが？」

多少毒の影響で身体が重いが、先程のように油断をしなければ遅れを取ることは無いだろう。一日でも早く終わらせてウェストさんに会いたいので、ここで帰りたくは無い。けれどサリスさんは首を縦に振らない。

「魔物を相手にするのなら万全の状態で臨むべきです。それに貴方が大丈夫でも、ルッツが大丈夫ではありません」

「――な、大丈夫だし！」

ルッツは反発するが、手が震えている状態では説得力が無いと分かっているのだろう。俯《うつむ》いて、やがて小さくごめんと謝った。

そんな様子を見ては無理強いする気にはなれず今日は引き上げることにする。時間は早いが数だけで言えばそんなに少なくも無い。

別れ際、怪我に対し多少過剰とも言える反応を見せたルッツを心配すれば、サリスさんが明日には元に戻しますと言っていたので任せることにする。


次の日、ルッツに会うといきなり頭を下げられたが、どうやら落ち着いているようだった。目元が赤く、泣いた跡があったが、目には強い光が宿っていた。サリスさんが何をしたのか知らないが、どうやら成功したらしい。

「もう取り乱したりしないから」

誓いのように告げられた言葉に、気圧《けお》されながらも頷く。多分、ルッツも色々なモノを抱えながらここにいるのだろう。

「さて、ルッツには昨日の分も働いてもらうとしましょう」

「うん、任せて！」

何かを吹っ切ったようなルッツは凄かった。昨日の戦闘で核の位置を覚えたこともあるだろうが、昨日と同じ魔物を一人で相手して、片付けてしまったのだ。一部目で追えないような動きをしたルッツをサリスさんは満足そうに見つめている。

「……ルッツって、何者ですか？」

半ば独り言のようにサリスさんに話しかける。その言葉を拾ったサリスさんは困ったように眉根を下げる。

「……それを貴方が聞きますか？」

おっしゃる通りです。

昨日に引き続きルッツは絶好調のようだった。自分とサリスさんが補佐に回る形にはなっているが、一度戦った魔物は、今のところ一対一の状況を作りだせば、所々苦戦はしているが危なげなく対峙《たいじ》している。

サリスさん曰《いわ》く、ルッツはまだまだ発展途中の分、精神面に非常に影響されやすいらしく、絶好調の日はもっと凄いらしい。本当だろうか。

「ルッツは体力ありますね」

「そうですね。推測ではありますが、無意識に魔力を補填しているのではないかと」

「魔力で補填……なるほど。その発想は無かったです」

「おや？　意外ですね。知らなかったのですか」

「ええ、それほど持久力が必要となる機会も無かったもので」

「それは、それは。――そういえば、前に頂いた傷薬は大変良く効いたのですが、何を混ぜているのですか」

「アレはですね――……」

ルッツの活躍を見守りながらサリスさんと重要でも何でもない会話を繰り広げる。油断は禁物と先日体験したばかりだが、こうもやることが無いと暇だ。周囲の警戒は怠っていないが、感知できる範囲に魔物はいない。木の葉から零れる日が温かく、大変眠い。

「ルー、サリス、終わったよー」

見えないから良いかと欠伸《あくび》していると、ルッツが剣を振り払い、鞘《さや》に戻しながらこちらを向く。魔物は霧状に消えてしまうので汚れたりはしないのだが、癖なのだろうか。手を振るルッツに、サリスさんが近づき労《ねぎら》う。

「お疲れ様です。この辺りは終了のようですので、もう少し奥に進もうと思うのですが」

「うん、こっちは全然問題なしだから行こう」

ルッツの言葉に嘘はなさそうだったので、三人でもう少し奥へ進むことにする。

いい天気だ。こんな状況で無ければカイを抱きしめて眠りたい。もしくは、ウェストさんと一緒にまったりしたい。

気配を探る範囲を広げながらどうでも良いことを考える。気配を探るのはあまり集中しすぎると周りが疎かになるので加減が難しい。必要最低限足元に気を付けながら薄く広く伸ばすように意識を広げ、やっと魔物の気配を見つける。けれど、同時に違う気配も感じ取って霧散させていた意識を戻す。

「――目を瞑《つむ》ってください！　飛びます」

ルッツとサリスさんの腕を掴んで転移術を発動させる。二人が驚きに何か言おうとしたが、それよりも先に転移が完了する。終着地点を細かく設定しなかったせいで、空に放り出されるが、二人とも難なく着地する。自分も足に負担をかけたが何とか着地し、予想よりも逼迫《ひっぱく》した状況に考えるよりも先に飛び出す。

『ガァアアアッ！』

滑り込んだすぐ上を鋭い爪が通り過ぎ、上体を捻って肩から地面に落ちる。摩擦と衝撃に耐え、目を開くと熊に似た魔物が興奮した様子で暴れている。

「ルー！　何か分かんないけど、とりあえずコイツどうすればいい⁉」

ルッツが魔物を剣で切り付け、注意を引きつける。サリスさんは魔法が記録された紙を使い、魔物の攻撃するタイミングをずらし、ルッツを援護する。

「サリスさん、水を！　ルッツは、濡《ぬ》れたら胸の真ん中を貫いて！」

叫ぶと全身が痛みに悲鳴を上げる。

サリスさんが魔法を完成させる間、ルッツがギリギリで魔物の攻撃をかわし続け、ようやく完成すると魔物の上に大量の水が発生する。

その水を全身に浴びた魔物は一瞬立ち止まり、その隙にルッツが胸の真ん中を串刺しにする。水に濡れ、硬度を失った魔物は剣を防ぐことができずに、突き刺さるが、核を貫けなかったらしく、霧散することなく苦しみ暴れだす。

まただ。クマの形をした魔物であれば、あの位置で合っていたはずだ。また、何かが混ざっている。

疑問が浮かび上がるが、思考している暇は無く、幸い水に濡らせば刃が通ることは確認できている。

地面に手を当てて、急激に魔物の足元を凍らせ動きを封じる。

「ルッツ！」

名を呼べば、すでに距離を詰めていたルッツが魔物の腕を掻《か》い潜《くぐ》って接近し、魔物の首を一気に切り落とした。


目の前の脅威が去り、ほっとして腕の中に抱きしめていた少年を離す。魔物に殺される寸前だった彼は、目を見開いたまま全身を震わせていた。

「もう大丈夫だよ」

悲鳴を上げる身体を無視して、彼の背を撫《な》でる。声を掛ければ、焦点が定まらないながらもこちらを見ようとしている。

「――ちょっ、その子はいいから！　自分のこと！」

目立った外傷は無い少年の襟首を掴んでルッツが少年をサリスさんへと押し付ける。受け取ったサリスさんは苦笑いをしながらも、少年の背を叩き落ち着かせようとしている。

怪しげな風体の自分がやるよりサリスさんの方が適任だろうと少年を任せ、自分は怪我を治すことにする。ぶつけた左肩は骨が折れているのか腕が全く動かず、回復するのは少し時間がかかりそうだ。

「また無茶して。こんなことしてたら、本当に死んじゃうから。人間なんて簡単に死んじゃうんだから」

「……うん、ごめん」

今にも泣きそうなルッツに素直に謝る。彼の言葉と表情からきっと彼は失ったのだと推測する。本当に大切な誰かを。

「謝ったって許さない。って、言いたいとこだけど、今回は無茶しなきゃあの子助けらんなかったもんね」

ルッツが少年に目を向けると、少年はやっと硬直が解けたのか突然大きな声で泣きだした。しがみ付かれているサリスさんは突然の大声に目を丸くしていたが、すぐに目元が緩む。この様子ならしばらく恐怖は残っても、心を閉ざしてしまうことは無さそうだ。

「おー、元気だね」

抱きかかえているため耳を塞ぐこともできずに鼓膜を揺らしているサリスさんをルッツが笑う。

「ルッツ、無茶して本当にごめん。そして、ありがとう。今日、二人と組んでいて本当に良かった」

泣き声に消されないように、ルッツに顔を近づけて謝罪とお礼を口にする。

魔物と小さな人間の気配を感じ取って焦っていたとはいえ、二人を何の説明も無しに魔物の前に放り出してしまった。二人でなければ、殺されていた可能性が高い。そうなれば、身動きが取れない自分も生存の可能性は低い。頭で考えるより先に動いてしまったが、よく考えれば危険なことに巻き込んでしまった。後でサリスさんにも謝らないと。

「何それ。今頃思ったの？」

ルッツが拗ねたように頬を膨らませる。幼い仕草だが、ルッツだと変に感じない。仕草が可愛《かわい》いからだろうか。

「こっちはとっくにそう思ってるのに」

その嬉《うれ》しい言葉に思わず頬が熱くなる。顔が見えなくて良かった。今見られたら、羞恥で悶《もだ》える。

「あ、今照れてるでしょ」

「えっ、何で」

顔が見えないからと安心していたらあっさりと事実を言い当てられ、動揺する。それすらも伝わったのかルッツは少しだけ意地の悪い顔をして笑う。

「見えなくたって分かることは結構あるってこと。後は、たとえ付き合いが短くても、感覚でね」

そう言って笑うルッツは大変恰好《かっこう》良かった。さっきは可愛いとか思ってごめんと心の中だけで謝る。

「それにしても、あの子ってもしかして——」

言いかけたルッツが何かに気付いて剣に手を掛ける。魔物かと身構えるが、やがて現れたのは一人の男だった。余程走り回ったのか荒い息を繰り返す男はサリスさんに抱きかかえられた少年に気付き、警戒したように剣を向けてくる。

「ちょっと、いきなり剣向けるとかどういう神経してんの？」

サリスさんに向けられた剣を見てルッツが不愉快そうに口を開く。こっちは姿を見せる前から剣の柄に手を掛けているのだが、そこは棚上げしておくらしい。

「その子を離せ。俺たちが邪魔なのは分かるが、その子はただの子供だ」

決めつけたような発言にルッツの眉根が上がる。助けたのに誘拐犯扱いは確かに腹立たしいかもしれない。

「あのね、言っておくけどこっちはその子を魔物から助けただけだから」

男は本当かどうか疑うような目をしたが、一度落ち着いて周りを見れば嘘ではないと気付いたようだ。誘拐犯に自らしがみ付く子供はまずいない。

「無礼は謝る。だから、その子を返してほしい」

謝ると言いつつも剣を下ろさない男の態度に多少の不満はあるようだが、ルッツはサリスさんに合図して少年を降ろさせる。すっかり萎えてしまった足では力が入らないようだったが、サリスさんが手助けして何とか立ち上がらせる。

「リューベ、こっちに来なさい」

声を掛けられた少年は必死に走りだし、男の足にたどり着くと縋《すが》るようにしがみ付く。その様子を見守っていると偶然男と視線が合う。正確に言えばこちらが合ったと感じただけで向こうは見えないだろうが。

嫌だな、と思う。目が合えば対峙しているのが人だと嫌でも気付かされるから。

零れ出るため息を飲み込んで、起き上がる。まだ傷が治っていなくて痛むので、一時的に痛みを麻《ま》痺《ひ》させる。多少痛覚だけでなく色んな感覚が鈍るが問題無いだろう。

無言で立ち上がった自分に男の警戒心が上がり、ルッツとサリスさんが訝《いぶか》しむような視線を向ける。

全員の視線が集まる中、転移術を用いて少年を足に纏わせた男の目の前まで飛び、喉元にナイフを突きつける。

「――っ！」

目の前に急に現れたことにか、それとも首筋に感じる刃物独特の冷たさのせいか男が息を飲む。

「……何の、真似《まね》だ」

ここに現れたとき以上に汗をかきながらも冷静さを失わない男を心の中で賞賛する。少し視線を落とせば震えながら必死にしがみつく少年の姿が見える。男は意識が自分から少年に行ったことに気付いたのか、少年を隠すように後ろへやる。

「その子が大切ですか？」

予想外の言葉だったのか戸惑ったように、それでも男が肯定する。それはそうだろう。魔物と十分に渡り合えるほど実力があるわけでもないのに、一人でここまで探しに来たのだ。大切で無いわけがない。

「なら、このまま遠くへ行ってください」

お金が入った袋を強引に押し付ける。反射的に受け取って状況を整理できていない男からナイフを離す。

「二度と会わないことを祈ります」

茫然《ぼうぜん》としている男の肩を押せば、男は少年を抱えて走りだした。

それを見ながら後悔する。目を合わせなければ、殿下に犯罪者の末路なんて聞かなければ、男の腕の重ねられた焼印なんて見つけ無ければ……。

「ルー」

二人の姿が見えなくなった後、ルッツが困ったような悲しいような顔をしてそっと名前を呼ぶ。そんな顔をさせているのが自分なのだから申し訳ない。

「報告されていると分かっていて、目の前で行動してしまうのですね」

「すみません」

ルッツもサリスさんも殿下に絶対の忠誠を誓っている。自分が今やったことは明らかに問題行為だ。交流を深めたからといって報告しないわけにはいかないだろう。それをしてしまったら多分、二人の志を穢《けが》す。


その後、互いに会話の無いまま解散となり、自分に与えられた部屋の中で待っていると、予想通り殿下の使いの人がやってきた。ただ、予想と違ったのは、その人物に見覚えがあったことだ。

「クラーストさん」

いつも通り目の下に隈《くま》を作って、疲れたような表情をしたクラーストさんの名前を思わず呼んでしまう。クラーストさんはそれに片手をあげて軽く答える。

「どうしてクラーストさんが？」

「諸々《もろもろ》の報告にわざわざ足を運んだら、丁度良いからお前を呼んでこいってさ」

苦々しく告げられ、苦笑を返すしかできない。伝言係にしてしまってすみませんと心の中で謝罪する。

「それで、呼び出しなんて今度は何をしたんだ」

前を歩きながらクラーストさんが質問を投げかける。その今度はという一言が気になったが、心当たりが全く無いわけでもないので、触れないでおくことにする。

「罪人を逃がしました」

端的に事実を伝えると、前を歩いていたクラーストさんが足を止めたので思わずぶつかりそうになる。

「お前はまた……」

頭をガシガシと掻《か》いているクラーストさんが諦めたようにため息をついて、再度歩みを進める。

「どうしてそんなことをって聞いても意味は無いだろうから聞かないが、あんまり変なことしない方がいいぞ」

理由を聞かないでいてくれた距離感に感謝する。大局を見られずに、目の前のことに気を取られてしまうのは悪い癖だ。ただ、自覚があっても直せる気がしない。そんな心を読んだのか、クラーストさんが、こちらを一瞥して一言付け加える。

「改善しないようなら、ウェストに報告するぞ」

最も効果的な一言に、次から気を付けますと心の底から返事をした。


クラーストさんに連れられて殿下のいる部屋へと入る。殿下は部屋の中央に置かれた机に向かって書き物をしていた。

部屋の様子を見渡しながら、かぶっていたフードを外す。殿下がいる部屋は広く、調度品も華美ではないが、高価な物が用意されており部屋の持ち主に相応《ふさわ》しい内装だった。ただ、寝台と真ん中に用意された大きな机以外はあまり使用されていないみたいだった。

「連れてきたぞ」

クラーストさんが報告すると、机に向かっていた殿下が、書類を書いていた手を止め、こちらを向く。

「ご苦労。人手不足なもので助かった」

「その人手不足の煽《あお》りを食らっているのは、専ら俺だけどな」

「そうか。大変だな。茶が飲みたい」

クラーストさんの額に血管が浮かび上がりそうだったが、殿下は綺麗な笑みで全ての抗議を封殺した。クラーストさんが大変不服そうにお茶を淹《い》れに行く。

クラーストさんが扉の向こうに消えるのを確認して、殿下が口を開く。

「ルト、報告は聞いた」

告げられた一言に頭を下げる。

「勝手な真似をしてしまい、すみませんでした」

心臓が早まるのを感じながら頭を下げる。

その時間は、実際にはそこまで長くは無かったのだろうが、殿下が声を発するまでの沈黙が異様に長く感じた。

「頭を上げて良い。別に今回のことを責めるつもりで呼んだわけではない」

普段と変わらぬ口調で言われて、恐る恐る顔を上げる。表情を見る限りでは確かに怒っている様子は窺えない。けれど、この人が本当の意味で心の底を読ませることは無いと知っているから、安心はできない。

その反応に殿下は緩く微笑む。

「確かに今回のことは勝手な行動だが、こちらの説明も不足していた。余計な知識は不要だと配慮したのだが、まさか罪人を逃がすとは思わなかった」

ある意味君らしいけどねと殿下が続ける。

「あの日、私が命令した内容を覚えているか？」

「この山に人が立ち入れるように邪魔なモノを排除してほしいと」

あの日言われた内容を口にすると、殿下が頷いて肯定する。けれど、それでは不十分だと続きを促される。

仕方がなく、あの日、窓からの光を背に、絵画の天使のように微笑んでいた殿下が言った続きを思い出す。

「……この山にいる魔物を調べたいからと」

殿下は何故かこの山にいる魔物を調べたいらしい。そのための研究員が入れるように増えすぎた魔物を間引いて魔除けを施し、同時に魔物に対抗する力を付けることが目的のようだ。

その話を聞いた時、真っ先にカイのことを思い出した。カイは、自分が昔、魔物を研究するための実験台だったと言っていた。そう語る口調には負の感情は見えなかったが、楽しい記憶では無いだろう。

「……他の人たちには言っていないのですか？」

魔物のことを話したサリスさんたちの反応からして殿下の目的を知っていたようには思えない。てっきり他の人も知っていると思っていたが違うらしい。

その疑問に殿下は顎の下に指を当てて少し考えるような仕草をして、それから綺麗な瞳に少しだけ愉快な色をのせて微笑む。

「もちろん、ルトだけだ」

「……殿下」

あまりのわざとらしさに眉根を寄せてしまう。

「つれないな。別に嘘を言っているわけでは無い。たとえ、今回の目的を全員に告げたところで、ほとんどが実現不可能と考えるだろう。だが、事実、お前は驚きはしたが、無理とは思わなかっただろう」

確かに、カイや爺さんの話を聞いていたこともあって、無理だとは思わなかった。もっともそれは、殿下がやると言ったという意味合いも強いのだが。

「他の人間には、今回の作戦は極秘であり、情報を漏らした人間は罰すると伝えていたのだが……お前に伝えるのを忘れていたなと」

ウェスト以外に情報を漏らす相手がいないと思って失念していたと綺麗な笑みで断言され、カイもいると内心思うが、口には出せないので沈黙で返す。

楽しそうに笑っていた殿下が、笑みを消し、壁の向こうにある外を眺めるように視線を向ける。

「この山の魔物は少し変だ。明らかに混ざっている」

殿下の呟きに同意する。

確かに、この山の魔物は少し変だ。

魔物は大抵、何かの動物を基礎にして成り立っている。その理由は分からないが、一説では魔物はもともと普通の動物で、何らかの影響で魔物に変異するのではないかと考えられている。その裏付けとして、魔物は多少の変異は認められるが、何が基となっているのか判別できる。

けれど、この山の魔物は時々、明らかに二種類以上の動物が混ざっているような魔物がいる。

「私は誰かが人為的に混ぜたのではないかと考えている」

殿下の言葉に、まさかと否定しかけて、否定するだけの根拠は何も無いことに気付く。むしろ一つの可能性が浮かび上がる。

「私も確証があって言っているわけではない。ただ、ある一定時期だけこの山に関する記録がどこにもない。民間どころか、国の正式な文書にも管理記録が何一つとして残っていない」

その期間に誰かが何かの目的でこの山で実験を行っていたのだろうと殿下は語る。それなら、爺さんは昔この山にいたのだろうか。今の自分と同じように。

「魔物を解明し、生み出す。それが可能になればこの国だけではなく、世界が変わる」

広大な、重苦しい話をしているはずなのに殿下はいつもと変わらぬ微笑みと口調で告げる。それが恐ろしくて、背筋が冷える。

「変えたい、のですか？」

この国を、この世界を。そこに住む人の営みを。

喉が渇くのを感じながら問いかければ、殿下は瞬《まばた》き一つ分だけ沈黙をして口を開く。

「ルトはこの国をどう思う？」

質問をはぐらかせたように感じたが、正直に思っていることを話す。

「良い国だと思います。大きな諍《いさか》いもなく、作物も豊かですし」

ありきたりな回答だが、殿下はそうだねと優しく肯定してくれる。

「良い国だ。けれどそれは先人たちの努力の結晶であり、今を生きる者のほとんどはそれを享受しているだけだ。自分の国が一番と思い込み、それに胡坐《あぐら》をかき、前に進むことを諦め、今ある利益を貪ることしか考えていない人間がどれほどいるか」

殿下の綺麗な瞳が、少しだけ暗い色を宿した気がした。多分、それはこちらが勝手にそう感じているだけなのだろうが。

「別にそれが諸悪の根源だと言うつもりはない。それだって裏を返せば国が豊かな証拠だ。ただ、私はそれで満足することができないというだけだ」

だから変革を望むのだろうか。

「望もうと望むまいと、常に変化は訪れている。それならば、それなりの備えが必要だ」

それは質問の答えのようで、何も教えるつもりはないという意思表示だった。

明らかな拒絶を受けて、口を閉ざすと殿下がほんの少しだけ人形とは違う色を乗せた笑みを浮かべる。

「安心しろ。約束を違えるつもりはない」

その一言で、様々な葛藤を飲み込むことにする。自分はただ、自分の我儘《わがまま》を叶《かな》えるためだけにここにいるのだ。

こちらが納得したのを見て、殿下は再度、綺麗な人形みたいに微笑む。

「そんなわけで、今回のことを責めるつもりはないが、対外的な罰として一日謹慎とする。次の集落一掃作戦から除外だ」

殿下の言葉に困惑する。それは果たして罰なのだろうか。

「他の人にとっては、今回の作戦は自分を売り込む場だ。前線から外されたとなれば、大きな痛手となる」

安心したかと問われ、素直に頷くと殿下がいつものように微笑む。

「もちろん、長く仕えたいのであれば、他の罰を用意してあげるから遠慮なく言っておくれ」

本気とも冗談とも取れない口調で言われ、結構ですと断りを入れる。この人と長くいればいるほど馬車馬のように働く未来しか見えてこない。

話は終わりだと告げられて、扉を開けて部屋を出る。扉が閉まる間際、殿下がさも今思い出したかのように口を開く。

「そうそう。ルッツたちにお礼を言っておけ。今回はルッツたちが機転を利かせて下山前に確保したから不問とするが、次は無い」

扉が閉まった後、殿下の綺麗な微笑みが頭から消えなかった。

＊＊＊

謹慎を言い渡され、久しぶりに自分の家に戻る。かぶっていた外套を脱ぎ、窓を開けて空気を入れ替える。しばらく留守にした家は酷く空気が淀《よど》む気がする。

新鮮な空気を吸い込み、大きく吐き出す。慣れ親しんだ匂いに神経質になっていた気持ちが落ち着く。

窓枠に寄りかかり、日が入る部屋を見ているのと机の上に紙が置かれているのに気付き、拾い上げる。神経質な文字で書かれた言葉に、自然と頬が上がる。言葉数は多くないが、ウェストさんの字で書かれたこちらを心配する文字の羅列に嬉しさと少しの胸の痛さを感じる。

「……会いたい、な」

ウェストさんに会いたい。会って話をして、あの優しい瞳で笑いかけてもらいたい。

でも、今は駄目だ。今、会ったらウェストさんの意思なんて無視してどこかに連れ出してしまう。

「何を黄昏《たそがれ》ておるのだ?」

低い声が聞こえて、足元を見るとこちらを見ているカイと目が合う。おかえりと言われて、反射的にただいまと返す。久しく留守にしていたことを何か言われるかと思ったが、カイは何も言わずに前脚を毛づくろいし始める。

「ちょっと考え事をしていました」

危ない考えに陥りかけていたので、止めてもらって良かった。ウェストさんに嫌われるようなことはしたくない。

カイは特に興味も無いのか、そうかと言って欠伸を零す。そしてこっちを見ながらトタトタと寝室の方へ歩いていくので、何となくついていってみる。

寝室に入ると、ベッドの上、カイは日の当たる場所を探し出して丸くなる。その様子を愛《め》でていると、カイが目を瞑ったまま尻尾をパタパタと動かす。

「我は寝る。昼寝だ、昼寝」

「はぁ、そうですか」

わざわざ宣言する必要も無いと思うのだが、とりあえず頷く。

「下らんことに時間を割くくらいなら寝る方がよほど有意義だ。それに睡眠は体調を整える意味でも有効だと言われておる。まぁ、我に睡眠が必要かと問われれば必要ないが、寝たいから寝る」

「……えっと？」

カイは何を伝えたいのか分からず首を捻ると、カイが薄らと瞼《まぶた》を持ち上げてこちらを見る。

「睡眠が必要ない我が寝るのだ。お主も寝ろ。……青い顔をしおって、馬鹿者が」

どうやら体調が良くないのを見抜かれていたらしい。カイはふんっとそっぽを向いて、完全に寝る体勢に入る。何やら拗ねているらしい。連れていくのを拒んだことを根に持っているのだろうか。

休むつもりは無かったが、カイに心配されて無視する気にもなれず、それに暖かな布団でカイと一緒にお昼寝という魅力的な響きに抗《あらが》う余地も無い。

勢い良くベッドへ飛び込めば、ベッドが大きく弾み、驚いたカイが全身の毛を逆なでる。

「貴様っ――――！」

「あはは、カイ、尻尾がぶわって、ぶわって！」

ベッドで笑い転げながらカイを抱きしめれば、離せとカイが暴れる。肉球攻撃を甘んじて受け入れていると、疲れたのかカイがもう良いと言って、自分の上で丸くなる。

それがとても暖かくて、自分も目を瞑る。

「カイ、自分で決めたことですから、大丈夫です」

「ふんっ、そんなもの安心できるか。愚か者」

怒り冷めやらぬカイの背を撫でる。触り心地の良い毛並に、温かな体温。魔物は体温なんて無いと言っていたのに、自分のためにわざわざ上げてくれているのだろう。

カイを抱きしめるように横になって丸くなる。

「自分で決めたのであれば、何に気を使う必要も無い。ここはお主の家だ。好きに戻ってくれば良い」

微睡の中、カイの優しい言葉を聞く。

うなされずに眠れたのは久しぶりだった。

＊＊＊

ルッツの様子がおかしい。与えられたことはやるのだが、元気が無い。サリスさんは表向き通常通りだが、時々申し訳なさそうな、心配そうな目をしている。多分、この間の一件だろう。殿下に報告したことを気にしているらしい。

理由は分かるが、どうしたら良いのだろう。気にしなくて良いと言ったところで気持ちが晴れるとは思えない。更に殿下に言われたようにお礼を言ったならば、更に落ち込むことは必至だ。それなら怒れば良いのだろうか。告げ口するなと？　それは変だろう。そもそも怒る理由は無い。ルッツもサリスさんも自分で決めたことを貫いているだけなのだから。

「……身勝手なのはこっちもだし」

一直線に走ってくるイノシシみたいな魔物の前に硬い壁を作って進行を止める。自らの突進に耐え切れないのか脳震盪《のうしんとう》を起こしたように足元がふらつく。そういえば魔物って脳みそがあるのだろうか。今度カイに聞いてみよう。

牙の横にある核を壊して、周りを見渡す。二人も終わったらしく魔物の姿は見えないが、ルッツが地面に蹲っているのを見て、すぐに傍《そば》に駆け寄る。

「――どうしたの⁉」

爪で裂かれたのだろうか。それとも噛まれたのか。毒は大丈夫だろうか。いや、あの魔物に毒は無いはずだ。落ち着け。

「大丈夫、ちょっと体当たりを避け損ねただけだから」

気丈に笑って立ち上がろうとするルッツを慌てて止める。

「治すから見せて」

「そんな大したことないから」

「いいから」

大丈夫と言い張るルッツの服を無理やり脱がせる。硬い防具が邪魔だったが、服をまくって患部を確認する。本当にただの打撲のようだが範囲が広い。動くと痛いだろうから魔力を流して回復力を促進させる。

その間、互いに無言になってしまい気まずい。今まで無言になることは何度もあったが、気まずさを感じるのはやはり変だと意識しているからだろうか。

「……終わり」

「……うん、ありがと」

気まずそうな顔をするルッツに何か声を掛けなくてはと思うのだが、何も思い浮かばない。そんな顔しなくて良いと分かってほしいのに、それをどう伝えて良いのか分からない。

鬱蒼《うっそう》とした気持ちを抱えたままその日の任務を終え、野営へと足を向ける。その際に、後ろから声を掛けられて足を止める。振り向けば先程別れたはずのサリスさんがいて、少しだけ話をしても良いですかと尋ねてくる。

何の用事か察せられ、小さく苦笑しながら自分が使っている野営の中へと案内した。

「お時間を取らせてしまってすみません。話と言うのはルッツのことでして」

予測していたので黙って続きを促す。サリスさんもその辺りは踏まえているのか、続きを話しだす。

「この間の一件を気に病んでいるようです。貴方を売ってまで報告しなくてはいけなかったのだろうかと」

「こっちは気にしていません」

売ったと言っているが、二人がしたことはただの事実報告だ。完全なる自業自得《じごうじとく》だし、それによって本当に困る事態に陥ったわけでもない。

そう伝えれば、サリスさんもそういう見方もありますねと一定の同意を示してくれる。

「貴方は割り切るのが上手のようですが、あの子はまだ幼い。肉体的にも成長段階ですが、何より精神がまだ柔らかく脆《もろ》い」

「……それが悪いことだとは思いませんが」

精神が柔らかいのは、柔軟に受け入れることができると言うこと。それは思いやりの心とか優しさに繋《つな》がるのだと思うのだが。

サリスさんもそれは分かっているのか、少し嬉しそうな顔をした後、でも、と表情を曇らせる。

「あの子が決めた道を歩くには不要なモノなのかもしれません。現に、今も揺れ動いて支障が出ています」

ルッツは精神の状態がそのまま身体能力にも表れるらしく、今の状態は少し前の絶頂期に比べて六割くらいだろうか。それでも与えられた仕事は終わらせるが、効率が良いとは言えない。

「我儘な話だと重々承知でお願いします。あの子と向き合っていただけませんか。このまま別れてしまったら、きっと良くない傷が残ります。……それと不躾《ぶしつけ》ついでに言わせてもらうのなら貴方の迷いや苦しみも分かち合えるのではないかと」

枕元に置いておくと気分が落ち着きますので。そう言って机の上ににおい袋を残してサリスさんは去っていった。表情なんてほとんど分からないはずなのに、こちらがあまり眠れていないのはお見通しのようだ。それは多分、ルッツも気付いているのだろう。だからこそ余計に気にしているのかもしれない。

「人と、向き合う、か」

一体、どうすれば良いのだろう。

「――それで、我に相談か？」

お気に入りの棚の上で丸まっているカイに他人と向き合うにはどうしたら良いのか困っていると正直に打ち明ける。話の所々は端折《はしょ》っているが、何となく察せられているのではないかと思う。

「ええ、どうしたら良いのでしょう」

「相談されたところで魔物同士で向き合う機会なぞ無いし、人間でない我に人の心の機微など分かるはずも無い」

ばっさりと正論を返される。

「カイナーは男同士なら拳で語れば分かり合えると言っておったがな」

「拳ですか……」

語るのか。どうやって？　拳に文字でも書くのか。それなら紙に書いた方が早いと思うが。

想像しているとカイがチラリとこちらを一瞥する。

「人間のことは人間に聞くのが一番だろう。我は知らん」

そう言ってカイは立ち上がって、外へ出ていってしまう。

カイの姿が闇に消えるのを見送って、寝室へと向かう。どうせあまり眠れないだろうが、横になるだけなろうと寝室の扉を開けて硬直する。硬直が解けた後ゆっくりと閉め、深呼吸をする。そして再度、扉を開き、中を確認する。どうやら見間違いでは無いようだ。ゆっくりと足を進め、ベッドで眠っている人物の顔を覗き込む。

どう見てもウェストさんだ。自分が幻覚を見るほど追い詰められているのでなければ、本物のウェストさんだ。

頭の中が何故という単語で埋まる。じっと見つめていると、不意に耳飾りが共鳴してウェストさんの目が開く。

その様子を食い入るように見ていると、不意に腕を引かれ、唇を塞がれる。あまりの驚きに成すがままになっていると、いつの間にかベッドに押し付けられ、身動きが取れない。早業すぎて抵抗する暇も無く流されるが、塞がれた時と同様に突如唇が解放される。

「……本物か？」

「あ、はい」

どこか寝ぼけたような声に、間抜けな返答をする。まだ、こっちも思考が追い付いていないが、ウェストさんも同じようだ。本物だと肯定するが、まだ半信半疑《はんしんはんぎ》のような顔をしている。

「夢じゃないんだな」

本物だと確かめるようにあちこち触られ、指が敏感なところを掠《かす》って身体がビクつく。それに気付いたウェストさんが動きを止め、訪れた沈黙に頬を熱くする。

「……ルト」

名を呼ばれ、ぎゅっと抱きしめられる。ウェストさんの香りが強くなって胸が熱い。ついでに涙がこみ上げそうになって、慌てて抑える。

「ウェストさん、離してください」

「嫌だ」

「え、あの、ちょっとだけで良いので」

「嫌だ」

「ウェストさん？」

「嫌だ」

まだ寝ぼけているのか嫌だと言うウェストさんの拘束はますます強くなる。それが嬉しくないわけでは無いのだが、少し困る。せめて外套は脱ぎたい。

ウェストさんの背に手を回してゆっくりと撫でれば、少し力を抜いてくれてそっと息を吐く。

「心配、かけてますよね。すみません。でも、もうすぐ終わりますので」

だから、もう少しだけ待っていてください。そう告げれば上から真偽を問うように見下ろされる。嘘では無いのだが、今回の件で嘘つきと認識されてしまったようなので黙って見つめ返す。

どうやら今回は無事に本当だと判断されたらしい。この辺りの信頼は追々回復していこう。

「約束の期間を過ぎたら、強引に連れ戻すからな」

「……ええ、気を付けます」

どこか不満そうにしながらも、ウェストさんが引く。言いたいことや聞きたいことがあるのだろうけれど、こちらを尊重してくれているのだと思う。

ウェストさんがそっと頬を撫で、顔を覗き込んでくる。

「顔が蒼《あお》い。睡眠はちゃんと取れ」

「その言葉は、そのままお返しします。休憩はちゃんと取ってくださいね」

言い返せば自覚があるのか苦笑される。相手のことを心配しているのはウェストさんだけでは無い。

「そうだな。まさか椅子に座っているだけで寝入ってしまうとは思わなかった。黒猫を撫でていたところまでは覚えているのだが、ルトが運んでくれたのか？」

首を捻りながらウェストさんが質問する。自分が来た時にはもう寝室にいたので、カイが運んでくれたのだろう。出ていった時の言葉から察するにウェストさんがいることは知っていたようだし。それに、何やらウェストさんが寝てしまったこともカイが仕組んだことの気がする。

そう推測したが正直に告げるわけにもいかないので、自分が運んだことにする。この調子だと嘘つきの認識が取れるのは先になりそうだ。

「ウェストさん、少し聞きたいんですけれど、人と向き合うってどうしたら良いですか？」

カイに言われた通り、人間のことは人間に聞いてみることにする。ウェストさんなら色んな人と関わる機会が多いようなので適任だろう。

「……急にどうしたんだ？　向き合う、と言っても状況が色々あると思うが、とりあえず話をしてみるのが良いのではないか？　言わなければ、聞かなければ分からないこともある」

急な話題変換に多少訝しがりながらも真剣に答えてくれる。

「ただ、話し合いで全てが分かり合えるわけでは無い。どうしても譲れないものがある場合や、どうしようも無い状態に置かれた場合、言葉では伝わらないこともある」

髪を撫でられる心地良い感触に身を任せながらウェストさんの言葉に耳を傾ける。

「そういった時はどうすれば？」

「……分からない。俺はその時逃げ出してしまった。向き合うことをやめたんだ」

ウェストさんが目を細めて、痛みに耐えるような表情を見せる。何かを思い出したかのようなその表情がとても辛《つら》そうで、手を伸ばしてウェストさんの頭を抱きしめる。

「大した助言ができなくて悪い。……俺は完璧では無いんだ」

抱きしめているためウェストさんの表情は見えない。けれど、悲しんでいるような気がした。

「完璧な人間なんていりません。欲しいのは、ウェストさんだけです」

不安が少しでも無くなるように抱きしめたまま囁く。

ウェストさんはその言葉を噛みしめるように動きを止め、やがてゆるりと顔を上げる。その表情に痛みや悲しみが無くて安心する。

「凄い殺し文句だな」

「ウェストさんを殺すつもりなんて無いですけど」

「いや、そういう意味では無くて……まぁ、どうでもいいな」

ウェストさんが項《うなじ》に手を伸ばして、身体を引き寄せる。距離が近くなり、相手の吐息を感じる位置まで近づき――。

「――あっ、もう一つ質問なんですけど」

「…………なんだ？」

「ウェストさんとネルシスさんも拳で語り合ったことがあるんですか？」

思い出した質問を投げかければ、ウェストさんの顔が非常に渋くなる。

「……何の話だ」

「男同士で仲良くなるには、拳で語り合うと良いと助言を貰ったので。お二人も兄弟で語り合ったことがあるのかと」

違ったのだろうかと首を傾げれば、盛大なため息をつかれる。

「拳どころかろくに語り合ったことは無い。……わざとやっているんじゃないだろうな」

「何のことですか？」

眉間に皺を寄せながら尋ねられ、首を傾げる。教えてもらった内容はそこまで答えにくいことでは無かったようだが、何故機嫌を損ねてしまったのだろうか。

翌日、引き上げようとするルッツを捕まえてお茶に誘う。今までそんなことを言ったことは無かったので、驚いたように目を瞬かせ、そして勢い良く頷いてくれた。あまりの勢いの良さに思わず一歩下がってしまった程だ。

上手くいくか分からないがウェストさんの助言通り、まずは話し合ってみることにしよう。

＊＊＊

「ねぇ、ルーは戦うの怖くなったりしない？」

淹れたお茶の水面を揺らしながらルッツが口を開く。熱いためか両手で持って揺らしながら冷ましている様は、何と言うか可愛らしい。本人に言ったら拗ねそうなので口には出さないが。

あの時、お茶に誘ってからこうして話す時間を持つようになり親しさは増したように思う。けれど、ルッツの中のわだかまりが消えたのかと言えば、そうではないように思う。

「……どうだろう」

魔物相手でも人相手でも怖いとはあまり感じない。それはもともとそうだったのか、感情が麻痺してしまっているのか良く分からない。

「罪悪感に近いものなら覚えるけど」

自分の目的を達成するために他の命を奪う。それも身を守るためでも、食べるためでも無く。自然界からしたら自分がしていることは異端なのだろう。以前、意味も無く魔物を殺した騎士に腹を立てたことがあったけれど、自分も大して変わらなかったということだ。

「罪悪感、か。……俺もそうなのかな。普段はなるべく考えないようにしているんだけど、時々凄く怖くなる。何かを傷付けた代償は、いつか身をもって返さないといけなくなる気がするから」

俯くルッツの表情はこちらからは読み取れない。けれど声の調子からして大体想像がつく。前にルッツが見えなくても分かることは結構あると言っていたが本当のようだ。

「ルッツはそういう時、どうするの？」

「……身体を動かす、かな。剣を振ったり、ひたすら走ったり。そうすると落ち着いたりするから」

「それでも、駄目な時は？」

ルッツの性格からして身体を動かしたくらいでは少し気分が楽になっても、全てを吹っ切れるとは思えない。怖くて、不安で仕方がない時ルッツはどうするのだろうか。

「どうしようも無い時はサリスの部屋に押しかけて無理やり相手をしてもらってる。あんまり褒められた行為じゃないんだけど、サリスと話しているのが一番安心するから」

寝ているところをたたき起こして一晩中話をしていたこともあるとルッツが苦笑する。傍から見たら大変迷惑な行為だと思うが、それをするのは本当に切羽詰まった時だけだろうし、そんなルッツをサリスさんが迷惑に思うことも無さそうだ。

「早く自立しないとって思ってるんだけど、……やっぱりサリスじゃなきゃ駄目なんだ」

「そうなの？　じゃあ、仕方無いね」

そう言えば、ルッツが驚いたように目を瞬かせる。

「……仕方無いの？」

「だって、ルッツはサリスさんのこと好きなんでしょ？」

他の人では駄目ということは、そういうことなのだろう。それが親愛なのか愛情なのかそれとも恋愛なのかは分からないが。ただ、好きだと言って頬を染める様子から察すると恋愛込みの好きのようだ。

「サリスさんもルッツのこと大好きだから、相思相愛《そうしそうあい》だね」

そう付け加えれば、ルッツの顔が更に赤くなる。こうして顔を赤くして狼狽《うろた》える様は、とても剣を握って魔物と渡り合っているようには見えない。街の安全なところで大事に育てられていますと言われた方が納得できそうだ。実際、良いところの出なのだろう。お茶を飲む仕草や、ちょっとした仕草に品がある。

「ルッツは――、……」

「うん？」

急に言い淀んでしまった自分に、ルッツがどうしたのと続きを促す。

「……逃げようって思ったこと無い？」

一瞬、どうしてこんなところにいるのかと尋ねそうになって言葉を変える。互いの目的なんて知らなくて良い。少なくとも自分は此処にいる理由を誰にも言うつもりは無い。

「毎日思ってる。でも、やるって決めたんだから最後までやらないと」

迷いなくまっすぐ前を見て言うルッツが、少し眩《まぶ》しくて目を細める。

「うん、そうだね」

自分もやると決めて此処に来た。それが正しいのか間違っているのかは分からなくても、やると決めたのだ。同意すれば、ルッツが少し安心したように笑う。それに笑い返したのは、顔が見えなくても伝わっているだろうと感じた。

＊＊＊

「やぁ、私にもお茶を淹れてくれないか？」

ルッツがいなくなった頃を見計らって殿下が姿を現す。ルッツとのお茶会は殿下に筒抜けらしい。隠していないので構わないが少し不気味と言えば不気味だ。最もそれも計算の上なのだろうけれど。

「淹れるのは構いませんが、結構独特の味をしていますよ。ルッツは平気だったようですが」

「それは飲んでみないことには分からないし、ルッツが美味《おい》しいって言うから気になって仕事が手に付かない」

困った、困ったと笑う殿下はとても楽しそうで、今頃殿下の代わりに奔走することになっているだろう人たちに同情する。その中にはクラーストさんも入っているのだろう。目の下の隈がより一層濃くなってなければ良いが。

いつも疲れた顔をしているウェストさんの友人を思い浮かべながら、お茶を淹れて持ってくると、殿下の目が輝く。どうやら気になっていたのは本当らしい。

「どうぞ」

差し出すと興味深げに覗き込み、珍しい色だねと称した後に一口。

「…………うん、独特の味」

「口に合わなかったら残して置いてください」

笑みは崩さなかったが開いた間の感覚で駄目だったのだろうと予測する。それなのに、慣れればこれはこれでと殿下は飲むのをやめない。眉間に皺を寄せながら飲むものでもないと思うのだけれど。不味《まず》いと言ってはいけない決まりでもあるのだろうか。

「うーん、久しぶりにクラーストが淹れたモノ以外を飲んだよ」

「そうなんですか？」

命令すれば喜んで淹れてくれる人が大勢いそうだが。

「基本的に信用していない人間が出したモノは口にしないから」

それは自分が信用されていると判断しても良いのだろうか。でも、どうだろう。最近命令違反をしたばかりだが。

どう反応すべきか悩んでいると、殿下が綺麗に微笑む。

「ルトのことは此処に来ている人間の中で一番信用している。私を害するほど、私に興味など抱かないと、ね」

「……そんなことはありません」

仮にも一国の王子に向かって興味無いなど失礼かと思い、否定してみる。けれど、ルッツが殿下相手に嘘は駄目だと言っていたのを思い出し、多分と付け加える。すると、人形のように綺麗に微笑んでいた殿下が、少しだけ目を丸くする。

「ルッツかサリス辺りに入れ知恵をされたかな？」

「入れ知恵というわけでは……ただ、殿下相手に嘘をつくと二度と信じてもらえなくなると」

ふーん、と殿下は口の合わないお茶をまた一口飲む。それからまた微笑む。

「二人が何と言ったのかは知らないが、少し語弊があるようだ。別に私は全ての嘘について厳しく判断しているわけでは無い。あくまで私にとって有害なものだけで、ルトが言う嘘は私には無害だから気にしなくて良い」

最も、この先も私の手駒になりたいのなら話は別だけれど。そう微笑み掛けられ不敬罪になりそうなほど必死に首を横に振る。

「それに、嘘つきな君は結構面白いし」

「……それほど嘘をついた覚えは無いのですけれど」

「それは本当の事を言わないのは嘘になるのかどうかに対する認識の差かな。君はウェストにだって隠し事をするし、他にも——……」

続いた殿下の言葉に、言わないことを嘘と言うのなら確かに自分は嘘つきかもしれないと思う。けれど、それなら大抵の人は嘘つきになると思うのだが。それとも今まで関わった人たちが少数派で、一般的には隠し事などしないのだろうか。あまり想像できないが。

「それでルトは謎の天才魔法使い様から天才少年魔法使いに鞍替《くらが》えしたの？」

考え込んでいるのを面白そうに見ていた殿下が口を開く。その言葉の意味を拾うのと喉まで出かかった突っ込みを飲み込むのに少しの時間を要する。

「……素性を明かしたのか尋ねているのであれば、明かしていません」

「ふーん、明かさないの？　あんなに仲良さそうにしているのに」

綺麗な笑みだけれど、どこか意地悪気に殿下が微笑む。こういう仕草もわざとなのだろうと思うと、ため息が出そうになる。

「素性を隠しておこうか、とおっしゃったのは殿下ではないですか」

そう指摘すれば、そうだっけ？　と白々しげに小首を傾げる。それをついじっと見つめてしまえば、降参と殿下が笑う。

「確かに言ったのは私だけれど、ルトだって素直に了承したじゃないか」

「それは、そうですけれど」

魔法を使うのに素性を隠すのは丁度良かった。これで武勲を立てたいわけでも、信頼を勝ち取りたいわけでも無く、これが終わったらウェストさんとまたのんびりと暮らすのが目的なのだから。

「もしルトが話したいのなら、二人に話しても構わない」

唐突な許可に殿下を窺い見る。意地悪を言っているようでも、面白がっているようにも見えない。

ただ人形のように微笑むだけだ。

「ただし、その機会は明日だけだ」

「……それは、どういう意味ですか？」

明日と区切られる意味を掴みかねて質問をする。それに殿下は笑みを一切変えることなく答える。

「要するに用済みってことだ。明日の分が終わったらもう来なくて良い」

今、ウェストに出てこられると面倒になるからな。そう言いながら殿下は懐から長細いモノを取り出してこちらへ投げる。条件反射《じょうけんはんしゃ》で受け取れば、首から下げている指輪と同じ紋章が入った懐刀だった。

「それは王家の者が何かあった際、自らの命を絶つために持たされている物だ。もしこの先、私が約束を違えていると思ったのならそれを持ってこい」

話はそれだけだ、と殿下が野営を出ていく。受け取った物の重さにしばらく動けず、見送りをしなかったと気付いたのは随分たってからだった。

＊＊＊

最終日だからと言って普段と違うことをするわけでもなく、いつも通り一日が終了する。

そこで、別れ際に今までお世話になりましたと挨拶して、頭を下げる。

「――――え？」

「え？」

「えええええっ⁉」

サリスさんの口から漏れた言葉を拾えば、それを掻《か》き消《け》すようなルッツの絶叫が響き渡る。

「なにそれ、どういうこと⁉　聞いてない！」

がしっと腕を掴まれ前後に揺すぶられる。ルッツは見た目華奢だが力は結構ある。それに容赦なく揺すぶられ、危うく口から何かが飛び出しそうになる。

「ルッツ、落ち着いて！」

ようやく正気に戻ったサリスさんがルッツを止める。サリスさん、ありがとうございます。でも、出来ればもう少し早く止めてほしかったです。

「揺さぶるのは話しを聞いてからでもできますから」

続いた言葉に、感謝の念は消し飛んだ。

「そう、だよね。うん、落ち着こう」

いや、それに同意しないで。そう言いたいが、ちょっと今は口を開きたくない。お見苦しい物を見せてしまいそうだ。

「お世話になりましたって、今日で終わりってこと？」

「……うん、殿下に今日までって……」

せり上がってきた物を無理やり飲み下して口を開く。弱弱しくなった口調が済まなさそうに聞こえたのか、ルッツの興奮が少し収まる。

「てっきり殿下から聞いていると思って、ごめん」

「あ、ううん。こっちこそ驚いちゃって、ごめん」

何の謝罪大会かは分からないが、とりあえず互いに謝ってみる。

「そっか……、目的は達成できた？」

「多分、大丈夫だと思う」

昨日の様子からして殿下が約束を反故《ほご》することは無さそうだ。これで駄目だった場合は、違う手を考えるしかない。いざとなったらウェストさんを攫《さら》って逃亡しよう。後で凄い怒られそうだが。

「なら、おめでとうって笑顔で送り出さないとね」

ルッツが笑顔を向けてくるが、少しぎこちない。こういう時でも嘘が下手《へた》だなと思う。

「ねぇ、ルッツはこのまま別れるのは嫌？」

「……うん」

素直な返答に緩く笑う。

「それなら勝負しよう。ルッツが勝ったら素性を明かすよ」

「……もし負けたら？」

「このまま、もう二度と会わない」

はっきりと告げれば、衝撃を受けたようにルッツの瞳が揺れる。それが少し嬉しいと感じる自分は嫌な奴だと思う。

「勝負の方法は？」

揺らいだ瞳に力を入れ、まっすぐにルッツが見つめてくる。その瞳が綺麗で、サリスさんもこの瞳に惹《ひ》かれたのだろうと思う。

「半刻以内に外套のフードを取って素顔を見られたらルッツの勝ち。それができなかったら負け。それ以外は特に決まり無しで。こっちはもちろん魔法使うから、サリスさんに協力してもらってもいいよ」

条件を吟味するようにルッツが黙り込む。それを大人しく待っていると、やがて承諾される。

「絶対に勝ってみせるから。でも、サリスの力は借りない」

「……使えるモノは使った方がいいと思うけど」

「いいの。つまんない意地でも張った方が、さっ！」

言い切ると同時にルッツが抜刀する。鞘走りの効果を乗せた俊足の一手だったけれど、ギリギリのところで回避する。

「残念、今のが最初で最後の機会だったかもしれないのに」

挑発するような口調で言ってみるが、内心冷や汗が凄い。まさかルッツが不意討ちをしてくるとは思わなかった。たまたま、今日対峙した魔物が俊足だったので動体視力を上げていたので回避できたが、それが無かったら、一瞬でケリが着いて恥ずかしい思いをするところだった。

避けられるのも予想の内だったのか、更にもう一度切り付けてくるのを、後方に飛んで回避する。その着地点を狙われ、こちらもナイフを抜いて刃を重ね合わせる。金属同士のぶつかり合いに火花が飛び、ルッツが本気だと伝わってくる。

「接近戦ならいけると思った？　それは間違いじゃないけど、距離なんて簡単に取れるよ」

転移術を使って、ルッツの後ろへ距離を取って回り込む。つばぜり合いをしていた相手が急に消えて、一瞬体勢を崩すが、すぐに立て直しこちらに向く。

「それちょっとずるくない？」

「そうかな？　遠くや空は飛ばないつもりだけど」

「いや、それでもずるいって。サリス、判定！」

ずっと見守っているサリスさんに判定を任せる。サリスさんは少し考えてから判定を下す。

「禁止で」

今まで見た中で一番良い笑顔だった。考えていたのは絶対にフリで、最初からルッツに有利な判定しか出す気が無かったに違いない。

「ほら、サリスも駄目だって。次やったら問答無用でルーの負けね」

「そんな決まり無かったのに……」

「良いから、禁止って言ったら禁止！」

会話の最中もルッツの攻撃がやむことは無い。それを身体を反らして避けたり、ナイフで往《い》なしたりする。これだけ攻撃が当たらなければ焦《じ》れそうなものだが、その様子も無く集中している様子に背筋が震える。

「そろそろこっちから攻撃してもいい？」

左手に魔力を込めると危険を察知してルッツが後方に飛ぶ。そこに向かって炎を飛ばせば、真っ二つに切られた。炎って切れる物なのか、知らなかった。

「……ずるいって言ったら、それもずるいと思うけど」

呟けば、ずるくありませんとサリスさんが容認する。戦闘には参加していないが、敵は二人のようだ。

炎が駄目なら氷を飛ばしてみるが効果は同じ。それならと剣で捌《さば》ききれないほどの量で攻める。転がるようにして避けたルッツは、遠距離はやはり不利だと距離を詰める。

「ルーのこと色々調べたんだ。何者なんだろうって。殿下に縁があって、魔法が飛びぬけてて、剣の腕だって悪くない。これだけの条件があったら普通は何らかの情報が手に入るはずなのに、ほとんど何の情報も手に入れられなかった」

顔の横、スレスレのところで剣を受け止め、足で蹴飛ばして再度、距離を取る。

「調べたんだ」

「うん。不快だったら謝る」

「別に、いいけど。それより何の情報が手に入ったの？」

着地でしゃがみ込んだ体勢のまま、ルッツが砂を掴んで投げ付けてくる。反射で目を瞑ってしまった直後に高熱を感知して、慌てて周囲を凍り付かせる。

「この紙を作るのにルーが貢献していて、俺と同い年ぐらいの少年だってこと。それだけ」

空気中の水分が凍って地面に落ちる。今なら空気が乾いているから、良く燃えそうだ。

「それだって、ルーが最初に組んでいた魔法使いの人から聞いたんだけど」

なるほど、あの人経由か。結局、肯定はしなかったけれど否定もしなかったことで確信を持ったらしい。

「ねぇ、ルーは何者？　何で無茶な戦い方ばっかりするの？　何で自分が傷ついても平気な態度でいるの？　何で少しも頼ってくれないの？」

炎を向けられたので、炎をばらまく。広範囲で燃えてしまえば一部を切ったところですぐに近くの炎に飲み込まれる。回避するには、後ろへ大きく跳躍するしかない。

そう思っていたのに、ルッツは逆に炎へと突っ込んで距離を詰めてくる。

「――っ！」

至近距離で大きく振り上げられた剣。それに意識を集中させていると、ルッツが剣をそのまま放り投げる。驚いて一瞬動きを止めれば、足払いと共に外套を引っ張られる。

この体勢からでもルッツの怪我を考慮しなければ、脱出はできる。でも、良いか。そう思って力に逆らわずに地面に仰向《あおむ》けに倒れ込む。向き合わなければ、悔いが残る。多分、お互いに。

倒れた衝撃と共にフードが外れ、素顔が晒《さら》される。

「……ずっと、疑問だった。何で、何も言ってくれないんだろうって」

外気にさらされた頬に、冷たい滴が降り注ぐ。ぽたぽたと涙を流すその顔は、自分と良く似ていた。十人が見たら、十人とも血の繋がりを感じる程。

「……言う必要なんて無いと思って」

「――っ、何で⁉」

肩を掴む手に力が入り、顔をしかめる。その様子を見ても力を緩めてくれる気配は無い。

「お互いにもう大切なモノを決めてしまっているから」

殿下は、ルッツの存在を教える際に、首輪を追加すると言った。それは、それぞれの目的を達成するために、家族という互いの存在が枷《かせ》になると分かっていたのだろう。事実、ルッツは自分の存在のせいで揺らいでしまっている。

全然納得していなさそうなルッツの頬へ触れる。流れ落ちる涙を拭ってやるが、後から後から出てくるため拭いきれない。

「大切なモノが増えれば、手のひらから零れ落ちるモノも増える。ルッツは自分で決めた大切なモノだけを抱えて生きていけば良い」

「…………やだ」

ルッツが駄々をこねるように首を振る。

「だって、会えたのに……最後の、家族なのに」

縋りつくように胸に顔を当てて、ルッツが嗚咽《おえつ》を漏らす。

最後の家族と聞いて、両親がすでに他界していることを知ったが、心は不思議と落ち着いていた。

自分にとっての家族とは爺さん一人だけであり、一般的な家族に憧れたりはしたが、実際のところ、未知の世界の話であり、両親の死を知っても、現実味が無かった。

唯一、現実味があるのは、胸に縋り付いて泣く、ルッツの温《ぬく》もりだけだ。

……この温かい存在を、どうすれば良いのか、正直良く分からない。

でも、自分はすでに一番を決めてしまっている。もし仮にウェストさんとルッツが対立するならば、自分はきっとウェストさんの手を取る。それはきっとルッツも同じだ。彼の一番もすでに決まってしまっている。

それならば、互いの存在が枷にならないように、突き放すべきなのだろう。大切なモノを失わないために、家族という枷をルッツにつけるべきではない。


しばらくすると嗚咽は止まったみたいだが、しがみ付いて離れようとしない。どうしようかとサリスさんに助け舟を求めれば、ゆっくりと近づいてきてルッツの肩を叩く。それにビクリとルッツが反応するが、それだけでやはり動こうとしない。

「ルッツは貴方ともっと一緒にいたいようですけれど、気持ちは変わりませんか？」

静かな問いかけに、頷いて肯定の意を返す。本当は何も言わずに去るつもりだった。少しの間だけ同じ時間を共有して、それだけで終わらせるはずだった。

でも、自分はやはり中途半端《ちゅうとはんぱ》で拒絶しきることも受け入れることもできず、ルッツには悪いことをしてしまった。

「……そうですか」

悲しそうにサリスさんが微笑む。それに胸が痛むが、傷つく資格なんて無いだろう。

「ルッツ、立ってください」

サリスさんの言葉にルッツが首を振る。その様子にサリスさんが一度ため息をつき、そのまま大きく深呼吸をする。

「立ちなさい！」

空気を震わすサリスさんの一喝に、ルッツが反射的に立ち上がる。それにつられ、自分に言われたわけでは無いのだが、思わず立ち上がってしまった。

「いつまでもメソメソしていて情けない！　どうしても諦められないのなら、手に入れてみせれば良いじゃないですか」

叱《しか》られ情けない顔をしていたルッツが、大きな目を瞬かせてサリスさんを見つめる。

何だか良くない流れになっていると感じたが、妙に迫力があるサリスさんを遮って発言する勇気は無い。

「貴方の両手はそんなに小さいのですか？　何かを諦めなければならない程、小さな手なのですか？　私は違うと思いますよ」

ルッツの手をサリスさんがそっと握りしめる。サリスさんの手は細長いため、比較するとルッツの手が小さく見えてしまうのだが、それを言ったら問答無用で無駄口が叩けなくされそうだ。

「貴方の思うがままに歩めば良いのです。私はずっとついていきますよ」

「……サリス」

熱い眼差《まなざ》しで見つめ合う二人に、逃げるのなら今だと決断する。転移術を発動しようとした瞬間、サリスさんと目が合い微笑みかけられる。それに底知れぬ恐怖を感じて、術が霧散する。

ルッツ、相手はよく見て選んだ方が良いと思う。……まぁ、本人が幸せならばそれで良いのだけれど。

「そういうわけですので、また後日お会いしましょう」

「絶対に会いに行くから」

そんな二人に、あ、はい。と非常に間抜けな返答をして、今度こそ転移術を発動させる。

家にたどり着いた途端、脱力してしまい床に項垂《うなだ》れる。

「……どうしたのだ」

カイが心配そうな、不審そうな声で尋ねる。

「いえ、こんなはずでは、と……」

人と向き合うことの難しさを痛感していると、カイが慰めるように前脚で器用に腕を叩いてくれた。

家族という枷を外してあげようと思ったはずが、逆にきつく強固な枷をつけられてしまった。これはきっと、外せないし、逃げられないだろう。

深く息を吐き出して、ごろりと床に転がって諦める。

「何やら楽しそうだな」

「そうですね。賑《にぎ》やかになりそうです」

カイの艶やかな毛並みを撫でながら、いつか捕まるその日に思いを馳《は》せた。

＊＊＊

家で寛《くつろ》いでいる時間に扉を叩く音がして顔を上げる。この家に来るのは今のところ一人しかいないのだが、いつもよりも少し乱暴な気がする。

それに急かされるように扉を開ければ、予想通りにウェストさんが立っている。

「こんばんは」

挨拶をするが、何も言わずに佇《たたず》んでいるウェストさんに苦笑いしながら続ける。

「只今《ただいま》、戻りました」

無事に終わったことを伝えれば、何故だか盛大なため息をつかれてしまった。

「いつ戻ったんだ？」

どこか気落ちしたようなウェストさんを中へ招き入れ、今日の昼間に買っておいたお酒を出す。この一ヶ月ばかり飲酒をしていなかったので久しぶりのお酒だ。

「えっと、昨日です。……言いに行こうか迷ったんですけど、昨日は何だかんだ遅くなってしまいましたし、昼間はウェストさんお仕事ですし――……すみません」

咎《とが》めるような視線に屈して謝る。

謝罪の真偽を確かめているのか黙ってしまったウェストさんに、もう一度すみませんと謝れば、長く息を吐きだした後に首を振る。

「いや、謝らなくて良い。勝手に少し落胆していただけだ」

咎めるような視線を解除して、代わりに気まずそうな顔をしてウェエストさんが呟く。

「終わったのなら、会いに来てくれると勝手に思い込んでいただけだ。八つ当たりじみたことをして悪かった」

「――っ、それは……」

一瞬、寂しそうな顔をしたウェストさんに違うと言いたかったが、いいんだ気にするなと言われてしまって口を閉ざす。

「それで、目的は果たしたのか」

「はい。自分でやると決めたことはやってきました」

真剣な表情で問われ、自然と背筋を伸ばして返す。目を逸《そ》らすことなく正面から伝えれば、少し寂しそうな、どこか諦めたかのような表情で笑う。

「……そうか、なら何も聞かない。そういう約束だからな」

複雑な笑みを浮かべるウェストさんに心が痛む。そんな顔をさせたいわけでは無いのに。ただ、何も聞かないと言い切ったウェストさんに酷く安堵《あんど》している自分もいて、自己嫌悪《じこけんお》に陥る。

「ただし、大人しくしているのは今回だけだ。次、同じようなことがあったら洗いざらい話してもらうからな」

強い口調で言うウェストさんに素直に頷く。それは本当だと判断されたのか、目線が緩む。手を付けてなかったお酒を口にしたことから、この話は終わりということだろう。

自分も緩く息を吐き出して、お酒を口にする。久しぶりの喉が焼ける感覚に、肩の力が一気に抜ける。

「次があったらウェストさんを攫って逃げても良いですか？」

お酒を口にしながら、雑談のように本音を零す。

「俺が攫われるのか。……まぁ、勝手にどこかに行かないのなら良いだろう。もし、勝手にどこかに行くつもりなら魔力封じの枷を何重にもして監禁するからな」

つまみに用意した豆を茹《ゆ》でた物を摘《つま》みながらウェストさんが物騒なことを言う。その様子だけを見ていると冗談にしか思えないのに、淡々とした口調で言われると本当にそれだけ執着されているような錯覚を覚える。

「魔力を封じなくても、お酒とつまみ、あとカイを連れていって良いのであれば、どこにも行きませんよ」

毎日ウェストさんの帰りだけを待つ日々。健全とは言えないが、毎日会えることを考えれば良いかもしれない。そんなことを考えながら答えれば、大真面目《おおまじめ》な顔をしてウェストさんが頷く。

「旨《うま》い酒とつまみを用意しておく」

「ええ、お願いします」

もしもの話を想像して笑う。そうすれば、ウェストさんも真面目な顔を作っているのが馬鹿らしくなったのか、柔らかく微笑む。それからは、この一ヶ月なんて無かったかのように他愛《たわい》の無い話をしながら二人でお酒を空けていった。


楽しく空けた酒ビンを綺麗に並べているところから記憶が無く、ふと目が覚めると、何故かウェストさんに背後から抱きかかえられるようにしてベッドで寝ていた。飲み過ぎないようにと思っていたのだが、久しぶりのお酒だったのとウェストさんと一緒に飲めることが嬉しくて羽目を外してしまったらしい。

「……どうしよう」

喉が渇いた。けれど、ウェストさんの腕は寝ているにも関わらず解《ほど》けそうにも無い。駄目元でベッド横のテーブルに乗った水に手を伸ばすが、やはり届かない。起こさないためには魔法を使うしかないかと諦めて一度手を下せば、僅かな動きに反応したのか、ウェストさんが身じろぐ。

起こしては悪いとじっとしていると無意識なのだろうが、ぎゅっと抱きしめられる。たったそれだけのことに心臓が忙《せわ》しなく動きだす。

「ウェストさん、……好きです」

小さく吐息のように言葉を吐き出す。

会いに来てくれて嬉しい。顔を見られて幸せになる。そして近くにいられれば、胸が苦しいくらいに騒ぐ。小さなことに振り回されるのは煩わしいと思っていたはずなのに、今は楽しい。

溢《あふ》れる感情のまま小さく呟けば、その瞬間、強く抱きしめられる。あまりのタイミングの良さに先程とは違った意味で心臓が跳ねる。

「えっ、起きて――」

「寝た振りをするつもりは無かったのだが、……すまない」

「いや、あの、その――」

謝られたところで聞かれてしまった事実は消えない。寝ていると思って呟いた言葉に返事があるとは。恥ずかしさのあまり穴があったら入りたい。

「ちなみに今は正常か？」

「正常？」

羞恥で思考が停止している中で急に話題を変えられて対応できない。

「ここで寝る前の事を覚えているか？」

「……いえ、覚えていません」

正直に告げる。飲みすぎると何かをやらかしていると知っていながら、つい欲望に負けてしまった。ウェストさんにはすでに色んなところで迷惑を掛けているにも関わらず、申し訳ない。

反省して項垂れていると、正常と判断して良いかと呟く声が聞こえる。それの意味を問う前に、体勢を変えられ、仰向けに押し倒される。

「ルト、良く聞け」

身動きが取れない状態で見降ろされ、呼吸も忘れるほどにウェストさんの言葉に耳を傾ける。

「好きだ」

装飾も何も無くまっすぐに向けられた言葉に頭が真っ白になる。

「お前の人生がほしい」

真っ白な中に、ゆっくりと言葉が染み渡って、心臓が痛い。手を伸ばして、ウェストさんにしがみ付く。

少しでも、気持ちが伝われば良い。

「言ったじゃないですか。ウェストさんが望むのなら――望んでくれるのなら、全部あげますって」

自分が差し出せるものなんてほとんど無い。その中のモノがほしいと言うのなら、躊躇《ためら》いなどあるはずもない。ウェストさんが確かめるように、本当に貰うからなと宣言するので、大きく頷いて肯定する。

「お前は何がほしい？」

「……ウェストさんの傍にいたいです」

「それだけか？」

聞き返されて詰まる。傍にいたい。でも、傍にいるだけでは足りない。

本当は――。

「誰にも、渡したくない」

言葉が零れる。言うつもりなんて無かった言葉が。

「知らない誰かの手を取る姿なんて見たくないんです。ずっと、ずっと――二人でいたい」

考えないようにしていた。いつかウェストさんが違う人の手を取ることを。考えれば、笑えなくなる。そんな可能性を壊してしまいたくなる。

知っていて、見ないようにしていた汚い自分。こんなところを見せたくなかったのに。必死に隠そうとしていたのに。

好きだと言ってもらえて、自分を戒めていたものが緩んでしまった。それにどんな反応をされるのか怖くて顔を背ける。けれど、降ってきた声音は予想していたものでは無かった。

「……やっと言ったか」

「――え」

「やっと、ほしいと言ったな」

想像した反応では無くて、戸惑いながらウェストさんの顔を見る。その表情に、驚く。ウェストさんは嬉しそうに笑っていた。

「ほしいのならほしいと、嫌なら嫌と言って良い。お前が何を言っても、何をしていても嫌ったりはしない。少しは信用しろ」

ああ、そうか。ウェストさんは分かっているのだ。自分が何を不安に思っているのか。分かった上で聞かないでいてくれていたのだ。

腕を伸ばして引き寄せれば、抵抗することなくウェストさんの顔が近づき、優しい口づけをされる。

「明日の予定は？」

「特にはありませんが」

「なら、ベッドから降りられなくても問題ないな」

呟かれた内容を理解して、顔が熱くなる。つまりは、立てなくなるほど抱くと言われているのだ。

返す言葉が見つからず、口をハクハクと動かしていると小さく笑われる。

「一ヶ月も待たされた上に、二度も寸止めを食らったんだ。それくらいは許されるだろう？」

「寸止め、って――ぅ、……ん……」

首元を唇で愛撫《あいぶ》されて鼻から抜けるような声が出る。これから何をされるのか知っているせいか、この前の強烈な快感を思い出して身体が火照る。制御できない自分自身が怖くて緩く首を振れば、宥めるように口づけを落としながら、肌を弄《まさぐ》られる。

「心配しなくても昼には一度顔を出すし、夕方は早く切り上げるようにする」

「……そ、うじゃなくて、——っ……ぁ……！」

足の間ですでに主張を始めているモノを足で擦《こす》られて身体が跳ねる。その反応にウェストさんが目を細めて嬉しそうな顔をするものだから、居たたまれない。

「早いな。……ゆっくり可愛がろうと思ったが、やめた」

そう言うなり、下履きを取り払われ足を広げられる。外気に晒されても萎えることのない自身とその奥でヒクつく部分を見られて抵抗しようとするが、その前に冷たい何かを蕾《つぼみ》に塗られる。

「な、に……——っ！」

そのトロっとした滑りを借りて、ウェストさんの指が中へ入ってくる。その感覚に息をつめてしまう。

「力を抜け。ただの潤滑油だ」

「——はぁ、……はぁ」

息を吐き出して中で動く指の感覚に耐える。痛いわけでは無いが、まだ快感には遠い。ぞわぞわと背筋が粟立《あわだ》つ。その様子が苦しそうだったのか、ウェストさんが前に手を伸ばして触れてくる。更に胸の突起まで口に含まれ、転がされ、一気に快感が勝る。

「だ、めっ……いっ、ちゃ……ぅんっ！」

敏感な先を指で抉《えぐ》られ、同時に乳首を食《は》まれる。それだけでイキそうになるが、自分の腕に爪を立てて必死に耐える。それに咎めるような視線を向けられるが、ウェストさんが何かを言う前に口を開く。

「……はっ、は……ひとりは嫌、おねがい……」

はしたないと思いつつも、自ら足を開いて赤く色づいた箇所が良く見えるようにする。ウェストさんの食い入るような視線を感じて、ソコが勝手にヒクついてしまう。

「いれて、――っあぁ!!」

腰を掴まれ、一気に貫かれる。指で慣らしたとはいえ、桁違いの質量に一瞬、目の前がチカつく。

浅い呼吸を繰り返せば、落ち着くのを待つ間にウェストさんが服を脱いで素肌を晒す。その状態で抱きしめられれば、熱さが伝わり、ウェストさんも感じているのだと実感する。

少し早い心音に耳を傾けていると、ゆっくりと中のモノが抜かれ、また奥へと押し込まれる。

「――ぁっ……！　ふっ、ん……あっ、あっ……」

「――ルトっ……」

荒い呼吸で名前を呼ばれて、胸が苦しい。幸せで、苦しくて涙が溢れる。それをウェストさんに舐《な》められれば、また胸が高鳴る。

「……ぅ、うっ、あ、ふ……っん！」

動きを速めつつ、イイところを突かれて胸を反らす。そこで硬くなって主張している乳首を指でつままれて、軽くイキかける。

「気持ちいいか……？」

「う、んっ、いいから、――あ、もうっ……」

深く突かれて、ウェストさんの腰骨があたる。肌のぶつかる音と結合部から響く音に、煽られ熱くなり、ウェストさんにしがみ付く。

「――はぁ、ルト、……出すぞ」

「あっ、やっ！　あぁあ……――っ……!!」

中に大量に吐き出されて、その衝撃に更に締め付けてしまう。それと同時に自分も精を吐き出し、荒い息を繰り返す。ズルリと中のモノが出ていく感覚に、中をヒクつかせれば、出ていこうとしていたウェストさんの動きが止まる。

「まだイケるようだな」

「――ま、って、まだ、あああ！」

休憩を挟まずに揺すられ、奥を抉られる度に中に注がれた精液が溢れだす。グチャグチャと混ぜられる度に、本当に全部ウェストさんの物になった気がした。

翌日、目が覚めるとテーブルの上に水と手紙が置いてあった。怠《だる》い体を緩慢な動作で動かし、手紙を読むと昼には戻るからゆっくり寝ていろと書かれてある。それに頬を緩めれば、扉を開けてカイが顔を出す。

「やっと起きたか」

「おはようございます」

挨拶をすれば、大きな欠伸をしながらカイが窓辺の日向《ひなた》に丸くなる。撫でまわしに行けないのが悔やまれる。

「あやつは仕事に行った。わざわざ我に昼にまた来るから頼むと言い残してな。……そろそろ戻ってくるのではないか？」

窓の外を見ればすでに日が高い。ウェストさんの昼休憩が何時からかは知らないが、早ければもう戻ってくるかもしれない。その前に、身体を回復させて動けるようにしようと治癒術を発動させようとすれば、カイに止められる。

「やめておけ。下手に回復してまた無茶をされても困るだろう。しばらくは心配させるくらいで丁度良い」

「えっと……別に無茶というわけでは」

あまり記憶に無いが、最後の方は自分からもっととせがんでしまった気がするし。

「たまには大人しくゆっくりしておけ。もう、急ぎの用があるわけでもあるまい」

「……そう、ですね」

本当は一ヶ月放置してしまった家や畑の手入れをしたかったのだが、この際一日後回しにしても変わらないだろう。温かな毛布の誘惑に負けて、丸まり込む。すると、いつの間にか移動してきたカイが毛布の上で丸くなる。

「此処も中々温かいからな」

そんな風に言うカイの背に手を伸ばして撫でる。その触り心地を堪能《たんのう》しながら、望んでいた日常に戻ってきたことを実感する。

「おやすみなさい」

小さく呟き、目を閉じる。もう少しすればウェストさんに会える。そんな幸せを噛みしめながら束《つか》の間の休息を満喫することにした。

エピローグ

「ふ、くしゅっ」

横を歩いていたカイから大変に可愛《かわい》いくしゃみが聞こえる。

「風邪《かぜ》ですか？」

「阿呆《あほ》。魔物が風邪なぞ引くか。花びらが鼻にあたっただけだ」

カイに言われて、そういえばと空を見る。

「すっかり春ですね」

寒かった冬が終わり、気がつけば暖かい日が多い。草木の彩りも増えてきている。

「春か。花見だな」

前脚で鼻の辺りを擦りながらカイが何気ない口調で言う。

このカイの何気ない一言により、花見をすることになった。

家に帰って縁側を掃除し、お酒とつまみを用意する。

縁側に座ると一本の綺麗《きれい》に花をつけた木があり、その花を愛《め》でながらお酒を飲み、談笑する。爺《じい》さんがいた頃は毎年の恒例だったが、爺さんが亡くなってからは自然とやらなくなった。

「どうぞ」

カイが飲みやすいように縁が広い器にお酒を注いで渡す。カイは懐かしいと呟《つぶや》きながら、ゆっくりと舐めるように酒を飲む。

「カイも、こうやって爺さんと花見をしていたのですか？」

「あぁ、何故《なぜ》かあの花が咲くと楽しそうに呑《の》んでいた」

昔を懐かしむようにカイがゆっくりと尻尾を揺らしながら、酒に口をつける。

「そういえば、お主の番《つが》いは来ないのか。我に気を使っているのなら不要だぞ」

「お仕事ですので。終わったら来るそうです」

それを見越して少し早めに始めているのだが、それは別に言う必要はないだろう。

「ですから、それまでは二人でゆっくりと過ごしましょう」

「そうか」

ゆっくりと尻尾を動かしながら、カイが頷《うなず》いた。

＊＊＊

仕事を終え、急ぎ足で自宅へ帰る。そこから自宅とルトの家を繋《つな》いでもらった扉を開き、ルトの元へ向かう。

この扉はルトに作ってもらい大変便利なのだが、この技術が表に出ようものなら大変な騒ぎになると使う度に頭の痛い思いをする。

ルトの家に着き、姿を探していると、外から陽気な笑い声がする。声を頼りに縁側の方へ回るとお酒を呑んで楽しそうに笑っているルトの姿が見える。何故か、ルトの他に笑い声が聞こえる気がするが、きっと気のせいだろう。この家にはルトとただの猫であるはずのカイしかいないのだから。

「あ、ウェストさん！」

こちらに気付いたルトが笑顔で駆け寄り、抱き着いてくる。その横で黒猫が、慌てたように寝た振りをした気がするが、目の錯覚だろう。

満面の笑みでおかえりなさいと言われ、ただいまと返す。その様子を見て確信する。

「ルト、酔っているな」

「え？　よってませんよ？」

少し怪しい呂律《ろれつ》でルトが首を傾《かし》げる。それと同時に黒猫から寝息が聞こえ始める。寝た振りではなく、本当に寝たらしい。酔っぱらって眠る猫がいるのだろうか。いや、この広い世界ではそんな猫もいるだろう。

「ウェストさん、うぇすとさんも、一緒に飲みましょう」

ルトが縁側に引っ張っていき、座らせると器を持たせ、酒を注いでくれる。礼を言って口をつけると程よい辛みのあるアルコールが身体《からだ》を巡っていく。

「あ、お腹《なか》空いていますよね。今、なにか作ってきます」

「いや、そこにあるつまみで十分だ」

離れようとするルトの腕を掴《つか》んで引きとめると、大人しく隣に腰を下ろす。そのまま、近くで眠る黒猫を撫《な》でながら、ルトが小さな声で歌を口ずさむ。

「機嫌が良いな」

聞き覚えの無いリズムに耳を傾けながら、酔いだけではなさそうな機嫌の良さの理由を尋ねる。

「ええ。こうやって、また誰かと花見ができるとは思っていなかったので。変ですよね。花は毎年咲いていたのに」

ルトが綺麗に咲いた花を通して遠くを見つめる。一人きりで暮らしていた時、ルトはどんな気持ちでこの花を眺めていたのだろうか。

「これからは、毎年一緒に見られるな」

これからのことを思い、告げれば、ルトが満面の笑みで頷く。そこに寂しさは見えず、心の底からこの空間を楽しんでいるようだ。

「そういえば、ルトが協力していた魔法符が本格的に導入されることになった」

本格的ということは、どこかで試行導入がされたはずだが、その内容は機密扱いになっている。

ゆっくりと杯を空けて、上機嫌な様子で花を眺めているルトの横顔を覗《のぞ》くが、大した反応も見せずに
そうなんですねと頷いている。

「他にも騎士団の予算と人員も大幅に見直され、しばらくは混乱するだろうが、今後は今よりもずっと危険が減って楽になるだろう」

今までどれだけ人員不足を訴えてみても何の反応も無かったが、ルトが帰ってきた辺りを境に急に予算が拡張され、諸々の問題解決の目途が立った。

「それなら、早く帰れる日が増えますね」

のんびりと目元を緩めて、楽しそうにルトが笑う。

その横顔をしばらく眺めるが、やがて諦め半分のため息を零《こぼ》す。

「……お前は、何を望むんだ」

急な問いかけに、ルトは不思議そうに首を傾げる。

「前にも言いましたよね？　ウェストさんとずっと一緒にいることです。誰にも渡しません」

腕を掴んで、自分のモノだと主張するルトの髪を撫で、分かっていると額に口づけを落とす。

「それは聞いた。他の欲は無いのか」

ルトが望むのなら、地位も名誉も財も好きなだけ手に入れることができるだろう。そうすれば、寂しいと感じる間も無い程に人も集まってくるはずだ。

ルトは唇に指を当てて、うーんと考えだす。

「ウェストさんといて、できれば美味《おい》しいお酒も一緒に飲んで、あとは、遊びに出かけたり、買い物したり」

取りとめのない些細《ささい》な願望に耳を傾ける。

「他には、他には――……あ、一緒に死にたいです」

今までと同じ調子で言われて、一瞬理解が遅れる。呆気《あっけ》にとられる自分に、ルトが楽しそうに笑う。

「だから、勝手に死んだらダメですよ」

悪戯《いたずら》に成功したかのように笑う姿に、詰めていた息を吐き出す。

「それだけでいいのか」

ルトは他のモノを手に入れずに、この手を掴むだけで良いと言うのだろうか。

「はい。十分です」

迷いなく断言されて、嬉《うれ》しさに胸が満たされる。こんな感覚を自分の人生において感じることができるとは思ってもみなかった。

「わかった。肝に銘じよう」

「是非そうしてください」

返答に満足したのか、ルトが杯に酒を足してくる。増えた酒に口をつけ、ゆっくりと語らいながら酒を減らしていく。そうやって花をつまみに穏やかな時間を過ごしていると、肩に重みを感じる。

「おい、こんなところで寝るな」

春とはいえ、夜はまだ寒い。ルトの肩を叩《たた》けば、眠そうな目をしたルトが目を覚ます。

「うぅん、うぇすとさん、おやすみなさい」

寝ぼけ眼のルトが、頬に唇を寄せ、また穏やかな寝息を立てる。その行動に過去の記憶が蘇《よみがえ》り、お預けを食らった苦い記憶も思い出す。

「……うんっ！」

半分眠りかけていたルトの唇を強引に奪い、口内に侵入する。突然のことにルトは何が起こったのか分からず、混乱しているようだったが、それを無視して、舌を絡め、互いの唾液を混ぜ合わせる。

次第にルトも自ら舌を動かしていたが、息が苦しくなったのか抗議するように腕を叩いてくる。

仕方なく一度唇を解放してルトを覗き込めば、頬を上気させ、濡れた瞳でこちらを見上げてくる。

それに欲が刺激され、縁側にルトを押し倒して、再度唇を貪る。

ルトの唇は甘く、アルコールの香りがする。微量なはずの残り香に、深く酔わされる。

首筋を伝い、鎖骨の辺りに舌を這わせ、軽く歯を立てれば、ビクリと腕の中の身体が跳ね、甘い声が漏れる。

「……うぇすと、さん」

縋るような声に、頬を撫でながら、潤んだ目元に唇を寄せる。快楽に溺れていたルトが、こちらを見て、頬を撫でる手にすり寄る。

その仕草に、自然と頬が緩むのを感じる。猫のようだと思い、そこでふと近くで寝ていた黒猫の存在を思い出す。

はっと、顔を上げると、そっと足音を消しながら退散しようとしている黒猫の姿が見えた。向こうも視線に気付いたのか、こちらを振り返り、気まずそうに視線を逸らされる。そのまま黒猫は立ち去ったが、何とも言えない気持ちになり、ルトの胸に顔を伏せる。

「ウェストさん……？」

状況に気付いていないルトが気分でも悪くなったのかとこちらを心配してくる。それに苦笑して大丈夫だと軽く口づけを落とす。

「仕切り直すか」

「……っ、わ！」

急に抱き上げられた衝撃に驚いたのかルトが目を開き、慌ててしがみついてくる。

「残念ながら、今日は我慢しないからな。今までお預けにされた分、たっぷりと返してもらうぞ」

欲に満ちた目で告げれば、意図を察したのか、ルトの頬が赤みを帯びる。それが酒のせいでは無いことは、揺れる瞳がどこか期待しているのを見る限り気のせいでは無いだろう。

寝室のベッドにおろし、邪魔な衣服を取り払う。先ほどは少し酔いが覚めたようだったが、やはりまだ残っているのか、恥らいつつも、快楽を貪欲に求めようとする。

「あっ、あ、や、……きもちいい……」

自らが上に乗った状態で、腰を振り、甘い吐息を漏らす。

月明かりに照らされた艶やかな痴態に、つたない動きにも関わらず、欲が膨れ上がるのを感じる。

もっと眺めていたい欲はあったが、耐え切れずに下から突き上げる。

「……やっ、だめ！　突かないで！」

いいところに当たったのか、ルトが喉を反らしながら中をきつく締めつける。その締めつけに思わず自分も達してしまいそうになるが、奥歯を噛みしめて、何とか堪える。

ルトは射精はしなかったが、絶頂に達したようで、荒い息を吐きながら、自分の上に倒れこむ。汗で額にはりついた髪をどけてやりながら、口づけをし、抱きしめて逃がさないようにして、再度下から突き上げる。

「……っ！」

ルトが何か言おうとするが、舌を絡めて封じてしまう。

しばらくそのままルトの中を堪能し、ルトの身体に力が入らなくなったのを確認して、中に挿入したまま強引に体勢を変えて、ルトの上に伸し掛かり、細い足を掴んで、上から体重を乗せて、奥の奥深くまで強引に犯す。

「……あっ、あああ……んっ……！」

今度は盛大に精液をまき散らしながら絶頂したルトに、同じく大量の精子を注ぎ込む。

荒くなってしまった息を整えながら抜くと、色づいてヒクついたソコから白い精子がこぼれでる。

そのままにしておくとお腹を壊してしまうと、指をその中に埋めて、中をかき混ぜる。その動きがいいところを掠るのか、ルトの身体がビクリ、ビクリと跳ね、濡れた瞳が咎めるように向けられる。

「ルト、愛している」

耳元で囁けば、ルトの頬が色づき、嬉しそうに眼を細めるから、ついルトが苦しいと抗議するまで深い口付けをしてしまった。


「……あの、ウェストさん、腰が立たないのですが」

翌朝、起きたルトがベッドから降りようして崩れ落ちる。それをベッドに連れ戻して、布団を掛けて抱きしめる。

「散々抱いたからな」

シーツを変え、ルトの身体を綺麗にしてから寝たため、まだ眠気が取れずに欠伸が零れる。

「え、だいて……、え？」

ルトが顔を赤くして狼狽える。

「覚えていないのか」

「……覚えてます」

胸元に顔をうずめて、耳を真っ赤にしたルトが白状する。そうか、良かった。

「それで、返事はくれないのか？」

髪を弄びながら問いかければ、顔を伏せていたルトが顔を上げて首を傾げる。

「愛していると言っただろう。ルトは言ってくれないのか」

目を見つめて言えば、ルトが顔を真っ赤にして視線を彷徨わせる。それから羞恥で滲んだ瞳で見上げながら口を開く。

「あ、愛しています」

そのあまりの誘惑に、またルトが苦しいと抗議するまで深く口づけてしまった。

あとがき

本書を手に取って頂き、誠にありがとうございます。

『魔法使いの住む森』いかがだったでしょうか。

このお話はWebで公開している小説に一部修正と書き下ろしを加えて本の形にしたものです。Web版よりも幾分かは読みやすくなっているのではないかと思います。

最近はWeb発の小説が多くなってきたと感じていましたが、まさか自分の小説を本にして頂けるとは思っておらず、声を掛けて頂いた時は、凄く動揺してしまいました。

改めてこのお話と向き合う機会を作って頂けて、とても感謝しております。

それと同時に、この話がWebで完結してから三年以上経過していることに気づき、月日の流れの速さにガクガクと震えております。

自分の事を書くのはあまり得意ではないので、作品についてお話を。

この作品の登場人物は、読めば分かると思いますが、基本的に割と自分勝手です。それぞれの目的があり、そのために他者と関わって行くので、他人の欲が見え隠れします。

主人公のルト視点で話を追っていくと、一部理不尽と感じる部分があるかもしれませんが、そんな理不尽さはよくある話ではないかと思います。

ルトは、力で理不尽さを跳ね返す強さを持っているので、精神面で理不尽さに飲み込まれてしまうようなキャラクターにしました。

そんなルトが、ウェストという確固たる目的を見つけ、精神的に成長していく過程を主軸に話を構成しました。

普段、短編を多く書いているので、書きながら途中で当初の予定通り行かず、うんうん唸っていたことを思い出します。

そんな思い出深い話を、こうして改めて世に出して頂けるのも、読んで面白かったと評価して頂いた方、そして、出版社の方々のおかげです。本当にありがとうございます。

そして、イラストを担当して頂いた篁アンナ先生。素敵なイラストを本当に、本当にありがとうございます。

最初にキャラデザを見たときは、リアルに顔を押さえてジタバタしてしまいました。ルトも大変素晴らしく可愛かったのですが、ウェストが想像の何十倍も格好良かったです。

それでは、とりとめのないあとがきになってしまいましたが、『魔法使いの住む森』を手に取って頂けた方が、少しでも楽しい時間を過ごして頂けたら嬉しく思います。

また、どこかでお会いする機会がありましたら幸いです。

Roi de Blanc

魔《ま》法《ほう》使《つか》いの住《す》む森《もり》

2018年4月1日　初版発行

✦ 著者　あさちぐ

✦ 発行者　原田 修

✦ 発行所　株式会社一迅社
〒160-0022 東京都新宿区新宿2-5-10成信ビル8F
電話　03-5312-7432(編集)
電話　03-5312-6150(販売)

発売元：株式会社講談社(講談社・一迅社)

✦ 印刷・製本　大日本印刷株式会社

✦ DTP　株式会社三協美術

✦ 装丁　百足屋ユウコ+北國ヤヨイ(ムシカゴグラフィクス)

ISBN978-4-7580-9048-3

本書は「ムーンライトノベルズ」(http://mnlt.syosetu.com/)に掲載されていたものを改稿の上書籍化したものです。